Né à Paris en 1973, Antonin Varenne quitte l'Université après une maîtrise de philosophie. Il vit à Toulouse, travaille en Islande, au Mexique. Revenu en France, il s'installe dans la Creuse et se consacre désormais à l'écriture.

DU MÊME AUTEUR

Le Fruit de vos entrailles
Toute latitude, 2006

Le Gâteau mexicain
Toute latitude, 2008

Antonin Varenne

FAKIRS

ROMAN

Viviane Hamy

TEXTE INTÉGRAL

ISBN 978-2-7578-1772-8
(ISBN 978-2-87858-292-5, 1re édition)

© Éditions Viviane Hamy, avril 2009

[...] Tout se passe donc comme si le bourreau laissait à la victime le soin de poursuivre son œuvre d'anéantissement. Mais le cas de cet homme, ancien tortionnaire devenu sa propre victime – physique et représentative –, est une illustration frappante de ce que nous avons nommé le Syndrome de saint Sébastien : l'inversion de l'objet et du sujet de la torture, et ses conséquences comportementales. Ce cas sera l'objet et le sujet de notre recherche sur les traumatismes de guerre du point de vue du tortionnaire. Sera en conséquence abordée la question de savoir s'il existe d'autres formes de torture qu'une torture « institutionnalisée » [...]. Nous verrons clairement que non : au sens du suicide, tel qu'il fut choisi comme objet d'étude par les premiers sociologues, la torture est un fait social. Paraphrasant Durkheim et sa célèbre démonstration sur la mort volontaire, nous pourrions ainsi conclure cette introduction : Chaque société est prédisposée à fournir un contingent déterminé de tortionnaires.

John P. Nichols

Quant à la main cuite, c'est de l'héroïsme pur et simple, quant à l'oreille coupée, c'est de la logique directe, et, je le répète,
un monde qui, jour et nuit, et de plus en plus, mange l'immangeable,
pour amener sa mauvaise volonté à ses fins,
n'a, sur ce point, qu'à la boucler.

Antonin Artaud,
Van Gogh, le Suicidé de la société

1

Lambert se bouffait les ongles.

Le clair-obscur plongeait les trois flics dans un espace-temps imprécis, vaseux, perdus dans le compte des jours et des nuits. Une odeur d'alcool et de tabac froid avait empli la petite pièce. La fatigue s'entendait dans les voix mal réveillées, rauques malgré l'heure avancée de la matinée. Ils fumaient à la chaîne, serrés autour de l'écran, et personne dans les locaux de la préfecture n'allait leur rappeler la loi.

– Qu'est-ce qu'il fout ?

– Il se déshabille.

– C'est tout ? Ça vient d'où ce truc ?

– Un dossier de Guérin. C'est Lambert qui régale. Berlion, une cigarette écrasée entre les dents, se tourna vers le fond de la pièce : Hé, Lambert, tu veux pas le revoir ?

Lambert jeta un coup d'œil vers la porte. La cigarette passa au coin de la bouche de Berlion, et le filtre grinça entre ses prémolaires.

– T'inquiète, Guérin est pas là !

Ils s'esclaffèrent, des rires de mépris.

– Regarde, regarde !

Les trois flics se collèrent au petit écran, expulsant des nuages de fumée compacts.

9

– Merde, il court entre les voitures !

– C'est où ?

– Porte Maillot, sous le pont. Une vidéo de surveillance.

– Hé ! On dirait qu'il regarde la caméra !

– Tu parles, il sait même pas qu'il est filmé.

– Il est monté comme un âne.

– T'excite pas, Roman.

Roman bouscula Savane du coude.

– Va te faire foutre.

Lambert mesurait l'étendue des dégâts ; l'équation était simple : plus il avait de mauvaises idées, plus il s'en voulait. Si Guérin débarquait maintenant, il était bon pour un savon.

– Nom de Dieu ! La Peugeot a failli l'éclater !

– Y va s'en prendre une.

– Y a au moins dix bagnoles empilées.

– Et ce cinglé qui galope…

Sur l'écran monochrome un jeune type, nu et bras tendus vers le ciel, remontait en courant le périphérique intérieur. Les voitures braquaient pour l'éviter, des scooters s'écrasaient sur les rails de sécurité. La boutique à l'air, il courait à la rencontre des voitures avec au visage un sourire de prophète. Poussant des cris qu'on n'entendait pas et l'air incontestablement joyeux, il offrait ses flancs nus aux carcasses de métal. En bas de l'écran des chiffres numériques indiquaient la date, et d'autres l'heure. 09 h 37. Après les minutes, s'égrenaient lentement des secondes, beaucoup plus lentement que l'homme ne lançait ses jambes en avant. Il était maigre, la peau blanche, avec une élégance de héron galopant sur une mare de pétrole. Les chocs, les froissements de tôle, ses cris et le verre brisé, tout arrivait dans un complet silence.

– Qu'est-ce qu'y peut bien gueuler ?

– Lambert, il criait quoi ce mec ?

Lambert ne dit rien. Qu'est-ce qu'il lui prenait, bougre de con, de vouloir être bien vu par ces trois brutes ?

D'après un témoin, le coureur criait « J'arrive ». Rien d'autre. Lambert trouvait que c'était suffisant. Sans doute pas pour les trois autres. Il ne répondit pas, et son silence le racheta un peu à ses yeux.

– Eh, on voit plus rien ! Où est-ce qu'il est ?

– Attends ! Ça va passer sur une autre caméra.

L'angle de vue changea. Ils voyaient maintenant le jeune homme courir de dos, avec une vue de face sur les voitures fonçant vers lui. Il débouchait de sous le pont, le flot des véhicules, en un torrent noir, contournant ce caillou blanc au cul poilu.

– Eh ben, il a pas froid aux yeux !

– Ça fait bien deux cent mètres qu'y court, ça doit être un record.

Savane balança un autre coup de coude à Roman, son *alter ego* en pire.

– Facile à savoir : y a même un chronomètre !

Explosion de rires gras. Lambert ouvrit la bouche pour protester, mais ces trois-là lui faisaient peur.

– Taisez-vous, bordel, regardez !

– Berlion aime pas qu'on parle pendant les films !

– La ferme.

Roman, Savane et Berlion. Aux Homicides, faire du bon boulot n'excluait pas la possibilité d'être débile. Ils en étaient la preuve par trois.

Sentant la fin proche, leur instinct de charognard les fit taire. La cendre des cigarettes oubliées tombait sur le carrelage, on n'entendait plus que le chuintement de la bande dans le magnétoscope.

11

Une berline de luxe fonçait sur le kamikaze, droit dans l'axe de la caméra. Le jeune homme écarta les bras en croix, buste tendu, en un dernier effort d'athlète coupant la ligne d'arrivée. La voiture fit une embardée *in extremis* et l'évita. Derrière elle suivait un poids lourd lancé à pleine vitesse.

Le coureur s'écrasa sans un bruit sur le camion, sa course folle stoppée nette, et repartit de façon absurde et immédiate dans l'autre sens. Le crâne fracassé, enfoncé dans les grilles de ventilation, projeta une couronne de sang sur la calandre. Le corps tout entier disparut, aspiré sous la cabine, tandis que la remorque, roues bloquées, commençait à glisser en travers du périphérique.

Le magnétoscope couina, la bande s'arrêta, figeant en une dernière image le camion en train de déraper et le visage horrifié du chauffeur. En bas de l'écran les chiffres de l'horloge digitale s'étaient immobilisés.

Roman écrasa son filtre brûlé sur le carrelage.

– Bah, c'est dégueulasse.

– Je t'avais dit, c'est carrément dingue.

Ils continuaient à fixer l'écran, écœurés et déçus.

Savane se tourna vers le coin sombre où s'était réfugié Lambert.

– Hé, Lambert ? Qu'est-ce que tu crois, c'est un suicide ou un tueur en série ?

Ils s'écroulèrent de rire. Savane, cherchant l'air, en rajouta une couche.

– Merde ! Tu crois que ton patron a arrêté le chauffeur du camion ?

Ils en étaient à se pisser dessus quand la porte de la salle des moniteurs s'ouvrit. Lambert redressa sa longue carcasse dans un semblant de garde-à-vous coupable.

Guérin alluma la lumière. Les trois flics, surgis de la pénombre enfumée, essuyaient leurs larmes. Il jeta un coup d'œil à l'écran, puis lentement à Lambert. La colère, presque immédiatement, disparut de ses gros yeux marron, dissoute dans la lassitude.

Les visages de Berlion et ses acolytes passèrent de la rigolade à l'agressivité, avec l'aisance des flics rompus aux interrogatoires.

Ils sortirent lentement de la pièce, défilant devant Guérin.

Savane, sans doute le plus hargneux, articula entre ses dents :

– Hé, Colombo, ton imper traîne par terre.

Alors qu'il s'éloignait dans le couloir, il ajouta à voix haute :

– Fais gaffe à pas le traîner dans la merde de ton clébard !

Lambert piqua un fard, plongeant du nez vers ses chaussures.

Guérin éjecta la cassette du magnétoscope, la glissa dans sa poche et quitta la pièce. Lambert, lampadaire sans ampoule, resta planté là. Guérin reparut dans l'encadrement de la porte.

– Tu viens ? On a du travail.

Il faillit dire « J'arrive » d'un ton guilleret, mais quelque chose l'en empêcha. Traînant des pieds il s'en fut à la suite du Patron au long des couloirs. Il interrogea la silhouette devant lui, craignant d'y lire de la colère, mais n'y découvrit que l'éternelle fatigue dans laquelle le noyait son manteau. Un chien, et un maître qui n'avait plus besoin de laisse. Au contraire de Savane, il ne trouvait pas l'idée dégradante. Lambert y voyait plutôt une marque de confiance.

Le Patron avait passé l'éponge sans un mot, mais

13

Lambert savait à quoi s'en tenir. La gentillesse n'était pas une qualité requise dans ce bâtiment. Il fallait même admettre, à long terme, son inutilité. La gentillesse dans le coin, on s'en débarrassait le plus tôt possible, un peu honteux, comme d'un pucelage entre les jambes d'une vieille pute. Lambert se demandait si le Patron – quarante-deux ans dont treize de brigade – ne faisait pas cet effort contre nature uniquement dans son cas. Raison de plus, se disait-il, pour ne pas déconner : un, c'était un privilège ; deux, Guérin était certainement capable du contraire.

L'élève officier Lambert, poussant parfois la réflexion jusqu'aux limites de sa précision, se demandait si le Patron ne se servait pas de lui comme d'une sorte de bouée, de refuge pour ses sentiments. Lorsqu'il se perdait dans ces limbes hypothétiques, généralement après quelques bières, l'image du chien et de son maître revenait à chaque fois. Finalement, elle résumait leur relation de façon claire. Pour les humbles, l'humiliation est un premier pas vers la reconnaissance.

Lambert poussa la porte de leur bureau, méditant sur l'estime de soi, cette chose délicate que le Patron lui apprenait à cultiver.

Guérin se plongea dans le dossier du périphérique sitôt assis, son vieil imperméable tombant sur lui comme une canadienne de colonie de vacances, mal tendue et décolorée.

Comment s'appelait le type du périphérique déjà ? Lambert ne s'en souvenait plus. Un nom compliqué, avec des traits d'union. Impossible de s'en souvenir.

– Mon petit Lambert, qu'est-ce que tu dis de celui-là ? Je pense comme toi, que ce n'est pas une façon très catholique de se suicider. Guérin se sourit à lui-même. Tu as remarqué, toi aussi, ces signes qu'il fai-sait à la caméra ?

Rien ne bougea dans le bureau, il n'y eut aucun bruit. Levant les yeux sur son subalterne, l'encoura-geant du regard, Guérin attendit un mot, une approba-tion. Lambert curait son nez d'aigle, fasciné par ce qu'il en extrayait et collait sous sa chaise.

– Lambert ?

Le grand blond sursauta, glissant les mains sous son bureau.

– Oui, Patron ?

– … S'il te plaît, va nous chercher du café.

Lambert partit dans les couloirs, espérant ne pas y rencontrer trop de monde. En chemin il s'interrogea encore une fois sur le fait que personne, au Quai des Orfèvres, ne s'appelait jamais par son prénom. On disait toujours « Roman a encore divorcé », « Lefranc est en dépression », « ce con de Savane a eu un blâme », « Guérin est complètement cinglé », etc. Jamais de prénoms. À son avis c'était étrange, cette façon de rester distant entre amis.

Guérin écouta s'éloigner les pas traînants de son adjoint, et son regard se fit lointain. Immanquable-ment, le bruit de ces tennis pourries, glissant paresseu-sement sur le sol, l'entraînait vers des souvenirs de vacances. Cela lui rappelait le Maroc, et cet hôtel de luxe pour salaires moyens où il avait réservé une chambre. Un palace à la plomberie fragile où les ser-veurs, pleins d'un zèle endormi, se déplaçaient lente-ment, traînant des pieds en apportant des plateaux de thé à la menthe. Une semaine assis à la terrasse de l'hôtel, à regarder la mer dans laquelle il n'avait pas trempé un orteil, à écouter les pas des serveurs. Les chaussures de Lambert, glissant dans les couloirs des Orfèvres, lui rappelaient le bruit des vagues léchant la plage. Il y avait un lien, direct, entre son adjoint et les marées de l'océan atlantique. Un rapprochement parmi tant d'autres, que personne n'avait jamais fait. Alors que la mer se retirait au loin dans les couloirs, il se demanda pourquoi Lambert continuait à

l'appeler Patron, à la façon d'un serveur marocain, alors qu'il lui avait dit mille fois de l'appeler simplement Guérin.

Il réalisa soudain qu'il y avait un lien, indéniable, entre les patrons et les vacances. Est-ce que ce n'était pas son propre patron, Barnier, qui lui avait conseillé de prendre ce congé ? *Guérin, quittez Paris et la Brigade un moment, les choses seront calmées quand vous reviendrez. Vous m'entendez, Guérin : tirez-vous quelque temps, loin d'ici.* Ce mot donc, patron, n'avait en quelque sorte rien à faire sur un lieu de travail. Guérin se replongea dans le dossier, mais distrait par ces images de bout du monde et cette conséquence directe qu'il voyait, désormais, entre les congés disciplinaires et l'islam.

Lambert revint avec deux gobelets en plastique, l'un noir et sans sucre qu'il posa sur le bureau du Patron, l'autre crémeux et saupoudré d'un demi-hectare de canne à sucre, qu'il posa sur le sien. Avant de s'asseoir il avança jusqu'au mur et d'un geste sûr arracha une petite feuille du calendrier. En chiffres et lettres rouges apparut le 14 avril 2008. Il retourna s'asseoir et commença à boire son café, les yeux fixés sur la date du jour.

Deux ans plus tôt, au retour du Maroc, on avait indiqué ce petit bureau à Guérin. Deux tables, un néon, deux chaises, des prises électriques et deux portes, comme si l'entrée et la sortie ne se faisaient pas par la même. Il n'y avait en fait, à proprement parler, aucune sortie à ce bureau. Derrière une des tables, une branche de corail blanc à visage humain, tournée vers un mur sans fenêtre, contemplait l'avenir avec calme. Il semblait que Lambert, depuis ce jour, n'eût pas bougé de la chaise, et que l'avenir ait définitivement remis son arrivée à plus tard.

Le bureau était au bout du bâtiment, à la pointe ouest de l'île de la Cité. Pour s'y rendre il fallait traverser la moitié du 36, ou emprunter une entrée secondaire et un vieil escalier de service. Barnier lui en avait remis les clefs, lui faisant comprendre que la traversée des locaux, pour venir jusqu'ici, était un effort inutile.

Votre nouvel adjoint, avait dit Barnier. *Votre nouveau bureau. Votre nouveau boulot. Vous êtes aux Suicides, Guérin. Guérin, les Suicides, ici, c'est vous.*

La seconde porte donnait sur une autre pièce bien plus vaste, dont leur bureau gardait l'entrée. Les archives des suicides de la ville de Paris. Une partie du moins, celle de la préfecture de police. De les avoir choisis, le jeune Lambert et lui-même, comme cerbères de cette étendue sans fin de rayonnages et de dossiers, était un signe qu'il n'avait pas encore expliqué. Mais il était patient.

Ces archives n'étaient plus consultées, ce n'étaient que les restes anachroniques de dossiers maintenant informatisés, des copies papier établies pour des compagnies d'assurances et rarement réclamées. Il était question presque chaque mois de les évacuer vers une décharge. Il n'y avait plus que Guérin pour les alimenter et y passer des heures avec, de temps à autre, un étudiant en sociologie venu y fouiller le fait social. Ces étudiants assuraient la survie des archives : l'Université en avait fait un matériau de recherches, dont la disparition aurait provoqué un scandale. Les dossiers les plus anciens remontaient à la révolution industrielle, époque où le suicide, comme une sorte de contrepoids au progrès, avait amorcé son âge d'or. Guérin, depuis deux ans et le bruit des vagues, était devenu un spécialiste de la mort volontaire. Une dizaine de cas par semaine, des centaines d'heures dans la salle des archives : il était devenu une encyclopédie vivante du suicide parisien. Méthodes, milieux sociaux, saisons, états civils, horaires, évolutions, législation, influence des cultes, âges, quartiers… Après une semaine passée à fouiller ces cartons poussiéreux, il avait oublié jusqu'à la raison de son arrivée dans ce cul-de-sac.

Les Suicides étaient une corvée redoutée de la Judiciaire. Pas un service à proprement parler, mais une partie du boulot qui avait une tendance naturelle à se séparer des autres tâches. Chaque suicide supposé faisait l'objet d'un rapport, confirmant ou infirmant les faits. En cas de doute, une enquête était ouverte ; dans presque tous les cas, il s'agissait de cocher une case. Si investigation il y avait, l'affaire quittait les mains de Guérin, pour atterrir dans celles de types comme Berlion et Savane. Les puissances hiérarchiques qui vous conduisaient aux Suicides ne pouvaient être renversées que par des forces plus grandes encore, dont on ne savait pas même s'il en existait. On ne sortait des Suicides qu'à l'âge de la retraite, par démission, *via* une dépression et une maison de repos ou encore – les cas étaient fréquents dans cette branche, plus encore que dans le reste de la police – en finissant soi-même avec son arme de service dans la bouche. De ces options, toutes étaient souhaitées à Guérin, dans un ordre de préférence variable. Mais celle que personne n'avait envisagée était qu'il se sente là-bas comme un poisson dans l'eau.

C'était arrivé.

Résultat, Guérin avait ajouté à la haine de ses collègues la répulsion viscérale qu'inspirent les pervers, lorsque, plongeant dans ce qui répugne à tous, ils semblent s'y régaler.

Deux ans plus tôt, Guérin, quarante ans et major de promotion de l'École supérieure des officiers, était inégalement apprécié. Mais on respectait ses compétences, fermant encore les yeux sur des comportements étranges. Des dérapages, de plus en plus fréquents, en dehors du champ de la raison commune et des méthodes classiques d'investigation. Dérapages mis sur le compte de son cerveau de Nobel, qu'on espérait en ordre même s'il était devenu difficile à suivre. Deux ans plus tard sa carrière était morte, son personnage abhorré et son unique adjoint un demeuré notoire.

Après la chute, Guérin s'était soumis à une évaluation psychologique. On avait aussi essayé de lui trouver des tares physiques pour le virer. Mais dans les deux domaines, physique et mental, aucune raison valable de l'envoyer en retraite n'avait été découverte. Si quelque chose comme de la folie habitait son esprit, cette folie entrait sans forceps dans les cases de la normalité. Le Dr Furet – psychiatre indépendant consulté par erreur – avait ajouté une note au dossier de Guérin, une note qui avait fait du bruit : « Le sujet, de façon parfaitement raisonnée, semble penser, comme certains voient en Dieu un concept unifiant tous les autres, que le monde ne peut se comprendre et s'expliquer, i.e. son travail de policier ne peut se faire, que si l'on admet cette idée – absurde ? – que tout est lié, qu'aucun événement ne peut être conçu ou compris isolément, sous peine d'en perdre le sens, la causalité et les effets. Le sujet est sain d'esprit et apte au travail de police. »

Furet avait aussi déclaré à Barnier, qui essayait gentiment de lui faire réviser son diagnostic : « Il peut faire des erreurs, comme tout le monde, mais si vous le virez de la police, pour garder la mesure des choses, vous devriez démissionner en même temps, et probablement changer de ministre. »

Guérin était resté. Aux Suicides.

Au bord d'un glissement de terrain objectif, le petit lieutenant se concentrait toujours sur le cas du nudiste kamikaze, de plus en plus suspect. Cherchant le soutien de son adjoint, une main sur son crâne dégarni travaillant à sa brillance inquiète, il interrogea à nouveau.

– Vraiment, qu'est-ce que tu en penses ?

Les yeux au plafond, Lambert articula lentement.

– J'ai pas entendu la pluie cette nuit.

Guérin ne comprit pas, puis leva les yeux à son tour. La tache rose avait effectivement grandi.

Leur bureau était au dernier étage, sous les combles. Plus exactement, sous le « Séchoir ». La toiture fuyait, de l'eau tombait sur les vêtements étendus, les imprégnait puis gouttait, chargée de sang. L'eau s'accumulait en flaque sur le vieux parquet, passait entre les lattes, gorgeait le plâtre du plafond et se diffusait en une tache rosée, de forme variable, grandissant et se rétractant au-dessus de leurs têtes au rythme des précipitations. La tache laissait derrière elle, à chaque reflux, des auréoles brunâtres et concentriques qui évoquaient une tranche d'améthyste.

Il avait plu cette nuit et jusque tôt ce matin. Une pluie lourde annonçant le printemps. La tache rose avait grandi, améthyste vivante, pouls minéral des victimes décédées dont on étendait dans les combles les vêtements ensanglantés. Des pièces de dossiers qui dégageaient en été une odeur insupportable.

Guérin contempla la tache en silence, et le bruit des vagues, les chaussures de Lambert, les roues du camion glissant sur l'asphalte mouillé, l'auréole de sang sur la calandre, tout cela devint une sorte d'idée en trois dimensions et son stéréophonique : aucune modernité ne pouvait faire l'économie de grandes salles aux rayonnages surchargés ; tout devait trouver sa place.

Il se leva, ouvrit la porte des archives et marcha entre les rangées de dossiers. Au fond de la salle il descendit un grand carton d'une étagère, y déposa le dossier du périphérique et la bande vidéo. Frottant sa tête comme une bonne une soupière en argent, il quitta les murmures des archives, sédiments de cellulose dont lui seul entendait la musique.

Il se rassit à son bureau et avec Lambert leva les yeux pour observer la tache. Le mouvement imperceptible de l'eau et du sang, se propageant par lente capillarité, était accompagné par le grincement régulier des chaises, sur lesquelles ils déplaçaient leur cul en attendant le déluge.

Ils n'entendirent le téléphone qu'après plusieurs sonneries.

L'appareil sonnait en moyenne une fois et demie par jour, avec deux extrêmes pendant l'année : l'une maximale, de juin à début juillet, quand le soleil faisait croître l'agitation sociale tel un complexe chimique sous l'effet de la chaleur ; l'autre minimale, de décembre à janvier, lorsque le froid engourdissait la vie, la privant d'autant d'énergie pour se nuire à elle-même.

Guérin regarda sa montre, décrocha, nota des informations sur son carnet, puis son imperméable jaune délavé se dressa, fantomatique.

À la porte il se retourna vers son stagiaire, absorbé dans la contemplation du plafond.

– Tu viens ? On a du travail.

Lambert suivit Guérin qui se massait le crâne, embarrassé.

– Il faut que tu arrêtes de montrer des pièces de dossiers aux autres. Je t'avais dit de regarder la bande, pas d'organiser une projection. Tu m'entends ?

Empourpré, Lambert remonta la fermeture Éclair de sa veste de jogging.

– Oui, Patron.

Des nuages blancs, sur fond bleu-gris, filaient dans le ciel, poussés par des vents d'altitude qui laissaient la terre au repos. Débouchant de leur escalier privatif en pleine lumière, Guérin ne leur accorda aucune attention.

Alors que son adjoint démarrait la voiture de service, il repensa, pour se détendre, aux émissions qu'il avait regardées la nuit dernière. Il se mit en tête de trouver, sachant qu'il y en avait forcément un, le rapport entre la civilisation disparue de l'île de Pâques et la pêche à la truite dans le Montana. Un petit exercice, pour tromper son envie mitigée de scruter l'œil terne d'un cadavre.

Lambert se mit à siffloter *Le Petit vin blanc*. Il aimait conduire et sentir le moteur faire tous ces efforts pendant qu'il n'en faisait aucun.

Guérin se demandait si les habitants de Pâques n'avaient pas – occupés par milliers à tailler des cailloux de la taille d'une maison pour faire plaisir à des emplumés – pêché trop de poissons au point de crever de faim. Ça se tenait, vu qu'il n'y avait plus un arbre sur cette île pour donner une noisette, une fois qu'ils eurent fini de dresser leurs statues. Les dernières, faute de bois pour le transport, étaient même restées dans les carrières. Déforestation, érosion des sols, surpopulation, plus rien à manger sur terre, surexploitation des pêcheries, retour à la case départ : population zéro. De leur côté, les pêcheurs du Montana se plaignaient de l'abattage des forêts, de l'appauvrissement des sols et de la pollution des rivières par les mines de cuivre. Les truites disparaissaient, décimées par des espèces parasites proliférant dans ces eaux déséquilibrées, et il était même question des jeunes qui quittaient l'État, faute de travail dans les fermes devenues improductives. Le lien, c'était donc les arbres. La cause était, d'un côté la taille des sculptures, de l'autre celle des sociétés forestières et minières. L'effet ? La fin d'un sport de nature et l'anéantissement d'une civilisation.

D'ailleurs, en voyant les sculptures géantes, Churchill avait ricané. Or il ne manquait pas une occasion d'enfoncer les hommes lorsqu'ils le méritaient. En conclusion, Guérin se dit qu'il n'était plus raisonnable ni de se baigner dans la mer, ni de creuser la terre, vu que l'Homme, cette espèce déséquilibrée, y avait déjà enfoui des preuves innombrables de ses crimes, plus encore qu'il n'en avait disséminé à la surface des choses.

*

La jeune femme avait vingt-quatre ans, étudiante en lettres modernes. Sur la table de nuit, un tube vide de barbituriques puissants, sans doute prescrits par un médecin à l'ordonnance légère à une étudiante trop sensible. Vu qu'elle n'en avait pas laissé, de lettre, et que ça ne collait pas avec une nature littéraire, Guérin conclut à une tentative qui avait mieux tourné que prévu. Le téléphone, dans la main de la jeune femme allongée sur son lit, enfonçait le clou. Catégorie « appel au secours », « option acte manqué irréparable ».

Le petit appartement était plein de chuchotements, de hoquets et de sanglots. Les flics travaillaient en silence. Des « Non ! » Des « C'est impossible ! » retentissaient parfois, déchirant les consciences. Les cris de la mère, que le père étouffait dans ses bras, empêchant la pauvre femme de se précipiter dans la chambre. Sa fille, le visage blanc, lèvres violettes et yeux troubles de cataracte *post mortem*, ne pouvait plus l'entendre appeler.

Guérin trouvait parfois problématique de compatir aux souffrances des familles. Ces démonstrations confuses et tardives le mettaient mal à l'aise.

Lambert, lui – comme à chaque fois que la fille était

jolie --, s'était mis à chialer avec les parents. Le lieutenant Guérin, gêné, l'en remerciait silencieusement.

Si la sensibilité répugnait aux flics, le public ne s'en
plaignait pas. Les familles adoraient Lambert. Guérin
avait toujours eu besoin, dans sa vie, d'un homme qui
sache pleurer. Il l'avait trouvé deux ans plus tôt, corail
endormi, dans un petit bureau au plafond gorgé de
sang.

Devant l'évidence du suicide Guérin posa aux
parents les questions d'usage, de façon machinale. À
défaut de compassion, le professionnalisme était apprécié des civils en état de choc. Il vérifia ensuite ce qui
devait l'être ; témoignages des voisins, horaires, état de
l'appartement, marque des cachets, la dose d'alcool
indispensable pour les rendre mortels, l'aspect du
corps, etc.

Dans la chambre, distrait, il se demanda ce qui ne
collait pas avec sa théorie sur l'île de Pâques. Il s'assit
pour réfléchir, et au bout d'une minute se frappa le
crâne du plat de la main. Churchill avait aussi ricané en
voyant les pêcheurs américains, des gens pourtant sincèrement tristes... Ce n'était pas dans ses habitudes.
Lorsque le légiste entra dans la chambre pour établir le
certificat de décès, le toubib resta à bonne distance,
inquiet. Guérin le salua sans comprendre. Il sourit,
avant de réaliser qu'il était assis sur le lit, à côté du
cadavre des lettres modernes qui lui tendait un téléphone. Le fracas d'une vague de honte le fit se lever
d'un bond.

La chaleur du sang refluant de son visage, il sentit
dans son corps un grand froid, suivi d'une soudaine
fatigue. C'était le poids de la responsabilité qui
s'imposait à lui, malgré la honte. La responsabilité
intime de devoir expliquer des forces souterraines,

violentes et hypocritement niées. Des forces invisibles qui se manifestaient parfois – traversant des parents à l'innocence douteuse, remontant à la surface dans un étalage de puissance – sous l'apparence d'un cadavre de jeune femme malheureuse. Guérin venait de se rendre compte, se voyant assis sur ce lit, occupé à des théories lointaines, qu'il devenait un de leurs pantins familiers et séduits, une rationalité fragile dans un flux grondant. Le ventre de la femme émit des sons grotesques. Son corps se vida d'une substance liquide qui n'avait rien des effluves éternels de l'âme.

Le légiste, dégoûté, s'écarta pour le laisser sortir.

2

Sur le perron de l'église, deux tranches d'histoire réchauffaient leurs os au soleil. Vue basse et dos arqués, elles observaient les feuilles nouvelles et les façades du village dont elles avaient vu grandir les fissures. Autour d'elles des arbres, des jardinières, une mairie, l'épicerie de la mère Bertrand, un bureau de poste, la boulangerie Michaud, un bar des Sports et une départementale qui coupait le tout en deux.

Sous son casque de bronze, l'œil métallique d'un soldat de 1940, appuyé à son fusil, faisait peser une hypothèque fatiguée sur l'avenir des enduits.

Les vieillards à casquettes, stylets tordus de cadrans solaires, projetaient sur les marches de l'édifice les ombres d'un temps cosmique et campagnard. La cloche de l'église sonna une demi-heure, un coup mat et solitaire. Les deux vieux, rappelés à l'ordre, se tassèrent un peu plus sur eux-mêmes.

Les pierres se réchauffaient, le bois des volets craquait et dans le bistrot trois verres fêtaient le printemps en se mettant des coups. Dans le jardin du prieuré, doucement ombragé, un pivert terrorisait une colonie d'insectes à coups de bec. Le village, immobile, n'évoquait rien de moins que la France par une journée comme une autre.

Une brise d'ouest se leva, secoua le drapeau de la mairie et les feuilles tendres et, dans un bruissement, emporta tous les sons avec elle. Le silence tomba un instant sur la place. L'œil de bronze questionnait muettement l'horizon, le village attendait, et dans cette attente trouvait un peu de sa raison d'être.

Un son nouveau, lointain et chaotique, vint sauver les deux vieux de l'ennui. Ils tendirent l'oreille et se redressèrent, leurs yeux humides dilatés de curiosité.

De la petite route de la vallée – par laquelle ils avaient déjà vu arriver l'électricité, deux ou trois guerres, le planning familial et des chevelus à guitare – montait le bruit d'une voiture à l'échappement percé.

– Tiens, voilà l'Américain.

– Longtemps qu'on l'avait pas vu.

Ils attendirent, les yeux fixés sur l'entrée du village, que la voiture apparaisse. L'excitation gagnait.

– Ça me rappelle quand les Américains sont arrivés par là, en 44 ! Tu t'en souviens ?

– Un peu ! Les Schleus qui partaient par là-bas, les Amerloques qui arrivaient par là. Bon Dieu, je me souviens de leurs dents, toutes blanches.

– Ouais, la mère Bertrand en a balancé tous ses géraniums par la fenêtre.

– Le vieux Michaud est sorti avec son clairon.

– Ouais, lui qu'on n'avait pas vu de toute la guerre.

Les visières des casquettes se braquèrent sur la boulangerie.

– Lui et sa farine moisie, y sont bien sous terre, va.

Deux grimaces de dégoût jetèrent une nouvelle poignée d'opprobre sur le caveau Michaud. Du côté du cimetière résonnait le boucan de la voiture.

– Il arrive.

Pétaradant, la 4L fourgonnette, blanche et piquée de rouille, dépassa la pancarte de Lentillac, braqua sur la place et s'arrêta devant le bureau de poste. Les deux vieux s'absorbèrent aussitôt dans la contemplation du ciel sans nuages.

L'Américain s'extirpa de la voiture en tenant un cabas, se déplia et les salua de la main. Ils répondirent d'un hochement imperceptible de casquette puis, le grand étranger leur tournant le dos, ne le quittèrent plus des yeux jusqu'à l'épicerie. Il entra dans la boutique et referma la porte derrière lui.

– Tiens, voilà l'André.

Attiré par l'odeur du sang, un autre vieux s'approchait, appuyé à une canne silencieuse, et porta à trois le nombre des vieilles sentinelles.

L'André jeta un œil à la 4L. Les deux autres, d'un mouvement de tête, désignèrent l'épicerie.

– Il est tout seul, vient juste d'arriver.

Dix minutes plus tard, l'Américain ressortit de la boutique. Il traversa la place à grandes enjambées et entra dans la boulangerie. La clochette de l'établissement Michaud résonna sur la place.

– L'André, tu t'rappelles le vieux Michaud, avec son clairon, en 44 ?

L'André se tourna vers le portail roman et cracha prudemment pour ne pas y laisser son dentier.

– Le curé lui tenait la partition, les yeux secs comme les couilles du pape tellement il était heureux.

– Tout le monde a fait la fête avec les Américains.

– Ouais, tout le monde a fait la fête.

– On s'est lavé les mains dans le pinard.

– Dans le vin de messe.

Du haut de son socle de granit, debout sur une

vingtaine de noms, le soldat de 1940 faisait mine de ne pas entendre.

– Ça fait bizarre de le voir là, l'Américain.

Le silence retomba à nouveau sur la place.

Un camion de transport laitier passa au ralenti. Les trois vieux le suivirent des yeux jusqu'à ce qu'il disparaisse au bout de la route, là où la voiture était apparue.

L'André frappa les pierres du bout caoutchouté de sa canne.

– De diou ! Où ce qu'il est ?

La boulangerie était vide.

– Bonjour messieurs !

Surgi d'un angle mort, silencieux, l'Américain les frôla en souriant. Les trois casquettes sursautèrent, serrées les unes contre les autres, et piquèrent vers le sol en marmonnant de vagues bonjours.

L'Américain entra dans le bureau de poste, en ressortit deux minutes plus tard un paquet sous le bras, remonta dans sa voiture et repartit vers la vallée. En s'éloignant, les détonations de l'échappement ricochèrent contre les façades.

Les trois sentinelles se déployèrent en ligne de front, chacune trouvant sa place au soleil.

– Toujours pressé celui-là. Même pas le temps de discuter, va !

– Le Matthieu dit qu'il l'a vu au barrage pas plus tard qu'hier, avec son arc.

– Y pêche pas, y tire seulement.

– Et sur quoi y tire, hein ? s'y pêche pas ?

– Le Matthieu a pas dit qu'y pêchait, il a dit qu'y marchait !

– Avec un arc ? Et pis je sais quand même bien ce qu'y m'a dit le Matthieu, non ?

– J'étais là aussi, il a pas dit qu'y pêchait.

– Ouais, eh ben le jeunot, il achète pas souvent de la viande !

– En tout cas c'est sûr qu'y cause pas beaucoup l'Américain, qu'on en est réduit à se demander ce qu'y fait là.

– Ouais. C'est comme s'il était seulement revenu. Alors qu'en vérité, il était jamais venu par ici.

La cloche de l'église entama une série de onze coups. Les trois vieux se séparèrent. L'André se dirigea péniblement vers la poste, les deux autres se partagèrent l'épicerie et la boulangerie.

La place se vida. Le bruit de l'échappement percé s'éteignit.

*

Il coupa le moteur à la sortie du village, après le faux plat, et laissa la voiture glisser en roue libre. Il enfonça une cassette dans le vieil autoradio et, se mêlant aux grincements de la carrosserie, s'additionnant aux couleurs du printemps, la guitare d'Hendrix fit craquer les haut-parleurs. *Voodoo Child*. La 4L prit doucement de la vitesse.

Il freina en arrivant à l'embranchement, puis se lança sur la piste forestière. Les amortisseurs à pompe, complètement cuits, laissaient les roues s'envoler et la 4L semblait flotter sur les cailloux. À partir de là, pour arriver jusqu'au bout sans moteur, il ne devait plus freiner.

La voiture bringuebalait, il n'entendait même plus la musique.

Un coup de volant à gauche, la montée du petit chemin. Slalom entre les ornières séchées de l'hiver.

La camionnette ralentit, puis s'arrêta doucement au bout du chemin, juste sous le grand chêne. Il célébra sa petite victoire en laissant le morceau se terminer, mains sur le volant, avant d'éteindre le poste. Il sortit de la voiture et descendit les marches en rondins. Rapide coup d'œil à son univers, avec au visage la satisfaction ambiguë de celui à qui rien n'appartient.

L'hiver avait été long mais le printemps était là, balayant les doutes attachés à son éventuel retour.

Il relança le feu puis, muni de quelques outils et du colis arrivé d'Australie, s'enfonça dans la forêt.

Deux mois qu'il attendait la pièce.

Il ne lui fallut que quelques minutes pour remplacer l'hélice de la petite turbine, installée au bout de la conduite forcée qu'il avait mise en place ; cinquante mètres de tubes PVC courant le long de la colline, pour transformer un ruisseau en deux ampoules électriques, un minuscule réfrigérateur, un poste de radio et un Dremel pour travailler à son matériel.

Il redescendit le sentier, prépara la perche qu'il avait tirée la veille au barrage, et déposa le poisson sur les braises.

Dans le bois il entendait, au-delà des insectes et des oiseaux ivres de printemps, la petite turbine australienne qui rechargeait, avec son hélice neuve, les quatre batteries de douze volts.

Le poisson était bon, il sourit en repensant aux trois vieux.

*

Le monospace était secoué par les nids-de-poule et les pierres. L'air frais du matin s'engouffrait par les fenêtres ouvertes et la femme, au volant, ôta sa casquette qui ne tenait pas en place. L'équipement – radio, fusils à pompe, lampes, chevaux de frise, radar – s'entrechoquait, empêchant toute communication entre les trois gendarmes.

La voiture surchargée renonça devant la montée du chemin, aux ornières trop profondes. Les trois militaires, de mauvaise grâce, attaquèrent à pied la dernière partie du trajet. Le gradé, moustache grise, faisait la voiture-balai derrière le cul de sa collègue Michèle, une blonde aux traits fins et à l'arrière-train de bavaroise. Son arme ballottait sur ses hanches larges, un spectacle réjouissant. Le troisième flic, en tête, était un jeunot boutonneux et raide prenant sa carrière au sérieux.

Ils arrivèrent au campement le souffle court. La 4L *pourrie*, le tipi *de baba cool*, le potager *suspect*.

Le jeune fit le tour de la voiture, la reniflant comme un clébard, et balança un coup de botte dans un pneu lisse. La blonde, mains sur les hanches, détailla la tente indienne dont s'échappaient les dernières fumées du feu de la nuit. Sur un fil tendu entre deux arbres séchaient au vent des fringues et des sous-vêtements. Le gradé avait passé les pouces dans son ceinturon, affirmant son désaccord avec l'endroit.

– Où est-ce qu'il est ?

La vallée s'enfonçait en contrebas du tipi, jusqu'à la rivière marbrée par les ombres des feuillages. En face, le versant nord, sombre et abrupt. La femme descendit les marches en rondins. Les perches en châtaignier de la tente étaient écartées, ouvertes en grand.

Légèrement excitée, elle se pencha à l'intérieur. Un lit de camp et des couvertures en boule, le foyer central, un petit réfrigérateur, du matériel de cuisine, un coffre en bois et deux rangées de livres empilés à même le sol. La blonde sortit la tête de cette intimité abandonnée.

– Il est pas là.

Le jeune, ayant fini d'ausculter la voiture, releva sa casquette sur son front.

– C'est quoi ce bruit ?

Son supérieur tendit l'oreille. Dans la forêt, au-dessus d'eux, l'écho lointain d'un coup de hache. Chtac.

Les trois gendarmes suivirent un sentier qui grimpait vers le bois.

Le sentier se divisait en plusieurs fourches et les coups se perdaient en ricochets entre les arbres. Le bosquet était dense, ils ne voyaient rien. Le gradé grommela, la blonde aperçut une tache de couleur sur la droite. Ils se frayèrent un passage entre les branches basses. Le jeunot repéra une botte de paille accrochée à un tronc, et dessus ce qui devait être une cible.

– Là !

Un sifflement menaçant leur fit baisser la tête. Un éclair, chtac ! La blonde se planqua derrière un arbre et le jeune, main sur la crosse de son arme, mit un genou à terre. Le gradé était resté droit ; il essuya sa moustache perlée de sueur.

– Hé ! Vous voyez pas qu'on est là ? Ça va pas, non !

La flèche était passée deux mètres devant eux.

Au bout d'une percée naturelle entre les arbres, à une quarantaine de mètres, ils virent le grand Américain, une main levée en signe d'excuse. Il souriait, mais ne bougeait pas de là où il était. Les gendarmes avancèrent dans la trouée, réajustant casquettes et ceinturons. L'Américain était toujours là-bas, au bout de l'aire de tir, avec son sourire anglo-saxon et son arc à la con. Le gradé bomba le torse.

Les RG avaient bien quelques idées, mais question réalité, on ne savait pas grand-chose de lui. Franco-Américain, trente-trois ans, installé depuis six mois dans sa cahute de Peau-rouge. Le terrain appartenait à sa mère – une baba cool elle aussi –, acheté dans les années soixante-dix. À l'époque, c'était une communauté de gauchos apoilistes. Un des mecs était mort d'une overdose ; côté karma ça avait jeté un froid, et tout le monde était parti. Un intello, fils de 68, certainement fumeur de pétard. Il avait fait des études, paraît-il des trucs pointus, mais pas de détails. Inscrit au chômage, rmiste. Plus ils avançaient, plus il grandissait. Pas un modèle d'intello binoclard, ça au moins c'était sûr. Un mètre quatre-vingt-cinq, une mâchoire de bouffeur de chewing-gum et des dents bien alignées. Ça lui démangeait la moustache, que ce type soit à moitié français. Putain que ce sourire était faux cul !

– Dites, faudrait faire attention avec votre arc !

– *Excuse me, I didn't see you.*

La flic tortillait des fesses, rouge du front jusqu'au cou.

– John Nichols ?

– *Yes.*

– Dites, vous chassez avec cette arme ?

– *Sorry, what did you say ?*

Le moustachu bafouilla :

– Qu'est-ce qu'il dit ?

– Je crois qu'il demande ce que vous dites, chef.

– Ah… comment on dit chasser en anglais ?

La blonde essayait de ne pas sourire, imitant la froideur de ses collègues mâles.

– On dit *hunte, to hunte*. Je crois…

– *You hunte* avec votre arc ? *Kill* animaux ?

– *Oh ! Hunting ? No, no, I just practice shooting, for my concentration.*

– Quescequidit ?

– Il a dit non, chef.

Le chef reprit la parole, que personne ne se disputait. Il parla fort, comme si l'étranger était dur d'oreille.

– On doit vous emmener à la gendarmerie ! Vous venez avec nous !

– *What ?*

– Et merde. Police, avec nous, venir ! À Saint-Céré !

– *I don't understand.*

Le trappeur souriait toujours.

– Vous n'avez pas le téléphone, on n'a pas pu vous prévenir ! *No phone !*

– *No, I don't have a phone. You need to make a phone call ?*

– *You come* police avec nous ! À Saint-Céré !

– *What ? Now ?*

Les trois flics se regardèrent : est-ce qu'il avait dit non ?

– Obligatoire !

La blonde se racla la gorge.

– *You must to come with us, please, mister Nichols.*

Les deux flics restèrent bouche bée : la Michèle était quasiment bilingue !

L'Américain glissa la sangle du carquois sur son épaule. Après tout il ne voyait pas beaucoup de monde, encore moins des femmes.

36

– *O.K. I take my car ?*
– Michèle, qu'est-ce qu'il raconte ?
– Il demande s'il prend sa voiture.
– Dites-lui qu'on l'emmène.

Ils repartirent vers la cible, noire et jaune, rouge au centre. Elle avait, à cette distance, les couleurs d'un oiseau tropical égaré dans une forêt du Lot, ou peut-être, de plus loin, celles d'un œil furieux au bout d'un tunnel imaginaire.

Alors qu'il redescendait le sentier, l'Américain se demanda si c'était le vieux, hier au barrage, qui l'avait balancé aux flics ? Carte de pêche. Bingo.

Dans le rétroviseur il chercha le regard de la blonde qui conduisait. Elle arrondit considérablement sa trajectoire, dans un virage plutôt raide, et le chef agrippa la poignée de sa portière.

Jusqu'à Saint-Céré les militaires n'échangèrent pas un mot, ni entre eux ni avec lui.

À la gendarmerie, ronronnante sous le soleil et entourée de grilles, on le fit patienter dans la salle d'accueil. Il s'approcha d'une affiche ; des visages d'enfants et d'adolescents portés disparus. Derrière un comptoir un autre gendarme l'observait, visiblement dérangé par ses cheveux longs. Le commandant de la gendarmerie vint le chercher en personne, et se présenta poliment.

– Commandant Juliard. Suivez-moi, s'il vous plaît. Vous parlez français ?

Le visage de Nichols se déforma lorsqu'il articula :
– Je comprends un peu.

Derrière son bureau, face à l'Américain, Juliard ne trouvait pas de position confortable dans son fauteuil.

Il vida ses poumons à fond, réarrangea quelques papiers sur son bureau impeccable et inspira bruyamment.

– Ce matin nous avons reçu un appel de Paris. De l'ambassade américaine. Un appel téléphonique qui vous concernait. C'est pour ça que nous sommes venus vous chercher, parce que vous n'avez pas de téléphone. Vous comprenez ? Je ne parle pas trop vite ?

L'Américain décroisa ses jambes. Trop de précautions. Il tira un trait sur les perches du barrage.

– Je comprends. Qu'est-ce que veut l'ambassade ?

Juliard leva un sourcil étonné ; Nichols avait parlé presque sans accent.

– Je ne sais pas. Mais ne vous inquiétez pas, ils veulent seulement vous parler.

Juliard s'emmêlait les pinceaux. Il composa un numéro en relisant une note.

– Commandant Juliard, gendarmerie de Saint-Céré, je dois parler à monsieur Hirsh… C'est ça…

Il y eut une pause, pendant laquelle le commandant fixa l'Américain.

– La chasse est bonne, là-haut ?

Juliard sourit, un sourire de diversion. Nichols le lui rendit.

Le militaire se concentra sur son appel.

– Monsieur Hirsh ?… Je suis avec monsieur Nichols, je vous le passe.

L'Américain saisit le combiné, soudain engourdi par l'impression que chaque geste et chaque mot, depuis l'arrivée des flics au tipi, étaient répétés à l'avance.

– Monsieur Nichols ?

– Oui.

– Excusez-moi de vous déranger, mais il fallait que je vous parle de toute urgence. Frank Hirsh, secrétaire adjoint de l'ambassade américaine à Paris. Excusez-moi, vous préférez peut-être parler en anglais ?

Hirsh s'exprimait dans un français d'école internationale, sur un ton raffiné d'Américain amoureux de la littérature gauloise.

– Vous pouvez parler en français. Qu'est-ce que vous voulez ?

Cette fois Juliard serra les mâchoires. L'Américain le regardait dans les yeux, plus aucune trace d'accent dans sa voix, ni de sourire sur son visage.

– Je suis désolé de vous appeler en de telles circonstances, mais je dois vous apprendre une mauvaise nouvelle.

Juliard contemplait ses mains et avait une tête de circonstance. Juliard savait, il s'était seulement évité la corvée.

– Vous connaissez bien monsieur Mustgrave, Alan Mustgrave ?

Hirsh avait prononcé le nom avec embarras.

– Oui, c'est un ami à moi.

– Monsieur Nichols, je suis désolé de vous apprendre que monsieur Mustgrave est mort. Cela fait deux jours que nous cherchons à vous joindre... Monsieur Nichols ? Vous m'entendez ?

– Y... Oui.

– Nous avons un problème ici. Les parents de monsieur Mustgrave ne peuvent pas venir en France... Monsieur Nichols ?

– *What ?*

– Il faudrait que vous veniez à Paris, Hirsh se racla la gorge, pour reconnaître le corps d'Alan Mustgrave... Monsieur Nichols ?

John avait lâché le combiné et sortait du bureau.

Ce n'était plus la femme qui conduisait le fourgon.

Les deux gendarmes, le jeune acnéique et son supérieur moustachu, le déposèrent en haut de la piste.

John coupa à travers bois jusqu'au tipi, passant à côté de la cible où étaient plantées ses flèches.

Il remplit son sac à dos de vêtements, chargea des couvertures, son arc et le carquois dans la 4L, sans se demander pourquoi il emportait une arme à Paris. Il rendit à la nature la nourriture qui traînait et chercha, dans le coffre en bois où il rangeait les documents importants, les papiers de la voiture, ses passeports et son permis de conduire français. Il s'arrêta sur sa thèse et le mot d'Alan, griffonné au stylo à bille, à côté du paquet de lettres liées par un élastique. John arracha la dernière, reçue deux semaines plus tôt, sans savoir non plus pourquoi. Les derniers mots d'un cadavre.

Deux minutes plus tard, sans un regard à son campement, il démarrait, slalomant en marche arrière entre les ornières du chemin.

Une fois sur la départementale il rembobina la cassette et appuya sur lecture.

Voodoo Child...

Le nom de scène d'Alan.

Al devant le petit magnétophone, Al qui répond à ses questions en souriant.

– *I started when I was twenty one, when I came back.*

Al, saoul, des années plus tard dans un bar de La Brea.

– Paris ? *Hey, John, why Paris ?*

Al, à l'automne dernier dans un bar de Paris.

– Tu viens me visiter parfois, *mister Wild man* ?

3

Quand c'était un homme, Lambert pleurait rarement. Ils étaient plus nombreux et moins attendrissants.

Les yeux encore collés de sommeil, il consulta sa montre et s'étira. Par les fenêtres que quelqu'un avait eu la bonne idée d'ouvrir, la rumeur de la nuit se répandait, canevas constant et nerveux de circulation, d'accélérations et de freinages. Lambert se demandait ce qu'ils foutaient là, et aurait été de meilleure humeur s'il s'était agi d'une femme. Leur chute était plus rare et plus dure. Elles devaient subir davantage avant de décider de mourir. Raison pour laquelle Lambert se sentait plus utile auprès de leur cadavre : par sa présence, il rendait hommage à leurs efforts.

Les hommes désespéraient plus facilement d'eux-mêmes, une fois l'orgueil d'un travail ou d'un mariage perdu, à la suite d'un échec qui les rabaissait aux yeux des autres, et qu'ils tenaient généralement pour responsable. Ils se suicidaient plutôt au nom d'une image d'eux-mêmes. Les femmes, souvent pour des images aussi, mais d'une autre catégorie et plus émouvantes, fabriquées de toutes pièces mais plus importantes que la fierté des hommes : les illusions. Lorsqu'une femme se suicidait, avec elle disparaissait une part plus grande de l'espoir d'un monde qui pouvait s'améliorer. Elles mouraient au nom de tous. La mère de Guérin ne s'était pas suicidée, elle n'en avait pas eu besoin. Elle avait tellement vécu dans le mensonge des hommes que le cancer avait eu sa peau aussi sûrement. Pour lui, le suicide des hommes contenait une certaine dose de justice, du moins d'équité, mais celui des femmes était le cancer de la désillusion qui minait la société. Il en concevait, non de la tristesse comme Lambert, mais de l'inquiétude. Guérin ne pleurait jamais personne en particulier. Il pleurait, quand cela lui arrivait, au nom de tous. En cela il reconnaissait l'influence généreuse d'une mère qui l'avait élevé seule.

Si le type, par hasard, n'avait plus de tête, Lambert s'en désintéressait carrément. Surtout un voyou sans famille à réconforter. Quelqu'un d'autre – ils n'étaient pas les seuls à Paris à courir les suicides – aurait pu s'en charger. Mais quand la permanence du Central recevait un appel au milieu de la nuit, pour un suicide bien dégueulasse, la consigne et la tradition, depuis deux ans, étaient de réveiller Guérin et son clébard. Lambert avait sauté dans la voiture, était passé prendre le Patron à Voltaire et les avait conduits dans le 18e. En bas de l'immeuble les attendaient des gyrophares de toutes les couleurs, des flics de la Municipale et des voisins en robe de chambre.

Le patrouilleur de la PM qui avait découvert le corps méritait une médaille ; il s'était dépassé.

La chevrotine avait repeint le mur et fait des dizaines de petits trous dans le plâtre, derrière le corps. Même en imaginant que le type avait vidé les deux canons du fusil d'un seul coup, il était impossible qu'autant de plombs aient traversé sa tête, molle ou pas. Le détail, certes, pouvait échapper à un novice. Et la scène était

42

plutôt impressionnante pour un colleur de PV. Mais en se penchant un peu, si on supportait l'odeur et la vue, on voyait facilement par où les plombs étaient passés. Un trou, à l'arrière du crâne, de la taille d'un ballon de foot. Dans le mur, au milieu de la galaxie de petits plombs, il y avait un impact plus large, fait par la balle de gros calibre qui avait ouvert le passage aux munitions de chasse. Un trou noir au centre d'une galaxie sanglante. Et ça ne s'arrêtait pas là.

Lambert, bras croisés, regardait la victime. Un Noir, cela se devinait au cou, aux mains, et à la touffe de dreadlocks au-dessus du visage emporté. L'homme était petit, assis sur une chaise avec le fusil debout entre ses jambes. Le grand stagiaire, mal embouché, secoua la tête de droite à gauche.

– Faut quand même pas se foutre de nous !

Bien que peu doué en analyse de scène, Lambert avait acquis assez d'expérience pour commencer à faire la gueule. Il savait que Berlion et consorts allaient débarquer, et qu'on les avait réveillés pour rien. Écœuré, il laissa Guérin faire le tour du cadavre et prendre des notes. Il enfonça finalement ses mains dans ses poches de jogging et s'intéressa à des CD en vrac sur une étagère. Il n'y avait que du reggae. Lambert n'aimait pas le reggae.

Guérin continuait à noter les incohérences. Un meurtre, peut-être un assassinat. Difficile d'expliquer, autrement, comment le rasta avait pu se tirer une balle dans la bouche, puis lever le fusil de chasse à l'horizontale, appuyer avec ses bras trop courts sur les détentes au bout des canons d'un mètre, et enfin, reposer le fusil bien droit entre ses jambes. À la limite, s'il avait été assez souple et agile, il aurait pu enfoncer les détentes avec ses orteils. Mais il avait ses baskets aux pieds. Sans compter qu'il était mort depuis un moment, et qu'il avait fouillé son appartement comme un dingue avant de s'envoyer ad patres, probablement à la recherche d'un manuel sur le suicide accidentel.

Guérin tira son portable du fond de sa poche et appela le 36. Il donna l'adresse et demanda une équipe homicide. Il raccrocha, inspira, et se mit à marcher dans l'appartement sens dessus dessous. Lambert le regarda frotter son crâne nerveusement, signe que le Patron commençait vraiment à réfléchir.

– Les voisins disent qu'ils ont entendu du bruit, des chocs, pas très longtemps, puis plus rien, puis la musique. Vu le désordre, ils étaient plusieurs à fouiller, je dirais deux ; une estimation raisonnable. Pas de traces de liens sur le corps. Quelqu'un devait le tenir en respect. Trois personnes, j'arrêterais là. Étant donné le genre de la victime et le quartier, neuf chances sur dix, c'est une affaire de drogue – vérifier si la victime a un casier. Ils cherchaient soit de l'argent, soit de la marchandise. Les dealers sérieux n'en gardent pas chez eux, ils n'étaient pas là pour les trois joints dans le cendrier. Donc de l'argent. Pas trouvé. La musique, c'était pour couvrir les coups. Ils l'ont tabassé – à vérifier avec le légiste – pour savoir où était l'argent. Ils l'ont abattu parce qu'il ne parlait pas. Perdu leurs moyens. Pas une exécution. Des petits amateurs qui connaissent mal l'effet des nerfs sur une gâchette. D'où le maquillage minable, en vitesse. La musique a couvert le bruit des coups, mais pas des armes. Les voisins disent qu'ils n'ont rien vu ni entendu. À mon avis, ils n'ont pas osé sortir de chez eux.

Guérin souriait, déchiffrant une partition à la vitesse où il parlait et noircissait son carnet. Lambert s'était réveillé et buvait du petit-lait.

– Le quartier est tranquille, pas propre, mais tranquille. Les Nigérians tiennent la Goutte bien en main. C'est un vieux territoire, des règles claires. Le fusil était dans l'appartement. Pas une arme pour la ville. La victime n'était pas un méfiant. Juste une pétoire pour dire qu'il avait une arme. Trop confiant. Le syndrome de l'habitude, Lambert. Il a laissé entrer des hommes qu'il connaissait.

Lambert, échauffé par l'effort de concentration, ouvrit sa veste de jogging et sembla sur le point de protester. Sans le regarder, Guérin continua.

– La porte, Lambert, très solide. Pas forcée, ouverte par celui qui était dedans. Ou alors arrivé avec eux, pour fumer des joints et écouter de la musique. Des connaissances, Lambert. Des types qui vont par trois. Pour les trouver, les Homicides devront peut-être passer par l'Antigang. Mais ce n'est pas vraiment un braquage, plutôt une tentation. Quelqu'un, des jeunes qui cherchent à démarrer dans le business. Ils cherchent une mise de fond. Ou bien ils veulent se payer une voiture. Ils ne sont pas du quartier, mais pas non plus de très loin. Les Nigérians doivent avoir une idée. On les retrouvera dans des bennes à ordures d'ici une semaine ou deux, à moins de les arrêter avant. Avec la balistique, les empreintes – ils en ont laissées partout, ils n'étaient pas venus pour tuer –, s'il y a des casiers, si l'Antigang a des dossiers – voir aussi avec les Mineurs –, que les Stups sont bien dans le quartier en ce moment, ça devrait pouvoir se faire. Pas compliqué. Mais il faut faire vite. Ils sont en train de mourir de peur quelque part, en attendant mieux. Les Boss ne sont pas tendres en affaires. Même si, quand les choses vont bien, des petites têtes brûlées s'imaginent qu'ils s'endorment sur leurs lauriers. Le deal, c'est la routine, un boulot comme un autre. On s'embourgeoise, Lambert ! Guérin se tourna vers le cadavre, et sembla s'adresser directement à lui. On s'installe dans un immeuble plus cossu, on prend ses aises. On pense même, à force, qu'on peut se faire de nouveaux amis !… Guérin s'était penché en avant vers le corps, le sermonnant comme un gosse qui vient de faire une bêtise. Il se redressa, le temps d'une petite pause, puis se remit à marcher. Les têtes brûlées doivent commencer à comprendre, dans le trou où elles se terrent, qu'elles ont fait une bourde. Les Nigérians ne laisseront pas passer. Sinon ils sont finis. C'est la loi des empires, Lambert, qui s'élèvent, durent tant qu'ils peuvent et s'effondrent. Les barbares attendent aux portes. Les Boss vont devoir montrer qu'ils gardent un œil sur leurs affaires. Ce sera exemplaire. L'autre façon de trouver les trois barbares, mais il n'y a pas assez d'effectifs pour ça, serait de mettre la moitié du quartier sous surveillance. Les gros fournisseurs, pour des détaillants comme notre client – l'appartement Lambert, pas exactement le logement d'un dealer à la petite semaine –, il n'y en a pas des dizaines à la Goutte-d'Or. Mais ils ont du monde sous leurs ordres, beaucoup trop de monde. Mon petit Lambert, si quelqu'un veut trouver ces types…

Savane et Roman entrèrent en trombe dans la pièce, poursuivis par un nuage de fumée enragée.

Vêtements froissés, parfums gras de bouffe chinoise, la peau luisante, les yeux rouges, le sang coupé aux amphétamines et à la bière. Deux bêtes furieuses à bout de nerfs, sortis d'une planque interminable, à ronger leur frein dans un fourgon et prêts à tomber avec des cris de fauves sur le premier connard venu. Lambert hésita à reculer, ou à faire un pas vers Guérin.

Du coup il resta sur place, et sentit sur son visage l'air déplacé par les deux flics. Les molosses fonçaient vers le Patron, tête baissée.

Guérin resta impassible, et en pensée conclut tranquillement sa démonstration. *Si quelqu'un veut retrouver ces trois types, il faudra passer par les Cousins des Stups.* À quoi il ajouta, toujours pour lui-même : *Mais ces deux-là ne le feront pas. Ils feront ça au muscle. Et finiront par fouiller dans les ordures.*

– T'es encore là, Guérin, t'as pas autre chose à foutre ?

Savane s'était planté devant lui sans accorder un regard au cadavre. Lambert admira le Patron, une poignée de kilos, qui fixait la bête droit dans les yeux. Et ce qui se passait chaque fois arriva encore, à la surprise toujours répétée de Lambert. Savane devint muet.

Comme s'il y avait, quelque part dans le cerveau musculeux de Savane, une lumière rouge qui s'allumait quand le petit lieutenant le regardait en face. Une alarme et un coupe-circuit qui l'empêchaient d'aller plus loin, ne serait-ce que d'un millimètre.

Roman, une imagination de Culbuto, ajouta :

– Ouais, qu'est-ce que vous foutez là encore ?

Guérin glissa son carnet dans la poche de son imperméable. Guérin contourna lentement Savane et sortit. Son adjoint partit au trot derrière lui avant d'essuyer une rafale d'insultes. Avant de sortir de l'appartement il entendit Roman gueuler de sa grosse voix :

– Oh ! Savane ! Tu bouges ouais ?

*

47

Le boulevard Voltaire était désert.

– Bonne nuit, du moins ce qu'il en reste.

– Bonne nuit, Patron. À demain.

Lambert attendit tel un père déposant son enfant à l'école, que Guérin ait passé la porte de l'immeuble avant de démarrer.

La cour intérieure et ses petits carrés d'herbe, entourée de bâtiments hauts d'une dizaine d'étages, était silencieuse. Aucune lumière aux fenêtres pour témoigner d'une quelconque activité. C'était l'heure où la ville s'accorde un répit, une petite demi-heure pendant laquelle rien ne bouge. Quatre heures du matin. Guérin savoura le calme, ce moment suspendu où même la mort faisait une pause. Les suicides, à cette heure de la nuit, étaient exceptionnels. Les suicidés de quatre heures du matin étaient pour la plupart des individus sans antécédents, frappés par une révélation violente ne souffrant aucun délai.

La seule fenêtre faiblement éclairée était celle de son salon, au premier étage. Derrière le rideau Guérin devina la silhouette voûtée du vieux Churchill, somnolent, tourné vers la cour. Il l'attendait.

Il passa devant son balcon sans lever les yeux.

Guérin anticipa, la tête rentrée dans les épaules, la fin du silence. Il n'avait pas fait deux pas dans l'appartement que la voix de Churchill explosa :

– Tu rentres tard ! Tu rentres tard !

La vieille voix stridente, agressive, lui pinça les narines. Guérin vida ses poches sur l'étagère de l'entrée, ôta son imperméable et l'accrocha au portemanteau. Une fois le fantôme suspendu au mur il ne restait de Guérin qu'une silhouette minuscule et un petit ventre rond, enrobés dans un tricot en laine et un pantalon de velours. Sur ses épaules étroites une tête hydrocéphale, lisse, entourée d'une couronne de cheveux noirs, ligne d'algues sombres sur une pierre de rivière. Le caillou semblait posé en équilibre instable sur le cou, prêt à rouler au sol. Guérin évoquait, à qui l'avait vu dépouillé de sa carapace molle, un bilboquet d'os et de chair.

Sa grosse tête tomba en avant, épuisée, lorsque Churchill recommença à crier.

– Tu rentres tard ! Cent francs la piiiipe ! Cent francs la piiiipe !

Guérin fonça vers lui, pointant un index furieux.

– Tais-toi !

Le vieux perroquet déplumé, les pattes accrochées à la barre de son perchoir, loucha sur le doigt et se laissa tomber en arrière.

– Assassiiin ! Assassiiin !

Guérin regarda l'oiseau à l'envers, passa une main sur son crâne et s'éloigna vers la cuisine. Il remplit un verre d'eau au robinet qu'il but à petites gorgées, et à voix basse s'adressa à ses meubles.

– C'était une erreur. Un dealer. Maquillé en suicide.

Dans le salon Churchill imita le rire de sa mère.

– Ha, ha, haaaassassiiin !

Gêné, il se servit un autre verre.

– Exactement, Churchill, exactement.

Le petit lieutenant alluma la télé et s'installa dans son fauteuil.

Churchill descendit de son perchoir. Ses griffes crissèrent sur le parquet, puis il escalada l'accoudoir. S'accrochant à la manche du tricot, s'aidant de son bec, il se hissa jusqu'à l'épaule de Guérin sur laquelle il avait tout juste la place de se tenir. Le perroquet frotta son vieux bec sur le crâne lisse de son maître et scanda, de sa voix de mère :

– Tu rentres tard ! Mon petit chouuuu ! Mon petit chouuuu !

Sans conviction, Guérin lui dit de se taire. Il fit défiler les chaînes en appuyant sur la télécommande. Lorsque des voitures de course apparurent sur l'écran, tournant sur une boucle de goudron, Churchill – de cette voix d'homme dont Guérin ignorait à qui elle appartenait – cria :

– Crétins ! Crétins ! enchaînant sur un éclat de rire féminin.

Guérin décida de laisser les voitures tourner, et se mit en tête de trouver un rapport entre le dealer nigérian de la Goutte-d'Or et une piste de course automobile.

Le vieil ara acariâtre, imitant cette fois la voix de son maître, cria en fixant l'écran :

– Pourquoaaaa ? Pourquoaaaaa ?

De la cour monta une autre voix.

– Mais ferme-lui sa gueule à ce putain d'oiseau !

Il était bientôt cinq heures du matin, Paris se réveillait.

Le lien, c'était une illusion commune aux junkies et au public des courses. Tous croyaient que la vie est une petite boucle se mordant la queue, mais dont on peut – en consommant des carburants en quantités illimitées, à des doses toujours plus grandes – quitter le décor. Guérin pensa à Savane, aux pilotes de voitures, à la galaxie de petits trous ensanglantés, aux dealers et à leurs clients, pour conclure que cette nuit s'organisait autour de l'idée de mur, et de la vitesse à laquelle on envisage de le percuter.

Sur l'écran une voiture sortit de la piste, bousculée par une autre, et partit en tonneaux dans un nuage de poussière. Churchill, plantant ses griffes dans l'épaule de Guérin, partit d'un grand éclat de rire cynique, de sa voix inconnue.

D'autres images se mêlaient à la course. Les yeux mi-clos le lieutenant Guérin voyait, au milieu des voitures peintes aux couleurs de marques de cigarettes, de magasins de bricolage et de lubrifiants, un homme nu, remontant bras écartés le courant frénétique. Et il sut, sans plus aucune hésitation, que l'homme du périphérique était lui aussi un élément de la Grande Théorie.

Alors qu'il s'endormait, bras tombant de chaque côté du fauteuil, Churchill, de son bec émoussé, se mit à frotter doucement sa tête trop pleine.

4

La 4L avait commencé à chauffer vers Limoges. John s'était arrêté dans un routier, avait bu une bière et mangé un jambon-beurre en attendant que le moteur refroidisse. Il avait repris la route à la nuit tombée, roulé encore un peu, puis quitté la nationale pour trouver un champ où se garer.

Il avait ouvert le coffre arrière, et enroulé dans une couverture, laissant ses jambes pendre à l'extérieur, avait mis longtemps à s'endormir. Pendant le trajet, il s'était raconté l'histoire de sa rencontre avec Alan Mustgrave.

Douze ans. L'absence d'Alan, même irréelle, révélait une présence dont il n'avait pas encore mesuré le poids.

Allongé dans la voiture il était arrivé au bout, à la dernière fois qu'il l'avait vu. C'était au tipi deux mois plus tôt, en plein milieu de l'hiver. Comme d'habitude, Alan avait débarqué sans prévenir.

La vraie surprise était qu'il soit arrivé jusque-là : Al détestait la campagne, toutes les campagnes, lui qui avait grandi dans l'une des plus mortifères qui soit. Les plaines sans fin du Kansas.

Ce matin-là John sortait du bois, sa caisse à outils à la main, revenant de la turbine qu'il n'avait pas réussi à réparer. Des nuages de vapeur s'échappaient de sa bouche et le sous-bois était craquant de gelée. Dans son autre main il tenait la petite hélice que le gel avait endommagée. La turbine supportait mal le froid, et il se demandait si la garantie australienne allait couvrir les frais. Depuis l'orée du bois il avait aperçu quelqu'un devant le tipi. Il s'était immobilisé, puis caché derrière un arbre pour observer l'inconnu.

Engoncé dans un blouson en cuir, mains dans les poches, l'homme tapait des pieds pour se réchauffer, regardant le versant nord de la vallée.

Avant même de discerner les tatouages sur le crâne rasé, le visage couvert de lignes tribales et percé d'anneaux, John avait reconnu Alan, aussi déplacé dans ce décor naturel qu'un ukulélé sur la banquise. À mesure qu'il s'était approché il l'avait entendu adresser des insultes aux arbres, aux chemins de terre qui dégueulassaient les chaussures et aux connards qui vivaient dans la forêt. Alan Mustgrave avait balancé un coup de pied dans une bassine, où trempaient les slips et les chaussettes de John.

– *Shit !*

– Hello, Al.

Tout en lignes et piercings, il s'était retourné en souriant, nerveux.

– *Hey ! Big J. !* C'est quoi ce truc de merde que tu vis ?

Débarqué sans prévenir. Son français, bien qu'approximatif, était toujours aussi concis.

Alan avait eu envie de le voir. Il avait pris un train de nuit, un taxi de Saint-Céré à Lentillac, demandé sa

54

route au bar des Sports et terminé à pied. Trois kilomètres. Un exploit dont John n'était pas revenu.

Alan n'avait rien dit d'important, il s'était contenté de charrier John et son campement, de se foutre de lui-même et de sa vie à Paris. Alan riait essentiellement de lui-même, par pudeur sans doute, et par une sorte d'aveu constant d'impuissance. Son impuissance à changer. Il n'avait pas fallu longtemps à John pour comprendre qu'il avait replongé. Au milieu d'une phrase Alan s'était tu et avait baissé la tête. Regardant ses mains tremblantes il avait seulement dit :

– *I'm sorry, man. I'm sorry.*

Il avait ensuite relevé la tête et souri.

– J'ai rencontré une fille, John, je suis sûr qu'elle te plairait. Elle s'appelle Paty et elle se jette à poil contre des murs !

Le sujet dope était clos. Alan l'avait effacé de son fameux sourire, reflet terrestre du dernier morceau de son âme, jadis flamboyante, qui n'était pas encore gangrené par la souffrance et l'héroïne. Ce sourire qui seul l'empêchait de se faire virer des bars où il traînait, de se faire trop d'ennemis et de survivre à son image quand il se croisait dans un miroir. Il avait encore perdu, si cela était possible, plusieurs kilos.

Alan adorait parler de ses conquêtes féminines – résultats de la fascination qu'il inspirait et de son sourire désarmant. Lui, l'homosexuel défoncé que les femmes les plus étranges s'arrachaient, avant d'être balayées d'un autre sourire et d'une vanne destructrice.

– *Fuck!* Comment tu fais dans ce trou quand tu veux tirer un coup ? Tu te frottes aux arbres ou tu penses à moi en t'astiquant ?

Plus Alan était grossier, plus on approchait de ce qu'il pensait.

Ils avaient parlé un peu du passé, du présent, évité soigneusement l'avenir. Puis Alan était devenu silencieux, enfermé quelque part avec ses démons. Al, comme à L.A. quand il débarquait dans sa piaule, était resté là sans rien dire, à suivre John qui étendait ses chaussettes, fendait du bois, alimentait le feu et préparait un dîner. Il l'avait regardé tirer à l'arc, et son seul commentaire avait été : *Tu veux que je me mette sur la cible, t'arriveras peut-être à la toucher ?* Il l'avait suivi toute la journée, lançant des blagues de temps en temps, à grelotter dans son blouson de voyou des villes, avec ses tatouages de guerrier des îles. John savait qu'il n'y avait rien à dire. Il était la personne à qui Alan parlait le plus, il savait donc quand cela était possible ou souhaitable. Toute la journée il avait laissé Alan le suivre, sa bouche percée clause, incapable de dire ce qu'il était venu dire.

Ils avaient mangé du poisson et du riz à la lumière d'une lampe à pétrole, Alan avait injurié les arêtes. Après le repas qu'il avait à peine touché, le junkie de Los Angeles avait seulement dit, enroulé tout habillé dans une couverture indienne :

– Je suis content de te voir, John. *Good night and good luck, man.*

Il avait semblé sur le point d'ajouter quelque chose.

John l'avait regardé trembler sous la couverture, en plein début de crise de manque. Alan allait lui demander, pour la dixième fois, de l'aider à décrocher. Il n'hésiterait pas. Même si le spectacle de son ami en train de vomir, mordre et hurler, était la dernière chose qu'il souhaitait revoir. Même si Alan avait déjà rompu des centaines de promesses et mis John dans la merde plus souvent qu'à son tour.

La première nuit du moins, malgré l'insomnie, serait

calme. John s'était juste demandé comment empêcher un fakir en manque de s'échapper d'un tipi.

Au matin le problème était résolu. Alan avait disparu.

Sur la copie de la thèse de John, posée à côté du foyer, Alan avait griffonné en anglais juste sous le titre : *J'ai emprunté de l'argent au bistrot du bled pour payer le taxi. J'ai dit que tu passerais rembourser. Je te revaudrai ça. Merci, vieux, pense pas trop à moi !*

Il y avait encore sur le papier une trace du sourire d'Alan quand il avait signé : *Your best friend. Big A.*

John, en épluchant ces derniers souvenirs, était arrivé au bout de l'histoire. Une histoire qui se terminait par une disparition, une de plus dans la vie d'Alan Mustgrave. Ou bien était-ce le contraire, la dernière fois qu'Alan débarquait sans prévenir ?

John avait grincé des dents et ravalé ses larmes, avant de s'endormir.

Une heure plus tard, réveillé en nage face à un mur d'amnésie, il sortit brutalement de la voiture, marcha dans le noir vers le milieu du champ, de toutes ses forces arma son arc à l'horizontale et tira une flèche droit au-dessus de sa tête.

Expirant lentement il attendit, la tête renversée.

Il entendit la flèche se perdre, puis doucement le sifflement de sa chute, de plus en plus net.

Une légère brise soufflait sur son visage. Il estima l'impact à quelques mètres derrière lui.

Il sourit en entendant la pointe de métal – une flèche pour le gibier – se planter dans la carrosserie de sa voiture.

En se réveillant, à l'aube, il vit la flèche plantée à

la verticale dans le toit de la vieille Renault ; elle était enfoncée de moitié dans l'habitacle, pointée vers ses yeux à peine ouverts.

L'empennage de plumes rouges, sur la flèche peinte en noir, faisait comme une antenne médiévale au toit de la 4L qui reprit la direction de Paris. Il sourit, en imaginant la flèche plantée au-dessus de sa tête, se déplaçant sur une carte du temps et indiquant le présent : Vous êtes ici. Il se dit, repartant pour un dernier rendez-vous avec Alan, que le destin n'était peut-être qu'une idée de nous-même qui ne vieillissait pas. Juste une idée qui nous suivait, nous précédait, mais surtout nous survivait.

*

John avait une bonne mémoire des lieux, mais pas des itinéraires qui les reliaient, encore moins des sens interdits qui les séparaient. Il fit donc une virée approximative dans Paris – le témoin de chauffe de la 4L sur le point d'exploser –, avant de rencontrer un boulevard à l'air connu. Il estima être sur Saint-Germain, en eut la confirmation lorsqu'il déboucha, par hasard, sur la place Saint-Sulpice. Après trois tours de quartier il finit par poser sa guimbarde sur une aire de livraison, rue de Tournon. L'échappement percé de sa voiture émit quelques rots explosifs, puis le moteur s'arrêta dans un râle engorgé. La tête bourdonnante il colla son nez au pare-brise et observa les passants sur le trottoir. Deux mois plus tôt il s'était caché derrière un arbre en surprenant un inconnu au campement… La proximité de la foule et les immeubles montant plus haut qu'il ne pouvait voir appuyaient sur sa poitrine. Une sensation de plongée en profondeur, dans un élément étranger et dense. Une heure et demie de conduite, dans la circulation démente, l'avait mis sur les nerfs. Cinq kilomètres ! Chez lui, il aurait eu le temps d'aller à Lentillac, de faire ses courses, de tirer un ou deux poissons, de les mettre à cuire et de trouver encore cinq minutes pour s'allonger dans son hamac. Étouffant et nauséeux, il sortit de la voiture, un goût de gaz d'échappement dans la bouche, dos et tête douloureux, les jambes en quilles de bowling. Il s'étira, respira un grand coup et faillit recracher l'air comme de la nourriture avariée.

Il voulut fermer les portières, mais se souvint du paysan qui lui avait vendu la 4L : *Mon gars, ça fait longtemps que j'ai plus la clef des serrures. Dans le coin, si quelqu'un te vole ta voiture, c'est que t'as trop fêté l'ouverture de la chasse et qu'il te ramène chez toi.* John chargea ses affaires sur son dos et s'éloigna. Il se retourna après quelques mètres, inquiet de ne pas retrouver son épave, et décida qu'il s'en foutait. S'il le fallait, il quitterait la ville en train, en stop ou même à pied. La flèche noire était plantée dans le toit, comme un leurre faisant croire qu'il était toujours sous sa pointe.

Il marcha quelques minutes et, l'usage de ses jambes retrouvé, se souvint avoir grandi à San Francisco. Les rues étaient pleines de femmes, lui aussi était un citadin.

À en juger par les réactions des Parisiens, ce n'était pas l'impression qu'il faisait. Ils s'écartaient à son passage, telle la mer Rouge sous les coups de bâton de Moïse.

Dans la vitrine d'un magasin, John P. Nichols considéra son reflet avec un début d'inquiétude. À côté d'un tailleur à quatre cents euros, il découvrit un cow-boy Marlboro, croisé avec un Indien sur le sentier de la guerre et un trappeur canadien, tous les trois ayant reçu de plein fouet le choc de la Beat Generation. Pataugas boueuses, pantalons de treillis raccommodés, chemise de flanelle à gros carreaux, un début de barbe blonde éparse et en guise de coiffure une serpillière effrangée tombant sur sa tête. Dans son dos l'arc dépassait de la couverture indienne, et il se demanda quand il avait hérité de ce visage d'ours affamé. Au bout de combien de temps et jusqu'à quel point, se demanda-t-il, ne plus considérer son apparence pouvait affecter une personnalité. Il reprit son chemin sans plus oser regarder les femmes. Qu'avait dit Alan, en le voyant étendre ses slips ? *Man, tu vas bientôt perdre l'usage de la parole*.

Dans un bureau de tabac il acheta des Gitanes filtre, une carte de téléphone et un plan de Paris pour remédier aux lacunes de son orientation. Dans la rue il s'obligea à penser en français, comme si cela pouvait se voir.

D'une cabine il appela les renseignements et obtint le numéro et l'adresse de l'ambassade américaine. Le secrétariat lui annonça que Frank Hirsh ne serait pas de retour avant seize heures. John se présenta et la standardiste dit que Hirsh le recevrait dès son arrivée. Il était à peine quatorze heures. La seule personne qu'il aurait voulu voir à Paris l'attendait à la morgue, celle qui devait l'y conduire se faisait attendre.

Il espéra sérieusement que la voiture voudrait bien redémarrer.

John consulta son plan et se mit en route, arpentant les trottoirs en direction de la Seine. Ayant repoussé le plus longtemps possible ces idées pénibles, déboulant sur les quais, il se mit à imaginer comment Alan était mort. Aussitôt s'imposa à lui l'image d'un corps squelettique, effondré sur un chiotte de bistrot, une seringue plantée dans le bras. Elle le suivit à chaque pas de son parcours, alors qu'il marchait de plus en plus vite pour tenter d'en semer l'odeur. Il arrivait parfois à changer le décor – Alan, mort dans un lit, une ébauche de sourire aux lèvres ; Alan s'éteignant en plein trip, l'image était ridicule, en haut d'un immeuble à l'heure du coucher de soleil –, mais cela ne changeait rien. Alan avait toujours, dans son bras, une aiguille plantée dans une croûte infectée. Quoi qu'il imaginât, le parfum de sa chemise sale, diffusé par la sueur qui coulait sur sa poitrine, avait des relents de pisse et de bière vomie. Il pensa à la rivière, en bas du campement, et à l'eau fraîche dans laquelle il aurait voulu plonger.

Un jour que John avait ramassé Alan sur Venice Boulevard, nageant dans sa merde entre deux poubelles, le fakir du Kansas lui avait dit que la dope ne le tuerait jamais, parce qu'il était déjà mort depuis longtemps d'une overdose de maïs. John ne se souvenait plus de sa réponse, quelque chose de débile à propos de l'envie de vivre. Il se souvenait seulement qu'il n'avait pas cru à ce qu'il disait, que ce jour-là, il n'avait pas eu la force d'y croire. Peut-être était-ce de sa faute, si Alan avait lâché la rampe. Quand il était venu au tipi cet hiver, John l'avait laissé filer ; un peu par négligence, mais il n'y croyait plus. Il savait ce qui allait arriver. Il n'y pouvait pas grand-chose mais cela ne changeait rien. Il accéléra encore.

Place du Carrousel, dans le bassin d'une fontaine, il s'aspergea le visage d'une eau grasse. Des touristes par centaines photographiaient la pyramide du Louvre.

Des Noirs avec des visas temporaires vendaient des oiseaux mécaniques, dont ils remontaient les ressorts en tournant une petite clef, puis les lâchaient dans l'air. Les jouets se débattaient une minute et, à court d'énergie, retombaient lamentablement par terre. Les Noirs souriaient aux touristes entre deux regards inquiets, surveillant l'arrivée des flics. Il faisait beau, le ciel était d'un gris clair sans taches.

John coupa par le jardin des Tuileries, et se sentit mieux au milieu de la végétation. Le printemps était plus en avance que dans le Lot, boosté par la chaleur artificielle et le monoxyde qui recouvrait la ville. Il s'assit un moment sur une chaise en métal. À l'autre bout du Jardin, immobile à cette heure de la journée, la grande roue s'élevait au-dessus des arbres. Des femmes roulaient des poussettes dans les allées poussiéreuses, un pigeon à une patte était perché sur la tête d'une statue d'Henry Moore, une longue silhouette voûtée. Le pigeon dérapa sur le bronze et battit furieusement des ailes pour ne pas toucher le sol.

Sous les arcades de Rivoli les vitrines de luxe se suivaient avec le naturel d'une séquence d'ADN. Il passa les rues Saint-Florentin et Royale, avant d'apercevoir le bâtiment de l'ambassade et son immense drapeau en fronton. Sur la place de la Concorde les voitures semblaient livrées à elles-mêmes, fonçant dans toutes les directions.

À la porte de l'ambassade un marine à l'accent texan hésita à le laisser passer, même après qu'il eut montré son passeport américain.

– *I have an appointement with Frank Hirsh.*

Le marine appuya sur un interphone et demanda confirmation. John leva les yeux sur le grand drapeau américain qui pendait, immobile et avachi, au-dessus de lui.

Le militaire dit que le rendez-vous était confirmé, mais qu'il ne pouvait pas entrer avec son sac. Il lui indiqua, plus loin sur l'avenue Gabriel, un endroit où le déposer. John repartit, se demandant si la règle s'appliquait à tous ou bien si son arc posait problème. Sur la vitrine de la sandwicherie un écriteau, *Luggage deposit – 2 euros per hour*, disait que non. Dans la boutique, avant qu'il n'ouvre la bouche, un serveur en tablier marron, coiffé d'un calot accordé, lui indiqua une porte. John déposa son sac au milieu de caisses de boissons, à côté de cinq ou six autres valises et sacs de voyage. Un petit business qui ne coûtait rien et devait rapporter pas mal de cash au gérant. Le serveur, quand il ressortit de la remise, lui tendit un petit papier avec un tampon de l'établissement, l'heure et la date.

Le marine texan jeta encore un regard sévère à sa tenue, puis un autre plus amical à sa tête de trappeur. Il avait sans doute reconnu en John un chasseur, lui qui s'ennuyait des virées en 4 3 4 avec les potes, des Budweiser et des antilopes explosées au M16.

– *The visitors door, sir, in the back, on your left.*

John passa sous le porche et déboucha dans la cour intérieure. Une file d'une trentaine de personnes attendait devant la porte du service des visas. Des hommes et des femmes de toutes les couleurs, habillés pour une première communion. John, sauvage tout juste expulsé du ventre de la forêt, les dépassa, son passeport américain à la main. À gauche au bout de la cour il repéra la porte des visiteurs. Trois GI la gardaient, lui firent vider ses poches et l'obligèrent à passer sous un portail électronique. Ils emballèrent ses clefs de voiture et son couteau suisse dans un sac transparent, demandèrent s'il avait un téléphone portable et lui remirent un badge numéroté. Alors qu'une jeune femme vérifiait encore une fois son rendez-vous sur un bordereau, Hirsh s'avança vers lui, main tendue. Il n'eut pas une hésitation, ne trahit aucune surprise en découvrant le bûcheron franco-américain.

– Je vous remercie d'être venu si vite, monsieur Nichols. Excusez-moi pour ce retard, mais je ne savais pas quand vous alliez arriver.

Hirsh n'avait pas lâché sa main et à peine bougé les lèvres en parlant, conservant intact son sourire contrit. La première impression de John, quand ils avaient parlé au téléphone, se confirmait. Ce jeune homme soigné, trente à trente-deux ans, coupe de cheveux classe internationale, la peau entretenue et convenablement bronzée d'un fils de bonne famille, n'était pas amoureux que de la littérature française. Un collègue d'Alan, dans un genre tout à fait opposé.

John se fabriqua un sourire inédit, entre gratitude, gravité et commisération, incertain du résultat. Frank Hirsh cligna des yeux, cherchant une réaction adéquate. Il finit par articuler un laconique :

– Je comprends.

Merde, il était bien le seul.

– Une voiture nous attend, si vous voulez bien me suivre, monsieur Nichols.

Ils repartirent aussitôt dans l'autre sens. John récupéra ses clefs et son couteau, retraversa la cour et repassa devant le marine de l'entrée.

Un SUV noir, immatriculation diplomatique, attendait sous le drapeau ; un chauffeur blond, cheveux en brosse et de la taille de John, était au volant. Ils s'installèrent à l'arrière et la voiture démarra.

John se retourna en voyant passer la sandwicherie.

– Attendez ! Mon sac est là.

– *Stop the car, please !*

Il ressortit une minute plus tard du restaurant. Le chauffeur attendait à l'arrière de la voiture, coffre ouvert. John y déposa son sac cradingue et son matériel de tir. D'une main le molosse à coupe réglementaire referma sèchement le hayon ; son cou était étrangement court, presque aussi large que ses épaules. Réajustant son costume, un sourire en coin, il estima le poids de John d'un œil expert. John remonta dans la voiture, intrigué par l'agressivité du bulldog.

– Où est-ce qu'on va ?

– À l'Institut médico-légal. Le, hmm, le corps de monsieur Mustgrave est sous l'autorité de la police française, jusqu'à ce que nous puissions le rapatrier aux États-Unis.

– Qu'est-ce qu'il se passe avec les parents d'Alan ?

– Hmm… Hirsh roula des épaules de tennisman sous sa veste de costume. Eh bien, il semble qu'ils ne veuillent pas faire le voyage, ou qu'ils ne puissent pas. Ce n'est pas très clair à vrai dire, et je ne leur ai pas parlé directement. Ils ont réglé légalement la question, *via* un avocat de Kansas City, et décidé de vous charger des démarches. Il semble que cela ne soit pas tout à fait régulier, puisque vous n'étiez pas au courant de leur choix, hmm, ni de la mort de monsieur Mustgrave. Avez-vous une idée, monsieur Nichols ?

– C'est moi qui ai fait venir Alan à Paris.

– Et à propos de leur, hmm, absence ?

Hirsh était plus mal à l'aise qu'il n'aurait dû. John était agacé par les hésitations, les précautions et les vitres teintées du véhicule silencieux.

– Alan ne s'entendait pas avec eux. Depuis long-temps c'est moi qui leur envoie des nouvelles de leur fils. Ils ne m'aiment pas beaucoup pour autant.

Hirsh fixait obstinément l'avant de la voiture.

– *What's going on ?*

John avait élevé la voix, pour essayer de le sur-prendre. Un peu de familiarité devait pouvoir secouer le beau gosse. Le chauffeur jeta un coup d'œil gour-mand dans le rétroviseur intérieur, mais Hirsh ne mor-dit pas à l'hameçon.

– Nous serons bientôt arrivés, monsieur Nichols.

– Comment il est mort ?

Hirsh s'étrangla à moitié, enchaînant sur une quinte de toux diplomatique.

– Vous connaissiez le travail de monsieur Mustgrave, n'est-ce pas ?

– *Yes*.

– C'était un métier dangereux et, comment dire, dans lequel il peut y avoir des accidents.

– Dis-moi direct.

Hirsh tira sur son nœud de cravate, et mit sans doute le tutoiement sur le compte du français de Nichols.

– M... Monsieur Mustgrave est mort pendant un numéro, monsieur Nichols. Il est mort sur scène.

John eut très chaud, et l'odeur de mort qui l'avait suivi dans Paris revint lui chatouiller les narines. Il appuya sur une commande et baissa sa vitre. L'habi-tacle s'éclaircit soudain, un peu de sueur perlait sur la tempe bronzée de Frank Hirsh.

Le chauffeur gara la voiture devant un bâtiment en briques sales, au bord de la Seine. L'immeuble, quatre étages, était coincé entre la berge et le métro aérien.

Les rails tombaient d'un pont métallique enjambant le fleuve, et disparaissaient sous terre après un large virage qui enlaçait l'Institut. Le bâtiment semblait triste et cafardeux, avant même que l'on sache qu'il était plein de cadavres.

La proximité soudaine du corps d'Alan déséquilibra John lorsqu'il descendit du 4 3 4. Il aurait volontiers bu un verre d'alcool avant d'entrer là-dedans.

Hirsh le précéda jusqu'à l'entrée, se ratatinant à vue d'œil. Pour un peu, c'était John qui allait le soutenir.

– Vous êtes déjà venu ?

– C'est exact, monsieur Nichols.

Il ne devait pas beaucoup aimer les morgues, une partie de son boulot à laquelle les cours d'Harvard ou de Yale ne l'avaient pas préparé. Non que John eût côtoyé plus de macchabées à l'université de Los Angeles.

Derrière un petit comptoir, un homme au teint de mollusque abyssal leva le nez d'un journal.

– Je peux vous aider ?

Un employé en blouse blanche ouvrit la porte métallique et tira le lit à roulettes. Sans attendre il retourna le drap, découvrant la tête.

John ferma les yeux, les rouvrit une demi-seconde, les referma, passa ses mains sur son visage, puis regarda pour de bon.

Combien de fois avait-il imaginé ce corps, alors qu'il était encore vivant, à l'état de cadavre ? Quand il transportait Alan à l'hôpital, quand il le retrouvait, affalé sur son canapé, défoncé au dernier degré et comateux. Combien de fois l'avait-il traîné sous une douche froide, pour le voir vomir et reprendre faiblement vie ? Cet enfoiré se payait toujours le luxe d'un sourire, lorsqu'il revenait lentement sur terre et découvrait John, penché sur lui, plein de peur et de colère. Ce sourire qui le séparait seul de la mort.

John avait beau se pencher sur le corps, les genoux cassés, il n'y avait plus de sourire à attendre. Impossible d'y croire. Alan ne mourrait jamais, Alan revenait toujours, il était revenu à chaque fois…

Alan se rasait la tête tous les jours. Un rituel de mort, avait écrit John quelque part, une habitude héritée de l'armée. Ses cheveux avaient un millimètre de long, noirs et obscènes, dressés sur la peau rétractée de son crâne. Des plantes parasites, vivant sur un mort. L'inertie de la vie. John pensa absurdement à sa voiture, roulant moteur éteint jusqu'au bout du chemin.

On avait enlevé ses boucles d'oreilles et ses piercings, il ne restait que les trous dans la chair. Dans ses joues caves, ceux plus gros par lesquels il enfilait des pics à brochettes, entourés de rides sèches.

Ses paupières bleuies étaient fermées sur ses yeux énormes, disproportionnés au milieu de son visage rétréci de momie ; ses lèvres grises étaient crispées sur ses dents, ses narines pincées et sa peau craquelée.

Une tête réduite de Jivaro, au crâne et aux yeux proéminents, aux tatouages maoris aussi morts que de vieux graffitis sur une ruine.

Dans l'esprit de John, l'image d'un petit rongeur gris et desséché, prenant la poussière derrière un vieux meuble, se superposa au visage du cadavre. Puis sa vision se brouilla, ses yeux trop secs à force de ne plus battre des paupières.

Hirsh, après un rapide coup d'œil à la dépouille, s'était éloigné pour laisser à Nichols le temps de se recueillir. Un flic en uniforme s'approcha doucement de John, un formulaire posé sur son avant-bras. John fit oui de la tête, le flic cocha une case et lui tendit les papiers. Il signa en bas d'une page, puis le fonctionnaire quitta la salle des frigos.

Le type en blouse voulut recouvrir Alan, mais John l'arrêta. Il tira sur le drap et découvrit le reste du corps.

– *Fuckin'hell!*

La peau étirée, au-dessus des deux déchirures, pendait sur la poitrine comme des seins de vieille. Les côtes étaient à nu. Alan avait encore réussi à perdre du poids. Une entaille profonde, sur son avant-bras droit, coupait en deux le tatouage du croissant étoilé, et ne cicatriserait plus. Il était couvert de trous restés ouverts, ceux du spectacle et ceux des aiguilles, au long de ses bras et sur ses pieds. À part la tête et les bras, le reste de sa peau n'était pas tatoué. Alan n'avait marqué à l'encre que les parties visibles. Son sexe rétracté et ses couilles étaient noirs.

John remit le drap en place et regarda le lit glisser dans le compartiment réfrigéré. Hirsh se rapprocha. Nichols fixait la porte étanche, comme s'il avait encore besoin de voir, pour être certain et ne plus laisser place à des doutes surréalistes. Le secrétaire adjoint posa une main sur son épaule.

– Ça va aller ?

John bougea un peu la tête.

– Où c'est arrivé ?

– Au cabaret dans lequel monsieur Mustgrave travaillait. Dans le 6e arrondissement. Le Caveau de la Bolée, si mes souvenirs sont exacts.

Les souvenirs de Hirsh, John en fut certain, étaient parfaitement exacts.

– Vous avez couché avec Alan ?

Hirsh retira sa main de son épaule comme s'il s'était brûlé. John se tourna vers lui, mais Hirsh regardait l'entrée de la salle. À côté de la porte, sous les néons qui écrasaient sa face de boxeur sans ombres, le chauffeur les observait. Hirsh sortit rapidement, et son chaperon lui emboîta le pas. John resta immobile un instant puis s'avança vers le compartiment. Il effleura la poignée en inox du bout des doigts et partit.

La lumière avait changé, et malgré le printemps précoce, la fin d'après-midi tournait rapidement à la nuit. Le chauffeur était au volant. Hirsh se tenait à côté de la portière ouverte, sa superbe en lambeaux. Le jeune diplomate était sous surveillance, une rumeur de scandale planant sans doute au-dessus de sa tête. Alan, même vivant, n'était pas une fréquentation recommandée dans une ambassade. Mort suspendu à des crochets, rien ne s'arrangeait. John se demanda comment ils avaient pu se rencontrer.

– Vous voulez que nous vous déposions, monsieur Nichols ? Avez-vous besoin d'un hôtel ?

– Dans combien de temps Alan va repartir pour les US ?

– Cela devrait prendre un ou deux jours, au maximum. Voulez-vous en être informé ?

– Je téléphonerai. Et je vais marcher, pas besoin de voiture.

Alors que John avançait vers le coffre, Hirsh le prit de vitesse. Il ouvrit le hayon et, juste avant que le chauffeur ne se pointe, lui aussi pris de vitesse, attrapa le sac de John. Le chauffeur poussa une sorte de grognement, que Hirsh ignora, regardant Nichols dans les yeux avec à son tour un sourire inédit au visage. Un mélange de remerciement, de compassion, de peur et de tristesse. Plus une réponse à la question de John demeurée en suspens.

Quand il prenait la peine de séduire quelqu'un, Alan devenait un monstre. Le diplomate y était passé, et n'avait pas fini de s'en bouffer les doigts. John répondit à sa grimace pathétique par un laconique « Merci ». Puis il lança au chauffeur ce qu'il attendait depuis le début : un regard d'ours que l'homme tronc lui rendit sans effort.

John serra la main du beau gosse défraîchi, puis regarda s'éloigner la voiture aux vitres fumées. Quand elle eut disparu dans la circulation, il ouvrit sa main pour lire la carte de visite de Hirsh.

5

Le veilleur de nuit avait ouvert la porte de service à huit heures trente. Une vingtaine d'employés, en train d'attendre et de discuter, avaient écrasé leur cigarette avant d'entrer en silence. Après avoir salué le gardien qui finissait son service, ils avaient marché vers les vestiaires, les hommes et les femmes se séparant. Une fois en tenue chacun s'était dirigé vers son poste. Caisses, surveillance, information, cafétéria, entretien. À neuf heures moins cinq, tout le monde était en place et les lumières allumées. À neuf heures on avait déverrouillé les portes de verre, et les premiers visiteurs qui attendaient étaient entrés. Chacun d'eux avait reçu un billet au dos duquel était imprimée la photo d'un animal – singe, grenouille ou oiseau –, avait poussé un tambour de sécurité et levé les yeux vers le plafond de la Grande Galerie, retenant leur souffle. Des enfants s'étaient mis aussitôt à crier et courir dans tous les sens, leurs parents sur les talons. À dix heures et demie, une centaine de personnes étaient éparpillées parmi les étages. À midi, les visiteurs étaient deux fois plus nombreux. En milieu d'après-midi, la Grande Galerie comptait, en plus de ses milliers d'animaux morts, deux cent quarante-huit visiteurs, dont trois groupes scolaires. Au premier niveau, sur une passerelle, un instituteur et deux parents qui jouaient les accompagnateurs avaient arrêté une classe de CM1. Devant un squelette de cachalot suspendu à des câbles, l'instituteur avait demandé qui connaissait *Moby Dick* ; une petite fille, un doigt pointé en l'air, l'avait interrompu :

– Monsieur ! Qu'est-ce qu'il fait le monsieur ?

Toute la classe avait levé la tête.

*

Lambert gara la voiture à deux pas de l'entrée du Jardin des Plantes, rue Geoffroy-Saint-Hilaire, en face de la Grande Mosquée faisant elle-même face à la Grande Galerie de l'évolution. Il descendit de la voiture et s'étira. Il portait une veste de survêtement aux couleurs de l'équipe de France de football.

– Whoua, j'ai toujours eu envie de visiter ce musée !

Guérin contempla, sceptique, la bosse voyante que le Beretta 92 faisait sous la veste tricolore. Même Lambert avait une arme… Il avait toujours trouvé inapproprié, dans la main d'un homme à l'élocution hésitante, cet automatique capable de balancer quinze pruneaux en quelques secondes. Cet objet était absurde, en relation contradictoire avec la personnalité de son adjoint. Mais la contradiction aussi était un lien logique. Sous l'imperméable jaune de Guérin, personne ne savait s'il y avait une arme. Le cas échéant, il pouvait aussi bien y planquer une mitrailleuse lourde.

Guérin prit le temps d'observer la rue, s'attardant sur la Mosquée avec une impression désagréable, un parfum de thé à la menthe lui titillant la mémoire.

L'anxiété qui avait dévoré ses vacances marocaines revenait lui écraser le plexus solaire. Un petit vertige lumineux le fit cligner des yeux.

Lambert, trottinant devant le Patron, entra le premier, son badge à la main.

Un gardien de la paix leur indiqua le chemin.

Impressionné par l'immensité du décor, grandiose et morbide, Guérin sentit des picotements dans ses jambes, entre malaise et excitation.

Autour de la mare de sang, il y avait foule. Des hommes en costume – probablement des responsables de la Galerie –, quatre ou cinq flics, des infirmiers, un type perplexe qui avait tout d'un légiste et trois pompiers qui installaient des échelles. Tout le monde avait le nez en l'air, suivant la progression de deux autres pompiers en train de descendre en rappel des étages supérieurs. Entre les deux hommes suspendus aux cordes et la mare de sang, planait un squelette de cachalot. Dans sa cage thoracique, planté sur une côte du diamètre d'un poteau téléphonique, le corps d'un homme nu dont gouttait encore du sang. Des voix aiguës et surexcitées résonnaient dans la Galerie.

Un flic salua Guérin.

– Ils essaient de le descendre, lieutenant. Mais c'est pas évident, et le conservateur, le monsieur là – le flic pointa un costume du doigt –, arrête pas de dire qu'il faut faire attention au squelette, à pas l'abîmer plus.

– Les témoins ?

– Une trentaine de gosses, lieutenant, et trois professeurs, plus une dizaine d'autres visiteurs. Ils l'ont tous vu se déshabiller et sauter, de la coursive du quatrième.

– C'est ça le boucan ?

– Ils sont à la cafétéria du deuxième, on essaie de les calmer. Le caissier demande des reçus pour les boissons et les glaces.

Lambert s'était joint au groupe sous le squelette, émerveillé par cette tache de sang qui fonctionnait à l'envers de celle du bureau. Guérin se désintéressa des pompiers et des difficultés techniques. Il s'éloigna de la scène et monta au premier, marchant à la rencontre d'une colonne de girafes, de buffles, de gazelles, de lions et de dizaines d'autres animaux semblant fuir un incendie de forêt. Il s'arrêta au milieu de l'immense plateforme et s'imprégna à fond de l'atmosphère de l'endroit. Ébahi et nerveux, il murmura :

– De plus en plus fort !

À petits pas rapides il parcourut la Galerie, cherchant le meilleur point de vue sur le cachalot. Il passa devant une vitrine d'ornithologie, et grimaça en remarquant un couple d'aras taxidermisés, beaucoup plus vieux mais en meilleur état que Churchill. L'idée que ces animaux étaient faits pour vivre en couple l'attrista un instant, ému par l'image de Churchill, quinqua célibataire et aigri, seul sur son perchoir. Mais l'image fut rapidement balayée par l'intuition prégnante qui l'avait saisi, dès son entrée dans la Grande Galerie. Un dernier saut, au milieu du public et de dizaines d'espèces disparues ou en passe de le devenir ! Magnifique !

Alors qu'il montait au troisième étage, il entendit un cri. « Attention ! » Puis le bruit mat d'une chose molle heurtant le sol, suivi d'un choc métallique, à coup sûr une échelle tombée par terre. Sur la coursive du troisième il trouva ce qu'il cherchait. Le poste d'observation idéal. De là il surplombait toute la Galerie, avec une vue parfaite de la coursive du quatrième, jusqu'au squelette en vue plongeante. Il s'avança lentement jus-qu'à la balustrade, dévorant des yeux le bois sombre de la main courante, puis se pencha au-dessus en pre-nant garde de ne pas l'effleurer. Guérin apprécia la hauteur, un saut de l'ange sans pardon.

Sous le cachalot régnait une grande confusion. La côte avait apparemment cassé, au grand désespoir du conservateur, et le corps avait fini par rejoindre son sang, traversé par un morceau d'os de deux mètres de long. Le légiste se tenait le menton, bras croisés sur la poitrine, les pompiers étaient dans leurs petits souliers.

Guérin redescendit au pas de course à la cafétéria. Il aborda un flic dépassé par les événements, au milieu d'une marmaille hystérique que la chute du cadavre avait rendue dingue.

– Lieutenant Guérin, PJ. Je veux que vous boucliez immédiatement cette partie de la coursive, au troisième étage. Guérin montra l'endroit au flic, qui avait les bras chargés de sandwichs. Vous me bouclez cet endroit et je vous envoie une équipe du labo. Je veux un relevé d'empreintes sur dix mètres de balustrade, de chaque côté de ce poteau, vous m'entendez ? Guérin pointait toujours l'endroit du doigt. Vous m'entendez ?

– À vos ordres, lieutenant !

– Est-ce qu'il y a des caméras de surveillance ?

– Je ne sais pas, lieutenant, il faudrait voir avec la sécurité.

– Occupez-vous de cette balustrade, tout de suite !

Le flic posa ses sandwichs sur une table, appela des collègues par radio et partit en vitesse, trop heureux de s'éloigner des mômes.

L'agent de sécurité, qu'il trouva au point Informa-tion, en grande discussion avec d'autres employés, lui dit qu'il n'y avait pas de caméras dans la Galerie, seulement à l'entrée.

Dix minutes plus tard, Guérin ressortait de la salle des vidéos, un disque dur sous le bras, survolté. Ses gros yeux roulaient dans leurs orbites, tendus vers le monde, cherchant des points fixes.

– Où est Lambert ?

Le flic qu'il interrogeait recula d'un pas.

– Qui ça ?

– Mon adjoint ! Blond, veste de foot, bouche ouverte !

– Ah, lui. Je l'ai vu partir par là-bas.

Guérin retrouva Lambert dans un recoin du rez-de-chaussée, en admiration devant une bête mal éclairée. Une petite baleine, de trois mètres environ, avec au milieu du front une longue corne torsadée.

– Patron, vous saviez que ça existait un truc pareil ? Un… narval ?

– Ça n'existe presque plus. Bouge-toi Lambert, on a du travail !

– Ils disent que c'est une dent. Ça sert à rien un truc pareil !

– C'est ça qui l'a perdu, il était comme toi. Lambert, on s'en va.

En ressortant, Lambert galopait derrière le Patron.

Dans la voiture, conduisant d'une main et fouillant ses boucles blondes de l'autre, il continua :

– Vraiment, à quoi ça peut servir, une dent au milieu du front ? Et aussi longue ? À choisir, j'aurais préféré m'empaler sur un narval que sur un cachalot…

Guérin ne prêtait aucune attention aux élucubrations de Lambert. Il regardait comme le Saint-Graal la boîte pleine de zéros et de un, posée à plat sur ses genoux pour ne pas renverser une seule goutte du sang du

Christ. Il jubilait, au bord d'un cri de joie, frappant sa tête à la façon d'un commutateur télégraphique.

– Vous pensez pas, Patron ?

– Qu'est-ce que tu dis ?

– Je dis qu'ils feraient mieux de pas en parler trop, les gens du musée. Parce que un endroit comme ça, une fois que ça va se savoir, tout le monde va venir s'y balancer. Et le rapport, Patron ? On n'a même pas parlé avec le légiste, on n'a pas l'identité du suicidé, rien !

La nuit était proche et Lambert avait raison. Le suicide était sujet aux modes, parfois même à des modes qui allaient contre ses règles. Une rébellion de suicidés ! Guérin sortit son carnet et commença à le noircir furieusement.

Lambert ne poursuivit pas son intuition, bien trop rapide, et passa à autre chose.

– Le brigadier-chef du commissariat du 6e, vous savez, Roger, celui qu'est tombé à la baille sur le noyé du Nouvel An, il était là. Y se souvenait de moi, il a dit qu'il avait chopé une crève du tonnerre après sa baignade. Et il a dit que le type, enfin c'est un témoin qui lui a dit, que le type avait crié en sautant.

Guérin couvrait son carnet de notes, des signes que Lambert ne comprenait pas, sans doute de la sténo, avec des flèches, des ronds, des petits bonshommes et des têtes de mort. Lambert tourna au vert et articula doucement :

– Ça va, Patron ?

– Qu'est-ce que tu dis ?

Guérin, halluciné, s'arrachait la peau du crâne à coups d'ongles, le sang commençait à couler sur sa joue.

– Rien… et la voix de Lambert s'éteignit… que le type a crié « Merci » en sautant…

– Au bureau mon petit Lambert ! Au bureau !

– Arrêtez, Patron, arrêtez…

Lambert n'avait jamais pu mettre de mots scientifiques sur ce qui se passait dans la tête de Guérin. Quand les crises arrivaient, il se disait seulement, avec ses mots à lui, qu'elle débordait. Il n'en parlait à personne, même s'il aurait bien voulu comprendre pour être un peu rassuré. Mais les fuites du Patron, mieux valait ne pas les ébruiter. Là-dessus, il n'avait aucun doute. La seule chose qui pouvait le calmer, Lambert le savait, était de suivre sa logique jusqu'à ce qu'il raccroche les wagons. En espérant que le Patron retrouve sa route. Il enfonça l'accélérateur. Leur voiture de service n'ayant pas de sirène, il se contenta d'abaisser le pare-soleil sur lequel était plaqué un autocollant noir et blanc, *Police*.

Il gara la voiture devant la petite entrée latérale du 36, priant pour que la nuit encore jeune les couvre suffisamment. Il scruta la pénombre du Quai des Orfèvres : personne. Guérin descendait déjà de la voiture, le disque dur serré dans ses bras. Il avait arrêté de se mutiler, mais était toujours très agité. Lambert étouffa un juron et avant de sortir plongea la main dans la boîte à gants. Il en tira une boule de tissu puis rattrapa le Patron, qui cherchait son chemin au milieu de la rue. Dans son imper jaune, il rappela à Lambert cette comédie musicale où des types dansaient sous la pluie. Sauf que quand Guérin perdait les pédales, le parapluie c'était lui, et qu'il pleuvait de la merde.

– Où est-ce qu'on est Lambert ? Par où tu es passé ?

– C'est rien Patron, on passe par le vieil escalier.

Pour plus de précaution, il posa le bob Beretta tout chiffonné sur la tête de Guérin.

– Mais qu'est-ce que tu fais ?

– Rien, Patron, rien du tout. Faut... faut aller voir ces vidéos !

Guérin brandit le disque dur et regarda son adjoint d'un air triomphant. Un bilboquet, doublé d'une toupie, sponsorisé par une marque de flingues. Le sang coulait jusqu'au coin de sa bouche et dans son cou, imbibant sa couronne de cheveux noirs.

– Allons-y, mon petit Lambert !

Lambert tira la clef de sa poche, ouvrit la porte, et ils passèrent devant les containers à ordures qui empestaient. Leur entrée était une sortie de poubelles à l'arrière des cuisines du personnel administratif. L'humour selon les flics. Il passa son bras sous celui de Guérin, pour l'aider à gravir les marches. Le petit bonhomme perdait de sa flamme et s'effondrait sur lui-même, à bout de souffle.

Ils atteignirent l'abri du bureau sans rencontrer personne, Lambert souffla en refermant la porte. La lumière du néon arracha un cri d'espoir à la petite pièce qui n'avait jamais vu le jour.

Guérin ôta le bob et le jeta sur sa table. Toujours à la poursuite de ses fantômes, il tenait de plus en plus mal dans ses chaussures, sa grosse tête meurtrie oscillant dangereusement.

– Appelle l'INPS, dis-leur d'envoyer une équipe à la Grande Galerie. Relevé d'empreintes et toutes les autres traces possibles, coursive du troisième. La zone a été bouclée.

Lambert, apitoyé, regardait le Patron essayer de brancher le disque dur à son ordinateur avec des gestes maladroits. La lumière le faisait cligner des yeux à toute vitesse. Bientôt il allait revoir, le moment le plus dangereux.

– Patron, vous voulez pas, enfin, vous nettoyer un peu ?

– Mais de quoi tu parles ?

Du menton, il lui indiqua un point au-dessus de sa tête. Guérin eut une question muette, déjà vacillant, passa la main sur son crâne et regarda ses doigts couverts de sang. Lentement il releva la tête vers le grand blond.

Au fond des yeux de Guérin, deux petits hommes en imperméable jaune, terrifiés, se débattaient et faisaient signe à Lambert. Ils imploraient son aide, hurlaient qu'on les laissât sortir de là.

Un tic secoua la joue de Guérin et son regard se brisa. Lambert eut l'impression d'entendre un parebrise se fendre.

– C'est… c'est Churchill, il m'a mis un coup de bec, ce matin… Ce vieux perroquet est…

– D'accord, Patron, mais faut quand même nettoyer.

Guérin essuya sa main ensanglantée sur son imperméable.

– Je vais regarder les vidéos, je vais… Va me chercher une serviette en papier. Ce n'est rien, ce n'est pas grave. Une égratignure.

La moitié de son crâne était labourée.

Guérin est complètement cinglé. La phrase lui revenait encore et encore, alors que Lambert raflait un rouleau de Sopalin dans la salle de la machine à café. *Guérin est complètement cinglé.*

Quand il rouvrit la porte du bureau, la pièce était vide. Il poussa celle des archives, appela, puis chercha le Patron entre les rayonnages. Envolé. De retour dans le bureau, il vit que le disque dur était toujours là, mais que le bob avait disparu. Il éteignit la lumière et quitta l'endroit.

Lambert fouilla sa conscience, pour y découvrir une envie furieuse de boire des bières. Est-ce qu'un chien pouvait faire interner son maître ?

6

John marcha le long de la Seine, protégé par la nuit qui noyait peu à peu sa grande silhouette dans le décor.

Alan couche avec un employé de l'ambassade américaine. Il meurt pendant un numéro, suspendu à des crochets de boucher. L'employé de l'ambassade se retrouve à la morgue, à s'occuper du rapatriement du corps de son amant. L'ambassade chaperonne cet employé déviant aux nerfs un peu trop fragiles. Rien de plus. Mais les choses s'emboîtaient étrangement. Cette impression persistante que tout était répété à l'avance, depuis l'arrivée des flics au tipi, lui collait la migraine. Alan pouvait bien se taper qui il voulait, mais lever un type de l'ambassade, c'était invraisemblable, stupide et dangereux. Peut-être était-il tombé amoureux ? Une première de dernière minute, comme de se payer un prêtre ? Faire quelque chose de stupide et dangereux lui ressemblait plus. Et si Alan avait appris une chose, c'était bien à ne pas mourir sur scène. Se trouer la peau le rendait heureux, John avait fini par l'admettre. Mais il avait replongé. Il était monté sur scène trop défoncé. Fin de l'histoire. OD sur scène, suspendu aux crochets. L'apothéose du fakir. Peut-être mieux qu'une ruelle ou un chiotte puant. Gueule de bois pour le public… Est-ce que cela aurait changé quelque chose, si John avait été là ? Vingt fois ressuscité, il ne pouvait pas y être à tous les coups. Hypothèses inutiles. Fin de l'histoire, encore. Attendre le départ du cercueil ? Ce genre d'adieu n'était pas de son goût. Il fallait rentrer, quitter cet endroit. John avait l'impression de retenir son souffle ici, et que le deuil ne commencerait vraiment que dans sa cambrousse déserte.

Mais le mal de crâne ne passait pas, son cerveau ne digérait pas quelque chose.

Il alluma une Gitane et toussa à la première bouffée. Des mois qu'il n'avait pas fumé. Sa migraine empirant, la cigarette à moitié consumée atterrit dans un caniveau. Il s'arrêta devant une cabine, hésitant à prendre au sérieux ce sentiment d'incomplétude, puis appela les renseignements.

La fille au téléphone était-elle la même que ce matin ? Il se fabriqua, l'espace d'une seconde, une petite histoire improbable. Sa solitude n'allait pas en s'arrangeant, et il n'obtint qu'une adresse.

Il traversa la Seine par le pont de Sully, marcha rive gauche le long des kiosques fermés des bouquinistes. Il suivit la rue de la Harpe, refusant les offres des serveurs de restaurants rabattant le chaland. Les touristes n'étaient pas légion, on se les arrachait. Les photos d'assiettes grecques, malgré l'horreur des couleurs, lui donnèrent faim.

Fontaine Saint-Michel, l'Archange poignardait dans le dos un Satan à l'agonie sans fin, adressant à quelques touristes égarés un message de prudence. John Nichols consulta son plan. Le Caveau était à deux pas, presque sur son itinéraire. Il avait le temps, avant de reprendre la route, de faire une dernière chose. Pour la paix de son cerveau.

Il s'enfonça dans la rue de l'Hirondelle, plus calme. Les Français seuls pouvaient baptiser ainsi une rue de leur capitale. L'enseigne du Caveau de la Bolée en rajoutait dans le genre mystérieux, à peine éclairée et peinte à l'ancienne. Un visage de mage diabolique, sorte d'oncle Sam au teint verdâtre, se penchait sur un haut-de-forme retourné dont jaillissait un cône de lumière glauque. L'association n'avait pas dû échapper à Alan, lui qui connaissait bien ce bon vieux Sam. Le nom de l'établissement était calligraphié façon gothico-celtique, à faire peur.

John frappa à la porte, qui n'avait pas de poignée mais un gros heurtoir en bronze. Un type brun tout en os, mal rasé et cheveux longs, un tablier graisseux autour de la taille, entrebâilla l'huisserie centenaire.

– Pas de spectacle ce soir ! Puis il répéta, avec un accent français à couper au couteau, sifflant par le trou d'une incisive manquante : *No show tonight !*

Une Gorgone version rive gauche, un filtre de Gauloise coincé entre deux doigts jaunis.

– Je viens pas pour ça, je suis un ami d'Alan.

– Ah ? Il observa John, leva un sourcil noir et mal peigné, puis ouvrit la porte en grand. Ben, entrez alors.

Trois clients seulement dans la salle. Deux types hirsutes qui jouaient aux dames, des bières à la main, et un autre en queue-de-pie, le fond de l'œil jaune, qui manipulait des cartes. Le mobilier était en bois vernis rustique, l'endroit ne ressemblait pas à une scène underground. Pas assez de ferraille. Mais il y avait bien une scène, dans le fond, cachée par des pendards noirs. Son regard glissa dessus. Sans s'en rendre compte, John passa une main sur sa poitrine. La salle était voûtée, en pierres noircies par le temps et le goudron de millions de cigarettes. De vieilles affiches penchées, de spectacles de magie, tapissaient toutes les parties verticales des murs.

– Je vous appelle le patron.

Le cuisinier souleva un rideau et disparut. À gauche du rideau, une petite ouverture, peut-être la porte d'un ancien four à pain, servait de comptoir minuscule. Une tête s'y pencha.

Le patron était une femme, mais supportait bien le masculin.

– Vous cherchez quelque chose ?

– Je suis un ami d'Alan, Voodoo Child.

– Sûr que vous avez pas l'air d'un représentant en brosses à cheveux. Vous faites un numéro de tir à l'arc ? Comment vous faites pour vous tirer dessus ?

– Je fais pas de numéro. Je m'appelle John. Je voulais juste voir ici, savoir ce qui s'est passé.

Elle hésita, puis sortit de derrière son comptoir en pierre. Sa tête arrivait quelque part entre son nombril et sa poitrine.

– La mort d'Alan, c'est pas une publicité très bonne pour les affaires, j'aime pas tellement en parler. Et elle jeta un regard morne à la salle quasi déserte.

Cheveux courts, une petite quarantaine, des joues rondes et la peau lisse. Un pantalon en cuir qui lui rappela la flic blonde venue au campement. Elle avait sur le corps presque autant de ferraille et de tatouages qu'Alan, mais les bras plus charnus. Sous le tissu de son débardeur saillaient deux piercings, prolongeant les tétons de sa poitrine de nourrice. Appâts et hameçons, pour la pêche aux femmes.

John posa son sac sur le sol dallé.

– Ça ressemble pas aux endroits où il travaillait d'habitude. Il a dû rigoler de ça, non ?

La femme tritura un diamant planté dans sa narine.

– Ouais, il appelait ça *La Taverne de Long John Silver* ! Avant, c'était une scène pour la magie, les lapins blancs, tout ça. Avant ça, un bar à cidre. Encore avant, je sais pas. Mais depuis les bretons, faut croire que personne a trouvé l'argent et le temps d'arranger à son goût. On a démarré y a six mois. J'ai pas encore l'argent pour la déco. Mais les numéros sont bons, on remplit souvent. Alan remplissait à tous les coups.

Le cuistot sortit de derrière le rideau une assiette à la main, et déposa un steak frites devant le prestidigitateur anémique.

– Je veux bien un steak comme ça.

– On les sert que saignants.

Elle ne souriait plus à sa blague préférée.

– Je plaisante. Comment vous voulez votre viande ?

– Saignante.

– Chef ! Un steak saignant !

– Ça roule, patron.

Elle leva les yeux au ciel, l'air de dire qu'il n'y avait pas que le mobilier à changer. D'un mouvement de tête vers la cuisine, elle confirma :

– Il était déjà là du temps des bretons, et peut-être même avant mais il s'en souvient pas. Il vient avec le bail et les meubles. Vous inquiétez pas, il cuit bien les steaks. Elle lui tendit la main. C'est vous son pote qui vit dans les bois ? Alan disait que vous étiez un génie. Qu'est-ce qui vous est arrivé ?

– Alan avait décidé d'arrêter, en tout cas il voulait plus travailler pour moi. Je crois bien qu'il parlait de quitter Paris, de rentrer aux USA.

John arrêta de mâcher.

– Rentrer ?

– C'est ce qu'il disait. En tout cas, ce soir-là, c'était son dernier numéro ici. Il avait décidé de faire ses adieux sur scène. Merde, quand j'y repense, ça me fout la trouille. Chef ! Un cognac !

– Ça roule, patron.

– *Good Bye Mother Fakir !* C'est comme ça qu'il avait appelé son dernier spectacle. *Good bye…*

Ariel, la patronne, s'était assise en face de lui pendant qu'il mangeait. Les ongles courts et les mains rondes, elle fumait clope sur clope dans son établissement et se foutait que ça se sache.

– Personne a compris assez tôt ce qui se passait. Quand le public a réagi, que les premiers se sont jetés sur la scène pour essayer de le descendre, c'était trop tard. Comme il était enroulé dans sa cape, au début on n'a pas vu le sang. Pourtant, et je peux dire que moi aussi je regardais, il en avait déjà perdu un paquet avant les crochets.

– Personne a rien vu ?

– Alan, il nous a embobinés.

– Emquoi ?

– Il nous a eus. Il a fait son show de façon à ce qu'on ne voit pas. Il s'essuyait tout le temps le corps, il gardait une cape. J'en ai retrouvé trois après, derrière la scène, trempées. Ariel avala la moitié de son verre de cognac ; sur son bras une sirène sexy se plia en deux, puis se redressa. Mais surtout, il a fait tellement fort que personne voyait plus rien. Y avait pas un bruit dans la salle, tout le monde était hypnotisé. Il avait même arrêté la musique. J'ai la chair de poule rien que d'y repenser. Il a fait monter une fille sur scène, il lui a donné une scie et il a tendu son bras. Il souriait tellement qu'elle a scié sans le quitter des yeux. C'est elle qui a arrêté, avant de tomber dans les pommes. J'avais jamais vu un public dans cet état. À la fin, quand il s'est hissé avec les cordes, pour les crochets, il avait déjà perdu la moitié de son sang, et personne avait rien vu. Ariel regarda John, mal à l'aise. Ou bien personne voulait voir…

Elle termina son verre en se tournant vers la scène, embarrassée par cette dernière idée. En fin de compte, est-ce que ce n'était pas ça que les amateurs, ceux qui allaient payer la déco, attendaient ? La mort d'Alan, elle leur avait vendue, et personne ne s'en était pas plaint. John, en spécialiste des saloperies du genre, avait suivi ses pensées. Mais il n'avait pas envie de l'enfoncer, ni, pour être honnête, de la réconforter. Il repoussa son assiette sans finir sa viande.

– Il était shooté ?

Ariel, après une dernière hésitation, décida probablement de lui faire confiance et baissa la voix.

– Chargé comme une mule. Mais pas plus que d'habitude.

La patronne avait encore des choses à dire. John se tut et attendit qu'elle continue. Après avoir tiré sur la moitié de ses piercings, y compris celui de sa langue, elle étira sa nuque comme un boxeur.

– Il savait ce qu'il faisait. C'est ce que je pense. Il s'est foutu en l'air devant tout le monde. Il s'est suspendu là-haut, aux poulies, il a remonté les cordes et il a fait un nœud. On pouvait pas le redescendre. Quand j'ai demandé, les flics ont dit que c'était une hémorragie ! Franchement, c'est pas une histoire à la con, le coup du fakir hémophile ?

John sourit, Alan avait un jour fait une blague là-dessus. Son steak frites s'agita dans son estomac. Il déglutit et serra les dents, un liquide acide dans la bouche.

– L'héroïne peut faire ça, s'il était faible.

– Pas à ce point. Il le savait, il était pas con. Et puis il a pas arrêté. *Bye bye mother fakir.* Il voulait partir. J'en démordrai pas, et c'est pas pour me couvrir. Alan s'est foutu en l'air. Si tu veux mon avis, il s'était défoncé avec autre chose… pour perdre son sang.

John croisa son couteau et sa fourchette sur son assiette. Le suicide d'Alan était une idée séduisante pour tout le monde. Dans une certaine mesure, c'était la même chose pour lui. *Shit*, il avait envie de réconfort, et Ariel n'était pas plus à blâmer que d'autres. Elle aimait bien Alan, ça se voyait ; aucune raison de la traiter en ennemie.

– Je pense aussi. Et même, je vais te dire, ça met les choses dans l'ordre.

Un petit silence s'installa, ponctué par le magicien à l'œil vitreux qui salua en quittant le Caveau.

– Tu le connaissais depuis longtemps ?

– Douze ans. Je l'ai rencontré à Los Angeles. On était jeunes tous les deux. Mais il se piquait déjà, avec les brochettes et les aiguilles. C'était trois ans après l'Irak.

– L'Irak ? Ariel laissa la question tourner un moment dans sa bouche ; l'idée avait du mal à prendre corps. Tu veux dire qu'Alan a fait la guerre ?

– Alan a fait une guerre.

Elle se laissa tomber sur sa chaise.

– Merde, je l'imagine mal en treillis, *yes sir* et tout ça…

John eut un sourire amer.

– Il est parti à dix-neuf ans. Il était pas aussi maigre, et il avait pas les tatouages.

La patronne tira trop fort sur son sourcil, une bille de métal roula sur la table et une petite tige d'acier chromé lui resta entre les doigts. Elle fit une grimace puis entreprit de remettre les morceaux en place. Mis à part ses gros bras tatoués et le sourcil, elle avait des gestes coquets de femme réajustant une boucle d'oreille. Du coup, John la regarda pour la première fois comme une femme. Son regard la fit sourire, une mise en garde amusée. John rigola et Ariel roula des épaules.

– Je l'imaginais pas si vieux. Des jours on lui donnait vingt-cinq ans, même si d'autres il approchait la quarantaine. Les jours où ça allait pas, quand il était… insupportable, quoi. Elle eut un petit rictus de gêne.

– Alan était un salaud la moitié du temps. C'est pas moi qui vais dire autre chose.

– Alan sauveur de la démocratie ! Ben merde, il en a jamais parlé.

– Ça lui a pas beaucoup réussi. Alan, il est mort déjà vingt fois. La première fois c'était là-bas, dans le désert. La dernière fois, c'était ici.

Ariel tourna légèrement la tête vers le rideau de la cuisine, menton en l'air et bras écartés.

– Chef ! Deux cognac !

Elle faisait beaucoup d'efforts pour ne pas être féminine, avec sa poitrine à nourrir une portée de mâles.

– Tout de suite, patron !

Le cuistot l'avait bien compris, ou était vraiment en retard d'un proprio.

John ramassa son sac et fouilla ses poches.

– Laisse tomber, c'est pour moi.

– Merci. Encore une question. Dans la salle, est-ce qu'il y avait un type plutôt bourgeois, trente ans, blond, impeccable et pas confortable ? Un mec qui connaissait Alan. Ce genre-là, ils doivent pas venir beaucoup ici ?

– Plus que tu penses. Ce soir-là, y avait une quinzaine de guindés, hommes et femmes. Alan avait une réputation chez les amateurs. C'est les premiers qui sont sortis en courant quand c'est devenu la panique.

– O.K…

– Mais pas ton blondinet. Il était au premier rang, et le premier sur scène à essayer de décrocher Alan. Il a disparu quand les flics sont arrivés.

John sourit. Al s'était bien dégoté un amoureux pour le jour de ses adieux. Un contraire. Hirsh trouvait sa case : un représentant du gouvernement américain, en train de pleurer d'amour.

– Il y avait une fille aussi, une artiste, qui connaissait Alan ? Elle s'appelle Paty.

– Là, tu m'en demandes trop. Y avait beaucoup de monde, c'était plein à craquer.

– O.K.

John la prit dans ses bras, et la patronne se laissa faire.

– Comme ton pote, vos manières de boy-scouts pédérastes !

– *Thank you.* J'avais besoin de savoir.

John referma la porte, et la patronne gueula :

– Hey, Johnny ! Prends une douche si tu veux serrer des filles dans tes bras !

Il ralluma une Gitane et apprécia le goût du tabac. Son mal de tête avait disparu. *Alan Mustgrave s'est tué. Finalement.* Il avait choisi sa sortie, mieux qu'une pissotière. Un chemin à suivre pour faire son deuil.

Il ne lui restait qu'une chose à méditer, une fois de retour au tipi : comment prenait-il d'être le seul à ne pas avoir été invité ? Peut-être qu'Alan n'aurait pas osé en sa présence. Il se demanda depuis combien de temps il empêchait le fakir de se foutre en l'air, et si cela, au bout du compte, avait servi à quelque chose.

Deux silhouettes, sous des capuches, débouchèrent à l'angle de Saint-André-des-Arts et de la rue de l'Hirondelle.

– Hé, t'as du feu, *brother* ?

Le *brother* sonnait faux, pas seulement à cause de l'accent.

Le premier coup de poing le sonna à la tempe, plus lourd qu'un marteau. Le second lui fit vomir le steak qu'il avait bravement sauvé au Caveau, et il tomba à genoux. Un coup de pied le jeta à quatre pattes, deux genoux dans le dos l'aplatirent, la joue contre le goudron.

– Ton pote le fakir nous doit cinq mille. Vu qu'il est plus là pour payer, c'est toi qui hérites de ses dettes, Davy Crockett. C'est toi la caution. On a ton nom, Nichols. T'as vingt-quatre heures. Cinq mille. Demain même heure, la fontaine où t'as regardé ton plan. Sinon, on te fait la peau. On te crève. Compris ?

Une chaussure de sport, souple et pleine d'air, lui enfonça les côtes, puis il entendit les deux hommes partir en courant. Crachant du sang, John ricana, puis cria avec le souffle qui lui restait :

– *Aren't you gonna die, mother fucker ?*

Après avoir hésité à retourner au Caveau il se traîna en boitillant vers le quartier Saint-Sulpice. Pas moyen de voir clairement les dégâts. Sa tempe était douloureuse et il sentit une bosse sous ses doigts, mais la douleur passait. C'était le steak d'Ariel qui faisait le plus mal. Le type avait frappé à l'estomac, mais le foie et la rate étaient intacts. Peut-être une ou deux côtes fêlées, confirmation au réveil, s'il arrivait à dormir dans la 4L. Plus question de prendre la route dans cet état.

Une fois debout, sa première pensée avait été : Je peux démonter le tipi en une heure, ils ne me retrouveront jamais. Puis la colère avait suivi, après l'adrénaline et la peur. Saloperie de came. Il en avait connu quelques-uns, des dealers d'Alan, il avait parfois réglé des ardoises ; mais c'était la première fois qu'il se faisait tabasser. Son mal de crâne était revenu, puissance mille.

Plus il approchait de Saint-Sulpice, plus sa tête amochée fonctionnait à plein. Quel abruti pouvait croire Alan Mustgrave, menteur comme un arracheur de dents, qui donnait en caution un hippie du Lot totalement inconnu ? Quels crétins pouvaient encore, après l'avoir vu, penser qu'il avait cet argent ? Qui pouvait, pour si peu, le menacer de mort avec autant d'insistance ? Merde, on n'était pas en Colombie. La vie d'un homme valait plus que ça à Paris, non ?

Rue de Tournon il s'appuya au mur devant l'aire de livraison. À part des crétins, qui d'autre ? La réponse, alors qu'il regardait sa place de parking, lui arracha un autre ricanement. Quelqu'un, au contraire, qui voulait le voir partir d'ici au plus vite.

Manque de pot le destin, cette idée immobile, avait bougé. La flèche et la 4L n'étaient plus là. Disparues.

– *Fuck.*

John longea le Palais du Luxembourg depuis le trottoir opposé, à l'abri des voûtes des annexes du Sénat. Il passa devant le mètre étalon de Vaugirard, scellé dans le mur, et fut heureux de savoir que les hommes tentaient de s'accorder sur une chose : la distance qui les séparait. Système métrique ou pied, un coup dans la gueule était l'étalon zéro de l'intimité, là-dessus du moins tout le monde était d'accord.

Il traversa la rue en clopinant, puis suivit les grilles du Luxembourg. Entre deux réverbères il attendit qu'une voiture soit passée, vérifia autour de lui qu'il n'y avait personne, et s'agrippa aux barreaux. Il bascula par-dessus les pointes en fer forgé, déchira son treillis et se laissa glisser de l'autre côté en ravalant un cri de douleur. Du plus vite qu'il put, il rejoignit le couvert des premiers arbres et se cacha derrière un tronc. Rien ne bougeait. Il s'enfonça dans le parc.

Ses yeux s'habituèrent à la pénombre orange, cette absence de nuit totale commune à toutes les grandes villes. Des bassins des fontaines montaient de petits nuages de brumes. La nuit était froide, l'hiver n'avait pas dit son dernier mot.

Il dépassa une cabane à frites en bois peint, volets fermés, s'en éloigna et s'écroula sous ce qui devait être un platane. Il appuya son sac contre le tronc et s'allongea, essayant de retrouver son souffle. Une fois que son cœur eut arrêté de cogner, qu'il se fut accoutumé aux bruits du parc, il déplia la couverture et se roula dedans. Quelqu'un venait de lui conseiller de quitter la ville ? Il n'y voyait pas d'inconvénient. Train, auto-stop ou marche à pied. John n'attendait plus que l'aube pour se tirer.

Ses côtes, tant qu'il ne bougeait pas, le laissèrent suffisamment en paix pour qu'il puisse s'assoupir. La présence des arbres lui rappelait que l'essentiel était ailleurs, loin d'ici. Ses dernières pensées, avant de sombrer dans un sommeil de sentinelle coupable, furent pour Alan Mustgrave. En définitive, les dettes d'Alan n'étaient pas grand-chose en comparaison de ce qu'on lui devait. Son dernier débiteur, John P. Nichols, thésard défroqué de psychologie comportementale, passait l'éponge une fois pour toutes.

Il ne sut pas combien de temps il avait dormi quand il se réveilla, un faisceau de lampe torche dans les yeux. En tout cas, il faisait encore nuit.

La voix était basse, déformée par son audition ensuquée.

– Vous n'avez pas le droit d'être ici. T'entends ? Va cuver ailleurs !

John sentit quelque chose de froid et humide effleurer sa joue, et un souffle sur son visage. Il voulut se redresser, mais la douleur dans son ventre le paralysa. La lumière partit en spirale, puis disparut.

7

Guérin arriva tôt aux Orfèvres, emprunta l'entrée principale et traversa le bâtiment. Casquette écossaise et loden noir ; personne dans les locaux en éveil ne fit attention à lui. Il se surprenait à regarder ses pieds, habituellement cachés par son imperméable.

Il poussa la porte de la grande salle des archives et s'y engouffra.

Tête basse et s'imaginant des œillères, il passa entre les rangées d'étagères pour s'arrêter devant la dernière tout au fond de la pièce. Il saisit le carton qu'il emporta, descendit le vieil escalier à toutes jambes et, arrivé en bas, souleva le couvercle d'un container à ordures. En sueur, Guérin laissa les dossiers peser un instant sur ses bras.

Quarante-huit suicides. Quarante-huit morceaux suspects de son délire. Collectés en deux ans, selon des critères que lui seul avait établis. C'était bien le problème.

Les plus anciens remontaient à 2004, trouvés dans les archives à force de fouiller nuit et jour à la recherche de liens délirants. Avant 2004, ses critères ne s'accordaient à aucun cas : le fil se perdait, même s'il s'était peut-être tissé plus tôt, en gestation. Depuis 2006 et Kowalski, des cas particuliers dans le lot quotidien de

99

son nouveau travail, comme le périphérique la semaine passée.

Quarante-huit dossiers. Mais le fil n'était qu'une idée dans son cerveau malade. C'était sa psyché, rien d'autre, qu'il avait étudiée et fouillée dans cette salle des archives. 2004, l'année où, pour la première fois, il s'était regardé dans un miroir sans se reconnaître. L'année où il avait commencé à perdre pied. *La maladie est dans la famille, mon petit chou, fais attention à toi.* L'année où sa mère, sur son lit d'hôpital, l'avait mis en garde. 2004. La mort de sa mère et la naissance de la Grande Théorie.

Il fallait couper ce fil, même si c'était un cordon ombilical ou une artère. La Grande Théorie n'existait que dans sa tête, Guérin avait passé la nuit à s'en convaincre.

Ses derniers doutes, il les laissa tomber dans la poubelle avec le carton. Sinon un jour, peut-être bientôt, il ne reviendrait plus du pays des idées et le fil s'enroulerait autour de son cou, bien serré. Le carton heurta le fond du container vide. En remontant les escaliers il commençait presque à se faire à son nouveau manteau.

La porte du bureau était ouverte ; il ne lui restait plus qu'à s'excuser auprès de Lambert.

Guérin s'arrêta net.

Savane était assis sur sa chaise, les yeux caves, des cernes noirs qui lui marquaient le visage comme des coups. Une odeur d'alcool et de transpiration avait envahi la pièce.

Le grand flic se leva, tenant à peine debout, et avança vers Guérin en bousculant une table. Il avait l'air de sortir d'une décharge après y avoir cherché toute la nuit une idée neuve. Dans sa main énorme, aux jointures enflées et écorchées, il tenait quelques feuilles de papier froissées. Guérin chercha son regard.

Le mastodonte était au bout du rouleau, fini, lessivé.

Savane s'arrêta au signal, à un pas de Guérin, lorsque leurs regards se verrouillèrent. Il lui tendit les papiers.

Guérin les saisit sans le quitter des yeux et demanda ce que c'était, du ton doux et didactique qu'il employait avec Lambert. Savane baissa les yeux, plus mort que vif.

– Des préliminaires d'autopsies. Sa voix était cassée, sa main gauche massait les articulations de sa main droite. Cette nuit j'ai démoli trois types de la Goutte, y en a un qui s'en sortira peut-être pas. Barnier m'a suspendu, le Conseil va m'envoyer direct chez les Bœufs, et cette fois ils me rateront pas. C'est la sortie, *exit* Savane, on m'offrira même pas les Suicides.

– Roman ?

Savane eut une grimace de dégoût, puis ses épaules tombèrent de fatigue.

– Il sauve sa peau.

Guérin voulut passer sa main sur son crâne, mais rencontra sa casquette et ne sut quoi faire.

– Vous avez retrouvé les trois ?

Savane regarda ses mains tuméfiées, stupéfait de les trouver vides.

– Deux. Une cave, rue Blanche. Les Stups secouent tous les Cousins pour retrouver le dernier. Les Boss nous ont grillés en douze heures. Mais je regrette pas, y en a au moins trois qui sont pas passés à travers. Celui qu'est en réa, s'il y reste… Les lèvres de Savane tremblaient, sa veste était noire de crasse et tachée de sang séché. Merde, Guérin, je veux pas me retrouver dans un tribunal, avec les journalistes et toutes ces conneries. Neuf ans, bordel, neuf ans que j'en bouffe tous les jours. Savane releva la tête. Tu les aurais retrouvés, toi tu pouvais le faire. Qu'est-ce que t'as foutu, Guérin ? Pourquoi t'as merdé ? Avec Roman, on est rentrés dedans comme des abrutis, on a tout foiré… Savane voulait crier mais sa voix s'étranglait. L'eau montait, lui remplissait la bouche, et il se débattait. Merde, avec toi on les aurait retrouvés, comme avant ! Qu'est-ce qui s'est passé ? Qu'est-ce que t'as foutu ? Qu'est-ce que t'as foutu, Guérin ? T'es pas fou, à quoi tu joues bordel ?

Si Guérin lui avait posé la main sur l'épaule, les cent kilos de Savane lui seraient tombés dans les bras. La peau d'un homme, c'était tout ce qui restait du lieutenant Savane. Guérin aurait bien voulu lui rendre ce service, ouvrir la porte que des générations de flics avaient appris à fermer. Mais Savane ne bougeait pas, et Guérin était lui aussi paralysé, coincé quelque part deux ans plus tôt, sur le seuil d'une maison en flammes. Il essayait de croire que Savane disait vrai, comme il avait passé la nuit à se convaincre qu'il n'était pas cinglé.

Ils se dévisageaient, deux amants terrifiés un jour d'holocauste.

Alerté par les cris Lambert entra en courant dans le bureau, un journal sportif sous le bras.

Savane, surpris en plein effondrement, ravala ses peurs et chargea tête baissée. Il envoya Lambert voler contre un mur, le saluant d'un amical *Dégage Forrest !*, et s'enfuit dans le couloir.

Guérin avait ôté sa casquette et frottait ses pansements, tirant sur la ouate qui partait doucement en lambeaux.

Le jeune Lambert épousseta son jogging en se demandant si tout était en train de se décomposer au Quai des Orfèvres, ou bien si tout rentrait dans l'ordre. Il s'installa à sa table, un œil sur le Patron. Guérin avait quelque chose de bizarre, en plus du reste et de ses pansements. Il regardait le manteau noir sans comprendre : l'absence de l'imperméable jaune était tout bonnement impossible. Il posa son journal devant lui, mais décida d'attendre avant de s'intéresser au championnat. Le Patron, après quelques pas sans but, s'était assis et lisait des papiers froissés. Tout paraissait redevenu normal. Guérin faisait fuir Savane, le téléphone allait bientôt sonner, il fallait mettre le calendrier à jour. Lambert se cala sur sa chaise.

— J'ai croisé Chassin ce matin. Il est aux Homicides, le plus vieux brigadier du 36, un record. Vous voyez ? Y prend sa retraite bientôt. Bref, y m'a parlé de Padovani, cet OP qui a disparu, à peu près quand vous êtes arrivé ici, aux Suic... enfin ici quoi. Un gros qui bossait aux Mœurs. Chassin m'a dit qu'on avait arrêté les recherches, au bout de deux ans. Officiellement disparu, pour pas dire mort. Vous le connaissiez, vous ? C'est marrant quand même, trente ans de service, et personne fréquentait ce type. On parle de lui que depuis sa disparition. Enfin, on parlait. Lambert se racla la gorge. Qu'est-ce qu'y voulait Savane ? Chassin m'a dit qu'il était suspendu, du sérieux. Si vous voulez mon avis, ça serait pas une grosse perte... Lambert leva les yeux au plafond et observa la tache ; elle avait un peu réduit depuis la dernière pluie. Gorge étirée et nez en l'air, il conclut : C'est le jour des grandes nouvelles. Patron ?... Lambert, les yeux dans le rose, entendit Guérin bouger et prit cela pour un signe d'attention. J'ai appelé le labo en rentrant hier soir. J'ai eu Ménard, vous savez, le technicien du doublon de Bastille cet été, le mari et la femme. J'avais bu un verre avec lui ; c'est pas un marrant, je peux vous le dire. Ben Ménard, y m'a rappelé dans la nuit. Il bosse comme un fou, ce type, c'est une maladie. Il a dit qu'il en était à vingt-trois empreintes complètes différentes, à la moitié de la balustrade seulement, et qu'il y retournait ce matin. À mon avis, il est déjà là-bas à renifler la poussière. Pas étonnant qu'y soit tout le temps enrhumé. Il amènera tout ici. Lambert baissa la tête, timide mais fier : hier soir, après une dizaine de bières, il avait pris une décision ; au lieu d'un toubib, il avait appelé Ménard à l'INPS. Le Patron s'accrochait toujours à ses papiers… J'ai pensé que ça vous intéresserait de savoir…

Guérin ne l'écoutait pas. Les préliminaires tremblaient au bout de ses doigts.

Savane avait pété les plombs. La dernière affaire sur laquelle il bosserait jamais. Même s'il s'en tirait avec l'administration – ce qui était peu probable –, il ne reviendrait pas. Sale fin de carrière. Cette tête de mule devait s'accrocher à son bureau en ce moment même, en train de boucler son dernier rapport, complètement saoul, avant de balancer sa chaise à travers une fenêtre et de se tirer en insultant tout le monde. Sale sortie.

Les Nigérians avaient fait un exemple. Deux exemples.

Énucléés, langues coupées, bras dépecés, parties génitales arrachées, jambes broyées, sans doute une masse, ou un gros marteau. Un des deux était mort à l'arrivée des secours, le cœur du deuxième avait battu jusqu'aux portes du camion du SMUR. Bel effort.

Dix-huit et vingt ans. Deux jeunes de Gennevilliers, délits mineurs, petits dealers. Le troisième allait se pointer dans un commissariat et serrer lui-même les menottes. Ou bien il était déjà en route vers l'Espagne et un ferry pour l'Algérie.

La précision avec laquelle s'était réalisé son scénario lui fit peur.

Guérin s'inquiéta un instant pour Savane, se demandant jusqu'à quel point Roman, son pote de toujours, allait l'enfoncer pour s'en sortir ; puis l'impression que quelque chose flottait dans l'air du bureau le tira de ses pensées.

– Qu'est-ce que tu dis, mon petit Lambert ?

Le téléphone se mit à sonner, Guérin laissa passer quelques sonneries. Pour la première fois depuis deux ans il n'avait pas envie de répondre.

Il décrocha lentement et colla le combiné à son oreille. Il écouta, le visage crispé, puis se leva. Lambert percuta comme un chien de fusil :

– Patron, votre imper !

En bas du vieil escalier, alors que Lambert finissait de raconter pour la deuxième fois le coup de téléphone de Ménard, il vit le Patron soulever un couvercle de container. Il le trouvait très chic dans son nouveau manteau, même enfoncé jusqu'à la taille dans une poubelle. Guérin en sortit un gros carton, sans aucune marque ou référence, qu'il cala sous son bras.

Lorsque Lambert entendit le Patron marmonner qu'il n'était pas fou, il se frotta les mains et savoura l'air frais du matin.

Guérin déposa le carton sur la banquette arrière. Une odeur de compost s'échappa par la vitre que Lambert entrouvrit, sifflant son air favori.

– Où on va, Patron ?

– Mon petit Lambert, ce n'était pas clair. Mais je dirais, entre l'avenue Churchill et l'esplanade des Invalides.

– C'est parti ! Lambert réfléchit un instant, puis s'assombrit. Mais, Patron, entre les Invalides et Churchill, c'est la Seine !

– Tout juste.

Lambert haussa les épaules et se faufila dans la circulation, abaissant le pare-soleil.

Guérin sortit son portable de sa poche et composa un numéro. Messagerie.

– Savane, mon petit, appelle-moi si tu as besoin de parler.

Son adjoint fit une embardée magistrale, saluée par une nuée de Klaxon.

*

Entre les Invalides et Churchill, il y avait le pont Alexandre III.

Ils arrivèrent par la rive droite, s'ouvrant un passage dans le chaos de la circulation. Le pont était bouclé, et à chaque extrémité les automobilistes s'étaient transformés en public enragé.

Parfois, ils ne savaient pas si c'était de l'humour de flic ou des erreurs du Central, on les envoyait sur un suicide pas tout à fait terminé. Quelqu'un qui partait dans une ambulance en vomissant ses tripes, un employé enfermé dans les toilettes du boulot, veines ouvertes, un ivrogne dans son salon, un pistolet dans la bouche et en train de s'engueuler avec sa femme. De toute façon, les deux psys de la PAV rattachés à

106

la préfecture étaient débordés et arrivaient rarement à temps. On pouvait bien envoyer n'importe qui, par erreur ou pour faire une blague. Les cas les plus courants étaient les défenestrations. Le vide laissait plus de temps qu'une balle pour réfléchir, et faisait plus peur que des barbituriques. Un paradoxe étonnant, ces candidats au suicide qui se découvraient une peur du vide.

Ils se mêlèrent à la foule, cartes au-dessus des têtes.

Les pompiers, sans doute victimes eux aussi de mauvaises informations ou de l'humour de leurs camarades, étaient comme des cons avec leur matelas gonflable. Le type n'avait pas encore sauté, certes, mais projetait de se balancer à l'eau.

Seul au milieu du plus large pont de Paris, un homme serrait dans ses bras le poteau d'un candélabre doré. Il était grotesque, terrorisé et honteux, et personne dans la foule agglutinée ne semblait prendre au sérieux son désir de mourir. Un éclat de rire le ferait peut-être sauter.

Ils se dirigèrent vers l'épicentre du cordon policier, un groupe d'une dizaine d'hommes, sous-offs de la PM en manque de coordination. L'information avait décidément circulé de travers. Guérin aborda un gardien de la paix ventru.

– La Fluviale est contactée ?

– Ils envoient une équipe de sauvetage, ils doivent aussi s'occuper d'arrêter le trafic sur l'eau. Mais il paraît qu'ils sont sur un accident de transport du côté de Joinville. Y seront pas là avant une demi-heure.

– La PAV ?

– Je crois qu'on cherche à les joindre. C'est le bazar, on a été appelé pour un accident de la route et les pompiers pour une défenestration.

Lambert ajouta, parfaitement calme :

– Et nous pour un cadavre.

Guérin ignora le rire du PM.

– Il a dit quelque chose ?

Le flic le regarda d'un air ahuri.

– Qu'il voulait sauter.

– Qui est le plus haut gradé ?

Le flic lui désigna un jeune uniforme au milieu de la confusion bleu clair. L'officier avait l'air moins débonnaire que la masse et de ne pas attendre comme tout le monde que le type se décide à sauter. Châtain clair, moustache et visage carré, il semblait en lutte contre un courant de connerie entropique.

– Lieutenant Guérin, préfecture. Je vais superviser, si vous n'y voyez pas d'inconvénient. Le flic acquiesça en hochant la tête, pas mécontent de rencontrer quelqu'un de calme. Il faudrait faire reculer tout le monde. Vous pouvez faire ça ?

Guérin parlait tout en gardant un œil sur l'homme du pont.

– On va y arriver, on a appelé des unités de la Circulation en renfort. Mais avec eux, ça va être plus difficile !

Guérin se renfrogna en voyant arriver les premiers véhicules de journalistes TV.

– Si la Fluviale est en retard, voyez avec les pompiers. Ils ont aussi des plongeurs et peut-être qu'ils peuvent être là rapidement. S'il le faut, réquisitionnez un bateau-mouche et gonflez ce matelas dessus.

Le flic leva les sourcils, avant de constater que le lieutenant était sérieux.

– Bien, lieutenant.

– C'est quoi votre nom ?

– Gittard, brigadier major, commissariat du 8e.

Le commissariat du 8e était réputé pour son savoir-vivre – sans doute le quartier qui voulait ça, et les locaux, royalement aménagés dans une aile du Grand Palais. Le flic observa Guérin, comme s'il raccrochait soudain un visage à une idée, et ajouta sur un ton de confidence :

– C'est vous l'affaire Kowalski ? Tout le monde a pas marché dans la version officielle, lieutenant. J'avais travaillé une fois avec lui, Kowalski était peut-être un bon flic, mais c'était un sacré enfoiré. Il était complètement cinglé. Je suis pas tout seul à le penser, lieutenant.

Complètement cinglé. Guérin eut un petit vertige intérieur, une bourrasque de pensées, et sentit, sous l'effet d'une bouffée de chaleur, ses pansements le démanger sous sa casquette. Il adressa une grimace de remerciement au PM, embarrassé par ce témoignage de solidarité.

– Merci. Mais occupons-nous surtout de ce monsieur.

Lambert avait appuyé ses poings sur ses hanches et regardait le candidat au grand plongeon d'un air dubitatif. Le type ne lâchait pas le poteau, tournant la tête, par alternance, vers la foule et l'eau tourmentée de la Seine. Il était du côté aval du parapet, toujours accroché au candélabre qu'un rayon de soleil illuminait.

– Lambert, tu vas aider l'officier Gittard et ses hommes à faire reculer tous ces gens. Occupe-toi des journalistes en priorité. Mon petit Lambert ?

Lambert se secoua et approcha. Il serra la main de Gittard, sourit de toutes ses dents et baissa la fermeture Éclair de sa veste aux couleurs de l'équipe du Brésil.

Sur sa poitrine étroite, balançant dans l'étui mal sanglé, le Beretta paraissait énorme.

– Moi c'est Lambert, stagiaire aux Suicides.

Gittard parut inquiet, puis sourit, comme par bravade devant une chose inconnue. Guérin s'était tourné vers le pont et son unique piéton.

– Je vais aller lui parler. Essayez de maintenir le calme le plus possible. Gittard, vous savez qui est de l'autre côté ?

– C'est un collègue, Leduc, pas de problème.

– Faites-lui passer les mêmes consignes. Et contactez aussi la Fluviale, dites-leur, à eux ou qui que ce soit qui arrivera en bateau, de ne pas être trop bruyant.

– Vous allez vraiment lui parler ?

– Vous voyez une autre solution ? S'il ne stresse pas, il ne devrait pas sauter. Guérin regarda sa montre. À cette heure-ci, personne ne se jette dans la Seine. Si un bateau est là, vous me faites ce signe – et Guérin fit onduler sa main dans l'air. Attendez mon signal pour venir. Il tapota sa casquette. Seulement quelques hommes en civil. Si vous trouvez une femme, c'est encore mieux. Vous viendrez doucement. C'est compris, Gittard ? Je vous remercie.

Guérin avait débité ses ordres sur un ton de lecture de testament. Gittard avait tout digéré, un peu perplexe sur le coup de la montre.

Guérin avança sur le pont. Il passa entre les deux Pégase redorés de neuf qui représentent, rive droite, le Commerce et l'Industrie. Avec son manteau noir et sa casquette anglaise, il ressemblait à un personnage de Le Carré en train de changer de camp, se trahissant lui-même et détenteur de secrets qui avaient fait son malheur. Sa petite silhouette sombre, aux épaules tombantes, magnétisait les regards de la foule.

À mesure qu'il marchait le silence grandissait. Le bruit de la ville diminuait, la rumeur du public s'éteignait, et le son du courant, sous ses pieds, augmentait. Il voyait maintenant les deux autres Pégase, Arts et Sciences, qui encadraient comme une porte à ciel ouvert l'esplanade des Invalides.

L'homme l'avait vu approcher et s'agita nerveusement. Il eut un mouvement de recul, puis vers la balustrade, mais sans lâcher le poteau. Il écarta finalement un bras, qu'il tendit dans la direction du petit homme à casquette.

– Arrêtez ! Restez où vous êtes ! Arrêtez !

Il crevait de solitude, mais refusait de l'admettre. Guérin, à une vingtaine de mètres, dut parler haut pour se faire entendre.

– Je veux seulement vous parler ! Je promets de ne pas vous toucher ! Guérin se retourna vers la rive droite. Le cordon de sécurité avait reculé d'une dizaine de mètres, accentuant encore l'impression de solitude qui régnait sur le pont. Gittard n'avait pas fait le signe du poisson dans l'eau… C'est drôle, vous savez, j'ai un perroquet qui s'appelle Churchill, comme cette avenue, là. Churchill déteste l'humanité.

Guérin distinguait maintenant les traits de l'homme. La quarantaine, un petit mètre quatre-vingts, les cheveux épais, courts et gris sur les tempes. Il était habillé comme un vendeur de téléphones portables, jeune, commercial et décontracté. Quelque chose d'un arménien, ou d'un kabyle ; métisse. Il avait gardé son bras tendu vers Guérin, sa bouche bougeant silencieusement à la recherche d'une réplique impossible. Guérin fit une dizaine de pas supplémentaires. Le type était pâle et tremblait de peur, il avait des taches de rousseur et Guérin se décida pour du sang kabyle.

– Il a votre âge à peu près. Célibataire. Il appartenait à ma mère et j'ai grandi avec lui. C'était le seul homme de la maison. Le seul qui était là tout le temps. Churchill était son homme politique préféré, parce qu'il a dit, après la guerre, que le temps des grands hommes était terminé, que commençait maintenant celui des nabots. Ma mère se prostituait, elle était d'accord avec lui. Churchill était son chien de garde en quelque sorte, pas vraiment dangereux mais il a beaucoup de personnalité. Moi j'étais trop petit. Vous savez ce que pense mon perroquet ? Il ne l'a jamais dit mais c'est certain : il pense que la seule espèce sur terre que l'on pourrait supprimer sans causer de problèmes, c'est l'homme. Si l'on supprimait les lombrics, la vie disparaîtrait de la surface de la terre. Mais sans l'homme, tout irait mieux. Qu'est-ce que vous en pensez ?

L'homme bafouilla, clignant des yeux.

– Pourquoi vous me parlez d'un oiseau ? Je suis pas bien là, je vais me balancer à l'eau ! Vous voyez pas que je suis pas bien ?

Il était hystérique, mais serrait le poteau de plus en plus fort.

– Pas un oiseau, un ara, un perroquet. Il vient du Mexique. Avant la médecine moderne, pendant des siècles, les perroquets ont vécu plus longtemps que les hommes. Il pense la même chose que vous en ce moment, c'est pour cela que je parle de lui.

– Et comment vous savez ce que je pense ? On se connaît pas ! Vous savez rien de moi !

– Chhhh ! Je sais tout. Parlez moins fort.

Guérin s'approcha à cinq mètres.

– Arrêtez !

L'homme avait lâché le poteau et se jeta contre la balustrade, mais ses genoux faiblirent. Il se plia en deux et enroula ses bras autour de la rambarde en acier peint.

– Parlez-moi, merde ! Qu'est-ce que vous savez ?

Guérin enfonça ses mains dans ses poches et parla lentement, avec son ton de notaire s'adressant à une famille avide de dernières volontés.

– Je sais que le pont Alexandre III a été inauguré en 1900, au mois de mai, pour l'Exposition universelle. Il y avait là le président Loubet et plusieurs ministres. La IIIe République aimait les grandes pompes. Le pont est un bel exemple de cette laideur orgueilleuse. Je n'aurais pas choisi celui-là, si mon avis vous intéresse. Il a été inauguré en même temps que le Grand et le Petit Palais, de bien plus belles réussites. Vous savez ce qu'ont en commun ces trois monuments ? Guérin fit une pause. Comment vous appelez-vous ?

– Alex, Alex Monkachi. Qu'est-ce que vous racontez ? Nom de Dieu, mais qu'est-ce que vous dites ? Je me sens pas bien, je vais vomir. Qu'est-ce que je fous là, hein ? Pourquoi vous me parlez de tout ça ?

– Je m'appelle Richard Guérin. Je travaille à la préfecture de police et depuis deux ans je m'occupe de la moitié des suicides de cette ville. Avant cela, je travaillais sur les meurtres et les assassinats. Ces trois bâtiments ont en commun d'être construits sur un sol alluvial. Un sol meuble, qui se dérobe et veut rejoindre le lit de la Seine. Ils sont tous les trois en train de s'enfoncer. Il faut les maintenir en l'air tout le temps : un effort immense. Le pont s'en sort mieux. Mais il a fallu renforcer les berges lors de la construction, parce qu'il pousse dessus beaucoup trop fort. Les quatre

Pégase sont une partie du poids nécessaire aux ancrages, ce sont des décorations utilitaires en même temps qu'exagérées. Le pont veut écarter les berges ; c'est un renversement intéressant des symboles, vous ne trouvez pas ? Quant au Grand Palais, on coule dans ses fondations, depuis la Seconde Guerre, des milliers de mètres cubes de béton. On essaie de le maintenir en l'air, mais il veut s'enfoncer. C'est un mouvement permanent et lent. Un problème pour beaucoup de bâtiments le long du fleuve. Vous ne les entendez pas s'enfoncer, jour après jour ? Moi, il me semble que c'est le matin, à l'aube, qu'on les entend le mieux. Ils vieillissent la nuit. On leur refait une beauté, on les veut toujours jeunes. Qu'est-ce que vous en pensez, Alex, vous qui cherchez aussi une solution ? Est-ce que tout ça n'est pas un peu artificiel ?

Guérin était maintenant à trois mètres de Monkachi. Il s'assit tranquillement sur le trottoir et souffla, fatigué ; dans le même mouvement il jeta un œil vers Gittard. Le flic s'agitait en faisant le signe du poisson.

– Le suicide, Alex, est un moment délicat. Une vérité difficile pour ceux qui restent, même s'ils ne vous connaissent pas. Parce que cela les fait douter de leurs fondations. Ils sentent le sol se dérober sous leurs pieds. C'est un geste important, Alex, pour ce qu'il révèle. L'hypocrisie de ceux qui l'acceptent comme une fatalité personnelle, au lieu d'interroger le bâtiment dans lequel ils vivent avec vous, ne mérite pas votre mort.

Alex Monkachi se laissa tomber au sol, sa bouche baveuse collée à la peinture.

– Mais vous êtes qui, nom de Dieu ? Qui vous êtes ? Vous ne devez pas plutôt me remonter le moral, me raconter des choses débiles qui font du bien ?

– Je ne peux pas faire ça, Alex. Je suis désolé. Savez-vous quel rapport il y a entre vous, le perroquet Churchill et le Grand Palais ?

Le candidat malheureux bafouilla des choses. Guérin discerna quelques mots. *Le boulot. Ma vie. Qu'on m'écoute.*

– Probablement aucun. À part ce qu'on pourrait imaginer. Que vous êtes seuls, sur des perchoirs ou des sables mouvants. Qu'un perroquet, une charpente en acier et un homme, malgré quelques inégalités, sont incapables d'exprimer vraiment ce qu'ils pensent de leur condition. Et qu'ils se laissent mourir parce qu'ils se sentent moins utiles qu'un ver de terre. Je suis votre ami, Alex, croyez-le sincèrement. Restez avec nous. Guérin ôta sa casquette et l'agita en direction du cordon. Il tournait le dos à Monkachi, qui contempla les pansements sur la tête du flic, effaré. Dites-moi, Alex, avez-vous récemment rencontré des gens animés de bonnes intentions, en apparence du moins, qui vous auraient persuadé de vous tuer ? Des gens, maintenant que vous y pensez à tête reposée, qui vous entouraient gentiment mais au fond voulaient votre mort ? Des amitiés insidieuses, si l'on peut dire. Guérin regarda vers les berges, scrutant la foule de chaque côté du pont. Deux lignes de têtes curieuses, indistinctes et impatientes. De l'avenue Churchill, un groupe de trois personnes – dont une femme – avançait doucement sur le parapet. Lambert les accompagnait. Dites-moi, Alex. Fouillez votre mémoire et répondez-moi : avez-vous rencontré des gens qui vous ont encouragé à venir ici aujourd'hui ?

Alex Monkachi se moucha bruyamment dans ses doigts. Il avait lâché la balustrade pour y appuyer son dos.

– À peu près tous les jours. À peu près tout le monde. C'est vrai que la ville s'enfonce ?

– Sans doute, Alex. Je suis content de vous avoir rencontré avant que vous ne soyez mort.

– Vous êtes fou.

– C'est une question qui mérite d'être posée.

*

Lambert le déposa devant chez lui. Le Patron avait récupéré son carton, épuisé, et se tenait sur le trottoir devant la portière ouverte.

– Mon petit Lambert, je m'excuse pour hier. Ça ne se reproduira pas. Merci de ton aide, et… d'avoir appelé Ménard. Mets-toi au repos cet après-midi. Ils trouveront bien quelqu'un d'autre s'il y a besoin.

Guérin allait claquer la portière. Lambert se pencha vers lui.

– Patron, c'est pas la peine de me remercier, je veux dire, c'est normal… Patron ? À propos de…

– Savane était mon adjoint. Il a travaillé avec moi jusqu'à…

– Kowalski ? Lambert s'empressa d'ajouter : Vous avez fait du beau boulot aujourd'hui. Il rougit. Moi je vous laisserai pas tomber, Patron.

C'en était trop pour tous les deux. Lambert se redressa, Guérin claqua la portière.

Il regarda la voiture s'éloigner, repensant à Monkachi, à l'infirmière qui lui avait souri, et comment il avait enfin réussi à vomir.

Il posa le carton dans l'entrée, salué par Churchill et la voix de sa mère.

– Tu rentres taaaard ! Tu rentres taaaard !

– Il est treize heures, Churchill, je rentre *tôt* aujourd'hui.

Le perroquet hérissa les plumes de sa tête en une crête rouge, et prit sa voix d'inconnu.

– Un p'tit coup mon aaaaange ! Un p'tit couuup !

Vingt ans sur un perchoir, au-dessus d'un lit plus fréquenté qu'une bibliothèque.

– Tu es grossier. Maman détestait quand tu étais grossier.

L'évocation de son ancienne maîtresse enragea le volatile. Il lança une bordée d'injures, entrecoupées de claquements de langue et de cris. Guérin eut un petit sourire, savourant la colère du vieux piaf.

Il ouvrit la machine à laver, en sortit son imperméable jaune et l'étendit sur un cintre. Les taches de sang avaient disparu. Il traversa le salon et suspendit le cintre à la corde à linge du balcon. L'imperméable, tel un pavillon jaune de quarantaine, se mit à balancer doucement dans le vent. Churchill vexé avait arrêté de crier et cachait sa tête sous son aile. Guérin referma la porte-fenêtre, puis traîna le carton au milieu du salon.

Le volatile descendit de son perchoir, marcha prudemment en crabe et vint pencher sa tête sur les dossiers, mordillant les bords de la boîte. Guérin enfonça la cassette dans le magnétoscope et s'installa dans son fauteuil. Le perroquet tourna en rond en faisant grincer le parquet, la tête penchée sur le côté, en un rituel de soumission. Il fit trois fois le tour de la pièce.

– Tu arrêtes d'être grossier et de crier. Je suis fatigué.

Le perroquet se dirigea aussitôt vers le fauteuil.

Une fois sur l'épaule de son maître il tira du bec sur les pansements, en répétant doucement *mon petit chou*, de sa voix chaleureuse de mère en train d'encourager un client mollasson. Churchill imitait parfaitement les intonations de sa maîtresse, mais Guérin doutait qu'il en saisisse vraiment les intentions. Encore que. La seule chose que le perroquet n'avait hérité de personne, c'était sa colère.

Guérin avait toujours eu besoin, dans sa vie, d'un homme qui sache se mettre en colère.

Il appuya sur la touche lecture.

Dès que le jeune homme à poil se mit à courir entre les voitures, Churchill commença à ricaner.

8

John P. Nichols s'était réveillé une première fois, pour ne ressentir que de la douleur et voir danser des ombres. Des bruits étouffés, des odeurs, et un toit au-dessus de sa tête. Il avait refermé les yeux et s'était rendormi. La seconde fois il avait fait le point, et vu une femme au-dessus de lui. D'un blond artificiel, coiffée comme une pub hollandaise pour du beurre de cacahuète, elle brandissait une tronçonneuse orange dans une forêt en plastique, short en jeans très court et petits seins à l'air. Elle tenait son engin comme une chose précieuse pleine de chevaux-vapeur, la bouche entrouverte et l'œil coquin d'une sole meunière. Avant de sombrer une nouvelle fois, John avait bafouillé des excuses à la femme qui attendait, impatiente, les mains rugueuses du bûcheron qui lui démarrerait sa machine. Il s'était excusé de ne pas être plus en forme, glissant dans la forêt en plastique avec l'impression que la douleur était moins forte.

Alors que la tronçonneuse pétait enfin le feu, que la blonde s'était débarrassée de son short et que John tirait avec les dents sur un piercing qui lui sortait du nombril, un homme cagoulé s'interposa et se mit à lui lécher le visage. Il se réveilla, la truffe noire d'un chien collée à son nez.

Une voix de grosse caisse détendue emplit l'air.

– Couché !

Soufflant, le chien aplatit sa tête sur la poitrine de John.

En face de lui, sur un mur, était accroché un calendrier Husqvarna des années quatre-vingt. Sur la page du mois d'avril, la blonde, aussi décolorée que la photo, avait renfilé son short. Le décor vacilla, puis il eut la sensation de mettre enfin pied à terre. Sous le calendrier, appuyés contre un poêle à bois éteint, son sac et son arc. Il était sur un lit de camp, dans une cahute en planches, et de sa positon allongée voyait une étagère et quelques livres, une casquette foncée pendue à un crochet, un plancher mal équarri et deux pieds de table en métal. Entre les pieds, des bas de pantalon tombaient sur deux gros godillots en cuir.

– Viens ici !

Le bâtard au poil grisonnant s'écroula sur le plancher.

John se redressa sur un coude. Sa nuque était raide et sa tête lourde. Sa première pensée, très sommaire, fut *propre*. La cabane était immaculée. Il voulut se tourner sur le côté, mais son ventre le lui interdit.

– *Shit.*

Les godillots raclèrent le sol. Sa seconde pensée, plus élaborée, s'attacha au visage de l'homme qui se penchait au-dessus de lui. Edward Bunker.

– *Where the fuck am I ?*

– Tu comprends le français ou pas ? D'où tu viens ?

John bougea la tête doucement.

– USA.

– Tu peux te lever ?

C'était Bunker, avec des yeux verts et les cheveux un peu moins blancs, mais la ressemblance allait au-delà des traits. Une tête de fauve qui s'est usé les dents sur des barreaux. John regarda la casquette, puis l'homme.

– C'est une prison, ici ?

Bunker arqua les sourcils, arrêtant un sourire.

– Même avec un cocard, t'es pas manchot pour comprendre.

– Je suis psychologue.

– Psychologue ! Merde, t'entends ça, Mesrine ? Le chien noir se redressa. Couché !

Sur la main de Bunker une croix tatouée à l'encre de stylo, entourée de petits traits symbolisant sans doute la lumière divine d'une lucarne de quartier de sécurité. Peut-être qu'il ne ressemblait pas tant que ça au taulard écrivain, mais il venait du même endroit, John en était certain.

Le chien passa la tête entre les jambes de Bunker, et le regarda comme s'il rencontrait un psy pour la première fois.

– Y font vraiment tout plus grand, les Ricains ; chez nous les psys pèsent pas si lourd. Et y sont moins cons.

– Pas une prison...

– Pas exactement. Espaces verts.

– Mais tu étais en prison, *right ?*

L'ours gris se redressa. Le clébard recula aussi, mal peigné mais l'air plus féroce qu'il n'avait paru au premier abord.

– Qu'est-ce que tu foutais dans mon parc ?

John chercha une explication honnête.

– On a volé ma voiture. Je me suis fait casser la figure à cause de quelqu'un d'autre. Et j'aime les arbres.

Le chien laissa tomber ses oreilles, puis son cul. Sur le visage du gardien, aussi mobile qu'un parpaing, la curiosité disputait la place à la méfiance. John réussit à s'asseoir sur le bord du lit, se tenant le ventre.

– Moi aussi j'habite dans une cabane. Tu as fait longtemps de la prison ?

Le vieux gardien passa une main dans son dos et en tira une petite matraque plombée. Elle était faite à sa main, patinée et sombre, de taille peu inquiétante, aussi anodine en apparence que le chien. John la suivit des yeux, figé, une main posée sur sa nuque. Elle atterrit sur le coin de la table. Blong.

– Suffisamment pour reconnaître un paumé. Ça fait longtemps que t'es dans la merde ?

Il chercha encore une réponse honnête, parce que Bunker avait le sens de la vérité. Un talent que des années de taule devaient vous cheviller au corps à coups de matraque. Mais le grand Américain n'arrivait pas à parler, et le regarda sans rien dire.

– Ouais… t'es un habitué.

John se leva lentement. La cabane faisait trois mètres par quatre environ, et à eux deux ils en remplissaient presque tout le volume. Il n'eut aucun mal à avoir l'air inoffensif mais Bunker resta sur ses gardes, jambes écartées. Son costume de gardien d'espace vert lui allait comme une idée à un meuble.

L'Américain baissa la tête vers le chien.

– C'est quoi, la mesrine ? On dirait un truc chimique, une protéine.

Bunker ouvrit sa bouche sans lèvres et finit par sourire ; il y avait, entre ses incisives, un petit espace étrangement enfantin. Ce sourire le rendait encore plus dangereux. Une folie libertaire incontrôlable. Son sourire et son regard étaient alimentés par une centrale nucléaire intérieure, qu'il devait trimballer avec lui depuis l'enfance. En toute logique, il avait fini en taule.

– Ben merde, on t'a rien appris à l'école de psychologie ? Mesrine, c'est pas une protéine, c'est un ennemi
du système ! Comment ça se fait que t'as l'accent américain une fois sur deux ?

La confiance de Bunker n'était pas un fruit mûr.

– Ma mère est française.

Bunker prit un air sérieux et consulta une vieille
tocante au verre dépoli.

– Dix heures. Tu vas bien boire un peu de vin ?

L'idée d'une rasade de rouge fit bondir son estomac.

– Bien sûr.

La cabane était un abri de jardin amélioré, meublé
par la Croix-Rouge. Une cellule, propre et rangée.
Trois livres, le poêle éteint, une étagère de fringues,
une ampoule au plafond, deux chaises, une table, le lit
de camp et une paillasse pour Mesrine. Dans un coin
un petit meuble en bois repeint deux cents fois, un
réchaud et trois gamelles. La lumière tombait de deux
fenêtres à petits carreaux, et derrière l'une d'elles, dans
un pot en plastique, des géraniums rouges dansaient
dans le vent. Avec quatre roues : une roulotte. En toile,
un tipi. En tôle, une case de bidonville, sauf que le sol
n'était pas en terre battue. Pendant que Bunker fouillait
dans le coin cuisine, John s'approcha de son sac et
vérifia que l'arc n'avait pas pris un mauvais coup. Le
souvenir confus des derniers événements lui arracha
une grimace. Il tenait au moins debout, et même sans
grande expérience des coups avait l'impression que
rien n'était sévèrement cassé. Il leva le nez et regarda
de plus près la photo du mois d'avril 1983. La blonde
avait quelque chose d'une icône, entre Renaissance

Playboy et Pierre et Gilles. Une madone des prisons, usée et toujours jeune, comme un souvenir. Il souleva la photo et jeta un œil au mois de mai. Une débroussailleuse et des seins plus généreux. Douze femmes pour Bunker. John s'amusa des filles rêvant de carrières artistiques en posant à poil, qui finissaient dans des cellules à alimenter les fantasmes fatigués des longues peines. Finalement, c'était un boulot de bonne sœur. Il fallait leur rendre ça.

Bunker posa sur la table deux verres Duralex et un litron entamé sans étiquette.

— Miss Avril, enfile quelque chose tu veux, on a de la visite.

Bunker ne sourit pas à sa blague. Cette absence de rire était profonde. Une usure de l'âme. Comme John et l'ours de la vitrine, son personnage de taulard avait fini par prendre le dessus sur ce qu'il avait été avant. On ne voyait plus dessous, sinon en se faufilant par le petit espace entre ses dents. Qu'il gardait caché.

La première gorgée de vin lui arracha la gorge.

— C'est du bon. Profite, après y a plus que de l'ordinaire.

Pas d'ironie, le ton grave de qui a connu le rationnement de l'essentiel. Bunker claqua des lèvres, savourant l'opulence acide de la liberté, puis regarda John dans les yeux. Apparemment pour la première fois, puisqu'il n'avait pas encore remarqué la cicatrice qui lui barrait le visage, du front à la moitié de la joue droite, en passant par la paupière. Un trait blanc et fin, qui déviait la course de ses rides.

— Gamin, en prison, on attend parfois cinq ans avant qu'un compagnon te fasse ses confidences. Un des plaisirs de la vie dehors, c'est qu'on peut gagner du temps au lieu d'en perdre. T'es pas obligé, comprends bien, mais ça m'intrigue quand même de savoir comment un psychologue américain est arrivé dans cet état devant chez moi. Parce que t'avais peut-être pas remarqué, mais tu t'es écroulé juste derrière ma cabane. Même Mesrine t'a entendu.

La violence, la peur, la franchise et la solitude se mélangeaient étrangement pour donner le vert pâle de ses yeux. Ce regard lui rappelait celui d'Alan, en plus rusé mais à peine moins sauvage. Le vieux roulait un clope d'AJJA 17 Corsé entre ses doigts énormes. Des gestes précieux. John alluma une Gitane et posa le paquet sur la table.

– Je suis venu à Paris parce qu'un ami est mort. Il devait de l'argent à des dealers. Ils veulent que je paye pour lui. Ils m'ont attaqué.

Bunker bascula le verre au fond de sa gorge et replanta ses yeux usés dans ceux de John.

– À toi.

– *What ?*

– Une question pour toi.

Le vin, malgré la brûlure, faisait du bien. Il réfléchit quelques secondes, massant sa tempe rebondie.

– 1983, c'est la dernière fois que tu es sorti de prison ?

– La dernière fois que je suis rentré. Sorti en 91. Depuis, j'ai tenu parole. Le calendrier, c'est tout ce que j'ai gardé. Quand je le vois, ça me rappelle ce que je me suis répété pendant huit ans : la prochaine fois, reste dehors.

Mesrine se colla à la jambe de son maître, qui lui tapota la tête ; l'ennemi du système se laissa aller aux caresses. John but une autre gorgée et les tissus de sa trachée s'en accommodèrent un peu mieux. Le vert des yeux se rétrécit, assombri par les paupières ridées.

– L'arc, c'est pour venger ton pote ?

Venger Alan ? L'idée le fit sourire, et sa mâchoire couina de douleur.

– C'est pas un ami qu'on venge. Il a fait ça lui-même. Il s'est suicidé.

Bunker remplit les deux verres, avant de boire frotta la croix sur le dos de sa main. Il vida le Duralex d'un trait et le fit cogner sur la table.

– Ta prochaine question, je la sais. J'ai tué personne, même si parfois ça s'est joué à un coup de pot. Braquages, c'est pour ça que j'ai fait de la cabane. J'ai toujours travaillé seul, sauf deux ou trois fois. Ça m'a pas réussi. Deux ans, cinq ans, et huit ans. Quinze ans de barreaux. Il frotta encore sa main. Ma première peine, j'ai crevé de solitude. La dernière, on se marchait dessus. Ses gros doigts effleurèrent sa cicatrice. Cette turne, c'est une générosité de la mairie pour un ancien taulard. Je gagne pas plus d'argent que si je tressais des couronnes, mais ici j'ai la paix.

Bunker avait baissé la tête et terminé les yeux dans son verre. John lui donna le double de son âge, dans les soixante-cinq ans, emballés dans un corps toujours solide. Mais le plus dur chez Bunker, c'était les mots : ils avaient la solidité des objets.

– Gamin, ton pote qui s'est tué, c'était qui ?

La question était claire : *Qui sont tes amis, que je sache qui tu es*. Avec Alan, Bunker ne pouvait pas tomber mieux : un pote pour qui on prend des coups dans la gueule, c'était une référence. John se redressa et but. Il avait besoin lui aussi d'enfoncer la réalité à coups de mots, d'enfoncer les clous du cercueil d'Alan.

– Je m'appelle John. Il tendit sa main à Bunker, qui

la serra dans sa paluche carrée. Le vieux ne dit pas son nom, mais accepta l'introduction solennelle. C'est une longue histoire.

– Y a du vin.

John se rinça la bouche au détergent.

– J'ai rencontré Alan il y a presque treize ans, en 95. J'avais vingt ans, et lui vingt-trois. J'habitais à Los Angeles, à Venice, et j'avais quitté ma mère à San Francisco. J'avais commencé l'université mais je voulais pas vivre au campus. J'ai trouvé un studio près de la plage. Le soir j'allais traîner sur le Board Walk, la promenade, pour boire une bière, manger et regarder. Venice, c'est un spectacle de l'Amérique qu'est pas toujours drôle, mais intéressant. Il se passe toujours un truc. Musique, shows, des filles en Bikini à rollers, des familles, des prêcheurs qui poussent des Caddie, des vétérans, des vieux, des magasins, des artistes et des gens qui lisent ton avenir. Un soir j'étais à une terrasse, face à l'Océan, pour manger un sandwich. De l'autre côté du Walk, au bord du sable, un mec s'est installé sur une couverture et il a enlevé son T-shirt. Il a commencé à cracher du feu, puis à se planter des aiguilles dans la peau. Quand trop de gens se sont arrêtés, je me suis levé. Ce fakir, il avait un regard triste, mais il souriait alors on le remarquait pas. Je sais pas si c'est parce que je suis grand, ou parce que j'étais fasciné, mais le fakir m'a tiré par le bras dans le public. Il m'a donné une bouteille vide de Jim Beam, et il m'a dit de lui casser sur la tête. C'était un gag, il faisait un show en disant qu'il était en… comment tu dis ? Rehab' ? Qu'il essayait d'arrêter de boire, que c'était une thérapie. Tout le monde rigolait. Je suis resté une minute sans bouger. Je pouvais pas le faire. Le public a commencé à rire plus fort. Alan m'a regardé, et c'est moi qui étais triste. Il a insulté tout le monde, il a continué jusqu'à ce qu'ils soient tous partis.

John s'arrêta. Emporté par les souvenirs il avait oublié Bunker et la cabane, mais le gardien du Luxembourg l'écoutait toujours. Bunker, sans se dérider, déclara :

– Va falloir qu'on passe à l'ordinaire.

Une autre bouteille apparut, les verres se remplirent.

– Après ça, il m'a emmené dans un bar, en disant que je l'avais bien fait rire, avec cette bouteille dans la main. Mais en fait il avait l'air déprimé. C'est là que j'ai compris la première chose importante à propos d'Alan. Seulement quand il rigolait, il disait la vérité. Son numéro de la bouteille, c'était drôle. Il était vraiment alcoolique. Quand j'avais pas réussi à le frapper, pour des raisons que j'ai comprises après, il était peut-être à deux doigts de se tuer, là, devant tout le monde.

» Il venait presque tous les soirs à Venice maintenant, pour faire son show. Parfois on allait encore boire des verres. C'était moi qui payais. À force de l'écouter dire des conneries et rire, j'ai compris, avec son système de vérité à l'envers, qu'il se shootait à l'héroïne. Il a fallu plus longtemps pour qu'il fasse des blagues sur les pédés. Et j'ai compris aussi. Pendant deux ans, on se voyait comme ça, de temps en temps. Parfois il disparaissait, et il revenait avec un nouveau tatouage, un nouveau show, plus violent. J'ai fini ma licence, et je voulais me spécialiser en psychologie comportementale. J'ai commencé mon master. Je faisais des recherches sur les traumatismes de guerre, parce qu'on est un pays qui en a beaucoup, mais on veut pas en entendre parler. On est construit dessus, on a organisé notre pays autour, mais ça existe pas. Alan était parti depuis plusieurs mois. Un jour il a frappé à ma porte. Il était en manque, il voulait arrêter. Il est resté à la maison, clean pendant quelques semaines. Un soir, je lisais des notes, et il m'a dit en rigolant que je pouvais travailler sur lui. Il a dit qu'il était en Irak pour la guerre du Golfe. Un fakir homosexuel qui a fait la guerre, y en a pas beaucoup, mais si tu dois le trouver quelque part, c'est à Venice Beach. Peut-être que j'avais un peu deviné, que déjà je faisais des choix parce que je l'avais rencontré. Je sais pas. Mais son histoire devenait un morceau de ma vie. Pas encore de mon travail. L'histoire d'Alan, elle se comprend bien quand on commence par le début. Il a grandi homosexuel, dans une ferme du Kansas avec des parents méthodistes. Tous les jours à l'église, et le dimanche toute la journée ! Le reste, c'est une suite logique, et des conséquences de sa personnalité. Alan, c'était de la colère à quatre-vingt-dix pour cent. Le lendemain, après qu'il a dit qu'il était en Irak, il a disparu. Avec ma télé, ma stéréo et mes disques. Il est revenu bien sûr, pas très longtemps après. Il avait commencé à prendre chez-moi pour un refuge. Il m'a jamais fait de propositions, il a jamais amené ses partenaires chez moi. C'était une règle tacite qu'il avait décidée. Ça a continué comme ça pendant encore deux ans. Il venait, il prenait, il allait mieux, il repartait, il revenait pire. Il y avait toujours des problèmes quand il était là : les vols, les dealers, les bagarres dans les bars, les crises de colère. Moi je suivais ma route, il arrivait pour mettre le bordel. À chaque fois un peu plus mal. Il avait une gangrène sous la peau. En 99, j'ai commencé ma thèse, toujours le même sujet. Je sais, maintenant, que c'est à cause de lui que je voulais continuer. À ce moment-là il m'a demandé direct si je voulais savoir ce qu'il avait fait là-bas, en Irak. J'ai fini ma thèse en 2006, et le sujet, à la fin, c'était pas celui que j'avais imaginé. Après « homosexuel », le deuxième mot qui explique l'histoire d'Alan Mustgrave, c'est « torture ». Un gros travail, très long, parce que le sujet c'était lui, et que c'était aussi une sorte de thérapie. On était tous les deux des débutants, et il continuait à partir sans rien dire, pendant des semaines, des mois. On est resté amis, mais c'était difficile. Y a deux ans, après que j'ai fini mes recherches, il était presque au bout. Il avait fait le plus dur. Quand j'ai voulu soutenir ma thèse, c'est devenu compliqué pour nous deux. L'Amérique, elle a pas voulu le laisser en paix, elle le tuait autant que la drogue. J'ai dit à Alan : « Va-t'en, pars des States. » Et j'ai pensé que Paris, c'était une bonne idée. Il m'a écouté et il est parti. Un an plus tard, c'est moi qui pouvais plus rester là-bas. Je suis venu en France aussi. Ma mère avait acheté un terrain dans le Lot, au début des soixante-dix, avant de partir à San Francisco. Elle l'avait gardé. Je vis là-bas. Alan Mustgrave est mort il y a quatre jours, pendant son dernier show, rue de l'Hirondelle. Devant le public.

La bouteille d'ordinaire était vide. Lorsqu'il eut fini de parler, John était à moitié raide. Le vieux gangster avait les paupières lourdes et l'air un peu inquiet.

– Qu'est-ce que tu vas faire de ses dettes, à ton pote ?

John penchait légèrement vers le plateau de la table.

– *Don't know*… J'ai pensé, peut-être, que c'était mieux de rentrer chez moi… John regarda, autour d'eux, la cabane qui lui rappelait le tipi. J'habite dans un endroit, Bunker, c'est comme…

– Qui c'est, ce Bunker ?

– Edward Bunker, c'est un mec qui arrêtait pas d'y retourner. Un jour il est sorti avec un livre qu'il avait écrit, un roman. Il est pas retourné en prison. Il est mort maintenant, mais dehors.

Bunker accepta l'arrivée de son double sans broncher, d'un battement de paupières ralenti.

– *So*, je disais que chez moi, c'est pas plus grand que chez toi, avec des murs en tissu. J'aime plus la ville. Les murs, ça me fait peur.

Bunker secoua la bouteille, à la recherche de la dernière goutte.

– Continue à les éviter, Gamin.

Mesrine roupillait entre leurs pieds. John se persuadait qu'il fallait quitter la ville. Mais la clarté de l'alcool, qui précède de peu l'abrutissement, se troublait d'incomplétude. L'avertissement qu'il avait reçu était tout sauf une réponse, il avait encore des questions.

– Bunk', où je peux faire une douche ?

– Gamin, derrière la cabane, y en a une autre plus petite. Et j'espère que l'eau froide va te laver les yeux, parce qu'y ressemblent à ceux de quelqu'un qui va faire une connerie.

John se leva, chercha son équilibre en faisant travailler ses muscles douloureux.

– Je veux juste comprendre. *That's all.*

Bunker battit lentement des persiennes.

– Con de psychologue.

L'eau froide et une séance de rasage lui firent du bien, mais n'avaient pas lavé ses yeux. Bunker avait enfilé sa casquette et tenait Mesrine en laisse.

— Je peux pas t'empêcher de faire ce que tu veux, Gamin, mais je crois que ça donnera rien de bon. De Dieu ! Je sais pas si c'est ton métier, mais j'ai pas autant parlé depuis longtemps. Ton histoire de rencontre, avec ton pote, ça m'en rappelle une autre, qui date seulement de cette nuit. Je crois pas à la chance, seulement qu'on trouve ce qu'on cherche. Si t'es tombé dans les pattes d'un ancien comme moi, c'était pour que t'entendes ce message : t'as donné suffisamment au fakir, maintenant c'est à toi de sauver ta peau. Et note bien l'humour, parce que c'est une vérité qui peut te coûter cher. Après ça, c'est toi qui vois.

— Je vais faire attention. Mais moi aussi j'ai des dettes, pas seulement Alan. John lui tendit la main encore une fois. C'est quoi ton nom ?

— Ton Bunker, y fait très bien l'affaire. T'as une maison à Paris. Tes frusques sont en sûreté.

Il lui tendit une clef, en lui expliquant par quelle grille passer s'il rentrait après vingt heures.

Mesrine aboya en le voyant partir, et Bunker resta planté devant son pot de géraniums, certain qu'il venait de mettre les doigts dans un engrenage à bidoche. Levant les yeux au ciel, il ajouta sur un ton de diagnostic terminal :

— Mesrine, il va nous tomber quelque chose sur la casquette.

Autour de lui une barrière en fil de fer vert, haute d'un demi-mètre, délimitait son petit territoire au milieu du parc. Un enclos entre les arbres, au bout d'une pelouse, et une pancarte blanche : *Interdit au public.*

9

Voltaire, métro Saint-Ambroise. Livraisons de fringues usinées en Chine, triples files, warning et Asiates clopes au bec. Guérin était sur le trottoir, lui aussi un carton sous le bras.

Le Patron s'installa dans la voiture sans saluer. Le retour de l'imperméable jaune inquiéta Lambert. La casquette était toujours là, mais pas suffisante pour le rassurer. Le Patron avait retrouvé ses airs de conspirateur, et Lambert voyait bien à ses mains folâtres qu'il avait envie de se gratter la tête.

– Où est-ce qu'on va ?

– Périphérique intérieur. Porte Maillot.

– Le kamikaze ?

Guérin acquiesça d'un coup de galure. Le carton de dossiers, de retour sur le siège arrière, dégageait une odeur d'augure pourri.

– Ne t'inquiète pas, je sais ce que je fais.

L'adjoint démarra, préoccupé par le sujet qu'il avait ressassé toute la nuit : Savane. Il ne comprenait pas qu'on puisse l'appeler « Petit » ! Une incohérence, un truc à prendre une mandale. Place de la République, il en était encore à formuler sa question que Guérin commença les réponses. C'était toujours un émerveillement, pour Lambert, de se découvrir aussi transparent.

– Barnier pensait que Savane pouvait faire un bon élément. Mais il était trop imprévisible et violent. Le Service a besoin de bulldogs, mais il faut les contrôler. Il plafonnait depuis trois ans, brigadier major. Son grade de lieutenant n'arrivait pas. Le concours n'était pas pour lui, sa promotion dérangeait trop de monde. Barnier me l'a confié, en me disant d'en faire quelque chose. Il voulait un maître-chien pour Savane, j'ai essayé d'en faire un limier. Il a eu sa promotion au bout d'un an. C'est un bon garçon, mais il est influençable. Pour le meilleur et le pire. Savane était un ami de Kowalski, et des deux autres, Roman et Berlion. Le Quatuor Mortis, les gros bras. Après la mort de Kowalski, il m'en a voulu. Mais il sait ce qu'il me doit, et que je crois en lui malgré tout. C'est ce qui le rend agressif : il n'a pas réussi à prendre parti, il est retourné avec la meute. Maintenant, la meute le dévore vivant. Guérin fit une pause et se tourna vers son adjoint, à l'abri de sa visière. Mon petit Lambert, il faudra que tu fasses attention à l'avenir. Il ne faut pas qu'il t'arrive la même chose.

Lambert était arrêté à un feu, soufflé par la rafale d'informations débitées à la mitraillette. Le feu passa au vert sans qu'il réagisse. De cette bouillie informe saillait une idée extraordinaire, touffe de persil sur un tas de purée : le Patron pensait qu'il était capable de quelque chose ! *Élève officier*, tout à coup, sonna à ses oreilles comme un état enfin transitoire.

– Lambert ? Le feu est vert…

Il redémarra, gonflé à bloc.

– Patron, pourquoi vous voulez retourner là-bas ?

– Le chien, Lambert, dans les herbes.

Lambert descendit du véhicule garé sur la bande d'arrêt d'urgence. Il bomba le torse, paré des couleurs du Milan AC, et leva une main autoritaire en direction des voitures. Il marcha jusqu'au milieu de la chaussée et arrêta la circulation, pour que le Patron puisse traverser tranquillement.

Ils enjambèrent le rail de sécurité et avancèrent sur le terre-plein ras et poussiéreux. Au-dessus, la place du palais des Congrès. D'un côté l'échangeur de la porte Maillot et le périf intérieur ; de l'autre l'extérieur. Un 747 au décollage.

Une poupée sans tête partageait un Caddie avec un grille-pain, une roue de vélo crevée et une lampe de bureau aux fils dénudés. Deux chaises de jardin à fleurs, sur un tapis oriental râpé des jeux de société, des jouets, une Singer en pièces détachées, un poste de radio et des livres. San Antonio, SAS, des Goncourt oubliés et des romans à l'eau de rose. Devant le tapis, une télé dont l'écran était remplacé par une feuille de carton. Sur le carton, au marqueur : *La Brocante de Paco*.

Guérin leva les yeux vers le pont, repérant la caméra et l'angle mort. Le terre-plein n'était pas dans le champ, seulement une frange d'herbe à droite des rails. Sur la dernière image du poids lourd en train de déraper, après avoir visionné vingt fois la bande au son des hurlements de Churchill, Guérin avait vu, dans les herbes. Deux pattes et la tête d'un chien, fondus dans le noir et blanc imprécis de la vidéo de surveillance.

Un chien couché dans l'herbe au bord du périphérique. Une intuition : la bête avait un propriétaire. Peut-être un témoin, exactement à la hauteur du choc.

Appuyé à une pile du pont, assis sur un matelas taché, un litron à la main, Paco les observait. À ses pieds, le chien dormait.

Quand ils étaient arrivés sur les lieux de l'« accident », il n'y avait personne sur ce triangle de terre polluée. Paco et son animal avaient vidé les lieux avant l'arrivée des flics. Ils étaient revenus depuis. Le clodo ne semblait pas surpris de les voir débarquer, et à son expression faisait la différence entre des chineurs et deux poulets.

Le chien ne leva pas une oreille avant que Lambert ne se plante devant le matelas, carte en main. Lorsque le clébard se réveilla, un seul œil jaune se fixa sur le stagiaire : l'autre était vide, un trou noir entouré de poils. La bête était borgne, probablement sourde et son odorat sénile. Paco, sous la crasse, était d'une pâleur maladive. Guérin sentait déjà sa gorge le démanger et ses poumons au bord du collapsus. L'endroit était mortel, à courte échéance.

Sous le pont le bruit dépassait les possibilités de leurs voix. Paco se redressa, glissa la bouteille dans une poche de son manteau et leur fit signe de le suivre. Ils s'arrêtèrent à la pointe du triangle, écrasée dans le laminoir des voitures tournant en sens opposés autour de Paris. Le clébard s'allongea dans les mauvaises herbes, près du rail, au même endroit que sur la vidéo. De son œil il regardait passer les voitures, se souvenant peut-être de les avoir pourchassées quand il était jeune. Guérin espéra que le clebs borgne et sourd n'était pas le seul témoin oculaire.

Paco avait un air malin plutôt déprimant. Son intelligence ne l'avait pas empêché d'atterrir ici. Son visage maigre, au teint basané virant au jaune, était noir de saleté. Ses fringues crasses et trop grandes étaient absurdement colorées, à l'image de sa brocante, au croisement de la déchéance et de l'espoir. Il s'étouffa en voulant parler, s'éclaircit la gorge en crachant une poignée de glaires. Impossible de préciser son âge, entre trente et cinquante.

– Ji pensais bien que li flics allaient revenir.

Sa voix était parfaitement ajustée au bruit, haute et claire. Guérin dut encore forcer la sienne pour se faire entendre.

– Pourquoi êtes-vous parti après l'accident ?

Pure rhétorique. Paco – si c'était bien son nom – avait un problème de territoire et de papiers, même s'il avait bien choisi son no man's land. Raté. Un fils de bonne famille était venu se suicider juste devant, et son clébard traînait dans un champ de caméra.

– Ji veux pas di problèmes ! Si tu mi donnes di travail, moi ji travaille. Maintenant ji suis là, ji fais la brocante et ji veux pas di problèmes !

Une quinte de toux volcanique et un glaviot noir prouvèrent qu'il en avait déjà de sérieux. Ses yeux rouges lui sortaient de la tête.

– D'où est-ce que vous venez ?

– Ispagne…

Les yeux ronds de Guérin fouillèrent les deux billes fiévreuses du clandestin.

– Et avant ?

– Tunis…

Paco trembla légèrement, et sa peur raconta en une seconde des passages de frontières déplaisants. Peut-être, finalement, avait-il trouvé mieux ici que là-bas ; mais la comparaison restait délicate.

– Nous ne sommes pas là pour vous embêter ! Nous voulons savoir ce que vous avez vu !

Le broc' tuberculeux les détailla quelques secondes. Le petit flic avec sa gâpette de gentleman avait l'air inoffensif ; le grand blond, avec son jogging et ses boucles folles, bâillait aux corneilles.

– Si ji dis ce qui j'i vu, vous mi donnez un coup di main ? Ji veux li droits de l'Homme et li réfugié politique !

– Politique ?

– L'OFPRA, i dit qui ji suis pas en danger chez moi ! J'i fait deux ans de prison, Inspecteur ! Parce que ji voulais pas vendre un terrain à li policier de mon village ! Ils croient pas ! Ma famille elle i restée là-bas, Inspecteur ! Depuis quatre ans ji suis en France ! Ji veux plus di problèmes !

– Dites-nous d'abord, on verra ensuite ce qu'on peut faire !

– Vrai ?

– C'est promis !

Paco gratta ses fonds de pantalon, puis fronça les sourcils. Il avait l'air de se rappeler d'autres pauvres bougres dans son genre, voulant bien faire et passés à la guillotine faute de crédibilité.

– Ji presque rien vu. Li misieur est arrivé en courant, la voiture noire l'i passée à côté, et li camion il l'a écrasé. C'i tout, et ji suis parti.

Le petit à casquette n'avait pas l'air satisfait. Le grand frisé, avec son sourire de bienheureux, fit glisser la fermeture Éclair de sa veste. Paco sursauta en voyant le Beretta.

– Diconne pas, Missieur ! Ci tout ci qui ji vu ! Li trois dans la voiture, li mort, i li camion !

Guérin leva une main théâtrale vers Lambert, pour retenir son adjoint bouillonnant de lassitude.

– Qu'est-ce que vous dites, à propos de la voiture ? Qu'est-ce que vous avez vu dans la voiture ?

Paco cracha un autre morceau de poumon. Le périphérique rugissait. Il tentait de maîtriser sa peur.

– Ji veux pas di problèmes !

– Il n'y aura pas de problèmes, racontez-moi !

– I mirde ! Ji savais ! Ji vais avoir des ennuis.

– Si vous avez besoin de papiers, je verrai ce que je peux faire ! En tout cas, on va vous trouver un docteur ! Ça va comme ça ?

Paco secoua à nouveau son froc et la colonie de puces qui vivait dedans.

– Un toubib ?

– Promis !

– Li misieur i courait tout nu, avec li sourire i li bras comme ça. Paco écarta les bras et toussa. Dans li voiture noire, Allah ji jure, li trois i z'étaient pas surpris, comme si i z'avaient pas peur ni rien ! Li voiture il i passée, et boum ! Li camion !

Guérin avait la main sur sa casquette, son imper était secoué de frissons. Le périphérique empiétait sur le brouhaha de sa conscience.

– Qui était dans la voiture ?

Paco joignit ses mains et leva les yeux au ciel.

– Allah, pourquoi ji suis con comme ça ? Dans li voiture, di hommes i une femme. Li femme elle était blonde. C'i tout ce qui ji vu, là avec mi z'yeux ! Il tendait un bras vers le périphérique. Rien d'autre ! Makach !

– Comment ils étaient ? Leurs habits, leur âge ?

– Missieur Commissaire, c'itit très vite ! Li femme derrière, li di z'hommes devant. Bien habillés, di gens

riches ! Comme toi, pas jeunes, pas vieux. Li chauffeur avec li barbe. Li femme il a regardé après, quand
li camion il a écrasé l'autre. Après ji suis parti ! Allah
il i témoin, ji reviens plus jamais ici !

Lambert avait à nouveau arrêté la circulation, pour
épargner à Guérin l'humiliation de se faire écraser sans
s'en apercevoir. Dans la voiture le Patron avait frôlé la
crise : enlevé sa casquette, frotté les croûtes de son
crâne, noirci son carnet de signes qui ressemblaient
heureusement à des lettres. Puis il était devenu silencieux, un bloc d'idées congestionnées, complètement
prostré. Lambert avait dansé d'un pied sur l'autre. La
Grande Théorie du Patron l'intéressait autant qu'un
match d'échecs à la télé. Il avait bien une idée de ce
qu'il cherchait – un ou plusieurs types qui prenaient
leur pied à courir les suicides, un peu comme eux, quoi
–, mais n'en tenait pas sérieusement compte ; seulement une bizarrerie de son mentor. Le Paco disait qu'il
avait vu ces gens. Le Patron aurait dû être content, de
pas être cinglé tout seul. Eh bien sa joie de ne pas être
fou s'était fait la malle en dix minutes... Il était en
pleine déprime.
Lambert avait conduit en sifflotant, pour l'ambiance.
Le printemps en avait aussi profité pour se faire la
malle. Le ciel pesait comme un chiotte à l'envers, plein
de nuages noirs prêts à leur tomber dessus.

*

Sur la porte du bureau on avait scotché deux articles découpés aux ciseaux.

Quand les collègues faisaient le déplacement jusqu'à chez eux, ce n'était pas une bonne nouvelle.

Sur le plus grand, la photo d'un petit homme à casquette, marchant sur un pont à la rencontre d'un autre, accroché à un poteau. *Sauvetage sur le pont Alexandre III!* Suivait un texte de quelques lignes relatant l'exploit du courageux lieutenant Guérin, de la préfecture de police. Un stylo rageur avait ajouté, en travers de la photo : *Tu sauves aussi les gens, Guérin ?* Signé K. Lambert lut l'article en entier – son nom n'apparaissait nulle part –, mais Guérin n'y accorda aucun intérêt. Le second était un petit encart de fait divers : *Hier soir, dimanche 13 avril, au Caveau de la Bolée dans le 6ᵉ arrondissement, un homme de trente-six ans est mort pendant son spectacle de fakir, devant le public. Alan Mustgrave, citoyen américain, est mort d'une hémorragie due aux blessures de son numéro.* L'artiste du stylo avait aussi barré le texte : *Trop tard pour celui-là !*

Guérin pencha la tête de côté, puis décolla doucement le petit entrefilet. Lambert, le carton puant sur l'épaule, arracha l'autre article et se tourna vers le couloir désert.

– Connards ! Faut pas laisser passer, Patron ! C'est dégueulasse de faire ça !

Guérin était calme, il déposa le fait divers sur sa table.

– Mon petit Lambert, nous avons du travail. Tu vas t'occuper des vidéos. Ils ne sont pas arrivés ensemble. Une femme blonde, âge moyen. Deux hommes dont un barbu. Âges moyens aussi. Bien habillés. Le suicidé du cachalot a sauté à quinze heures vingt. Tu commences à ce moment-là, tu regardes juste après, les gens qui sortent, et tu remontes aussi en arrière, ceux qui entrent. Sans doute un couple et un homme seul. Si tu ne vois rien une heure avant, tu remontes jusqu'à l'ouverture de la Galerie.

– Patron, vous croyez vraiment à l'histoire du clodo ? Je veux dire, il était pas très net, quoi.

Merde, dans sa tête et dans sa bouche, la phrase avait sonné autrement. *Vous croyez vraiment à votre histoire ? Je veux dire, vous êtes pas très net, quoi.* Mais Guérin n'écoutait plus. Il avait pris le carton dans ses bras et disparaissait dans la salle des archives. Lambert jeta l'article dans la corbeille, se promettant d'en trouver des copies sans profanation ; une pour le mur à côté du calendrier, l'autre pour l'étagère de son studio, à côté du T-shirt dédicacé de Zidane et la coupe du concours de tir.

*

Les quarante-huit dossiers étaient empilés, éventrés, éparpillés sur la grande table de consultation. Richard Guérin avait noté : « Homme, 45 ans, G. Del Pappas. Défenestration devant le cortège d'une manifestation de fonctionnaires, rue de Marseille, juin 2006, dossier n° 21. Concierge a déclaré : "Un couple pas de l'immeuble est sorti juste avant." femme blonde, environ quarante ans, pas de description précise de l'homme. / Homme, 58 ans, M. Attia. Pistolet, une balle dans le cœur, marché du boulevard d'Algérie, août 2006, dossier n° 26. Vendeur ambulant a déclaré : "Même des gens qui ont pris des photos, un couple de touristes !" Femme avec chapeau, un homme, à peu près quarante-cinq ans tous les deux, bien habillés. / Femme, 27 ans, L. Biberfeld. Overdose d'héroïne, janvier 2007, rue de Solferino, dossier n° 32. Docteur dans la foule a déclaré : "Essayé de la ranimer, dose massive en pleine rue, elle était à genoux, la seringue plantée dans le bras. Une voiture garée devant la femme, démarré quand j'ai demandé de l'aide. Véhicule de luxe, noir ou bleu foncé." / Femme, 47 ans, S. Granotier. Poignets tranchés, balcon du Théâtre de l'Odéon, septembre 07, dossier n° 39. Spectateur dans la fosse : "Le sang a commencé à couler sur moi et mon voisin, il est parti couvert de sang, homme, âge moyen, mal rasé."/ Homme, 32 ans, J-B.F Pouy du Terrebasse. Camion, porte Maillot, 12 avril 2008, dossier n° 48, Clochard Paco a déclaré : "deux hommes (un barbu) et une femme blonde", berline noire (*Cf.*, vidéo, marque Renault, modèle Vel Satis immatriculation partielle… 75). »

C'était tout ce qu'il avait trouvé en trois heures, dans quatre ans d'archives épluchées et quarante-huit dossiers, pour étayer sa thèse à l'aune des déclarations de Paco. Si dans la voiture il y avait eu quatre personnes, rousses et âgées, il en aurait peut-être aussi trouvé des traces dans ce foutoir… Avant 2006, il n'avait ni rédigé les dossiers ni suivi les affaires ; les interrogatoires étaient bâclés, inutilisables. Il pouvait réinterroger les témoins, peut-être consulter les dossiers des autres suicides de la ville, ceux qu'il n'avait pas suivis. Mais sa réputation allait compliquer les choses, sans compter les centaines d'heures qu'il lui faudrait.

Il ajouta à la suite de ses notes : « Dossier n° 49, cachalot, Galerie de l'évolution, vidéo et empreintes, en attente et cours de constitution. Dossier 50 ? Fakir du 6e arrondissement ? »

Six traces. Le fil était tellement mince qu'on ne le voyait plus qu'en s'abîmant les yeux. Mais Guérin était prêt au don d'organe pour le maintenir en vie. Parce qu'il était là, quelque part dans ces papiers, le seul lien possible et nécessaire. Une certitude, comme d'y laisser sa raison si besoin.

Le témoignage de Paco était un point de non-retour qu'il avait franchi calmement, à la façon lucide et délirante… d'un homme préparant son suicide.

Les rayonnages sifflèrent un petit air cynique à son passage, une mélodie grinçante que son perroquet n'aurait pas désavouée.

Dans le bureau Lambert ronflait, écroulé sur la chaise, tête renversée. La vidéo défilait silencieusement sur l'écran, au rythme des visiteurs gris passant les portes de verre. Selon toute probabilité il avait levé les yeux au plafond pour contempler la tache, sans pouvoir en redescendre. L'améthyste était en pleine activité. Le centre avait foncé, signe qu'il pleuvait derrière les murs sans fenêtres depuis au moins une heure. La tache, réalisa Guérin, s'était un peu éclaircie ces derniers temps. Aucune raison de croire que le crime ait changé ses habitudes ; peut-être les collègues se lassaient-ils de faire la route, pour venir empiler les fringues juste au-dessus de leurs têtes.

– Lambert ?

Son adjoint porta la main à l'étui de son arme, les yeux encore fermés.

– Hein ? quoi ?

Quelqu'un frappa à la porte. Lambert, dans un sursaut, dégaina et braqua la lourde.

– Lambert ! Range cette arme !

Ménard ouvrit. Il eut le temps de voir l'automatique disparaître dans son fourreau et resta planté là, une main sur la poignée de porte.

– Je dérange ?

– Entrez, Ménard, tout va bien.

Guérin fusillait le grand blond du regard. Lambert se frotta le visage.

– Je suis désolé, Patron, je faisais un rêve…

– Vous avez les résultats, Ménard ?

Le technicien finit d'entrer prudemment.

– Trente-sept empreintes identifiables. Je ne sais pas ce que vous allez faire de tout ça, mais c'est pas mon problème.

Son tarin était rouge, son cou enroulé dans une grosse écharpe en laine. Il posa un paquet de feuilles sur la table devant lui.

– J'ai ramassé des dizaines d'échantillons sur le sol aussi, surtout des cheveux, mais j'en ai pour des jours à tout classer et analyser. Vous êtes sur une grosse enquête, lieutenant ? Parce que si vous êtes pressé, il faudrait mettre plus de monde dessus, je n'ai pas le temps de faire plus pour l'instant. Je fais une rechute, avec ce temps qui n'arrête pas de changer. Il y a une instruction ? J'en ai pas entendu parler, personne est au courant aux Homicides. Lambert m'a dit que c'était du sérieux…

Ménard était une pelle à ordures, dans son boulot et dans les couloirs des Orfèvres. Il avait déjà posé des questions, la rumeur devait se répandre dans les services : *Guérin est sur un coup.* Les articles sur la porte n'étaient qu'un début.

– Le suicidé de la Galerie avait une grosse assurance vie. La famille et la compagnie d'assurances sont en litige, la clause de démence. Ce n'est pas pressé, les empreintes devraient suffire. S'il y a besoin de plus, mais ça m'étonnerait, je vous contacterai.

Ménard encaissa mollement, pas convaincu.

– C'est vous qui voyez.

Lambert se leva.

– Tu bois un café, Ménard ?

– Une tisane, oui.

Guérin cloua son adjoint sur place.

– Tu restes ici, Lambert.

La saison n'était plus aux gentillesses, la métaphysique de son nouvel avenir semblait impliquer des responsabilités et du boulot. Lambert prit un air détaché peu crédible.

– On remet ça à plus tard ?

Ménard les regarda tous les deux en reniflant.

– D'accord, à l'occasion.

Guérin se fendit d'un sourire.

– Merci pour votre efficacité.

Ménard sortit à reculons.

Au temps pour la discrétion.

Le savon – celui que Lambert avait prédit depuis longtemps – lui tomba dessus avec tout le poids du retard accumulé.

10

John était sorti du Luxembourg rue de l'Observatoire, passé devant le Val-de-Grâce puis avait traversé Port-Royal. Il avait longé le mur de la Santé sans savoir ce qu'il y avait derrière, imaginant le pire ; le plus grand empilement de pierres sales qu'il ait vu depuis longtemps. Lorsqu'il était passé devant la porte principale, la mise en garde de Bunker avait pris un sens nouveau : il y a des murs dont on ne sort jamais.

Son estomac traumatisé se détendait avec la marche. Son cocard ajoutait à la méfiance des piétons, malgré la douche qui l'avait un peu rafraîchi. Dans la poche de sa chemise, il avait plié la dernière lettre d'Alan, relue sur un banc du parc avant de se mettre en route.

« Hey Doc,
Quoi de neuf dans ta campagne ? Il faudra que je revienne te voir un jour, si j'ai le temps. À moins que tu te déplaces. Rien d'important à faire à la capitale ? Trouver une fille, saluer ton vieux pote ? Je travaille pas mal, les Parisiens aiment la souffrance. Des romantiques. Mais c'est un public bizarre, ils ne se lâchent pas comme nous. Il faudrait les secouer un peu, ces vieux Européens.

Ça doit être de ta faute : je commence à penser à l'avenir, à poser mes valises. Je suis toujours chez Paty mais il me faut quelque chose de plus définitif. Un chez-moi quoi ! L'argent ça va, j'ai besoin de rien, John, pas la peine de sortir ton fric ! Je suis clean, j'ai les idées claires et ça aussi c'est de ta faute. Et même je vais te dire, c'est toi qui m'inquiètes. Tu as une vie trop saine, il te faudrait du changement. En fait tu es toujours comme sur cette photo de Venice, un étudiant pas sorti des jupons de sa mère. Je fais ce que je peux, mais c'est pas facile avec un cas comme toi !

Les mots c'est ton boulot, pas le mien, alors j'arrête. Tu pourras t'amuser à lire entre les lignes si tu t'ennuies, doc. Ça fera comme si ma lettre était plus longue.

Tu te souviens à Venice, quand je t'ai raconté le désert ? Je crois que c'est en train de sortir de moi. Pour de bon. J'ai l'impression que je vais pouvoir en parler à quelqu'un d'autre. C'est bon signe, docteur ? C'est dingue tellement il y a de choses de ta faute.

Fais attention à tes fesses Big J., sans moi elles sont en train de moisir.

Big A. »

Rien. Pas de mort annoncée, pas de Hirsh, pas d'adieux. Les mensonges habituels : *je suis clean, je pense à l'avenir, je vais pouvoir en parler...* Rien, à part des mots qui prenaient un sens nouveau après une visite à la morgue : *un chez-moi, définitif, les idées claires, changement. Saluer ton vieux pote.* Une lettre comme il en avait reçu d'autres, mélange de mensonges optimistes et de vœux pieux, un sourire sur un tas de déchets, de l'amitié et des sentiments déguisés.

Et toujours cette culpabilité qu'Alan s'amusait à retourner contre lui. Cette fois il faisait mouche. À part ça, pas grand-chose à lire entre les lignes. L'allusion à son cul n'avait rien d'extraordinaire, c'était un sujet de prédilection pour Alan.

La lettre ne lui avait pas fait autant d'effet qu'il l'aurait cru. Mais il n'avait pas raté l'adresse de Paty au dos de l'enveloppe. Probablement la seule surprise du courrier : Alan n'avait pas l'habitude de laisser d'adresse derrière lui. *Toujours chez Paty, trouver une fille.* Il lui avait déjà parlé d'elle cet hiver… Il jouait les entremetteurs, ce n'était pas nouveau. Même si ce n'était plus pareil. Il repensa à la photo. Alan, torse nu et tatoué, souriant, un bras autour des épaules de John, vingt-deux ans, grand blond aux cheveux courts, avec encore des traits d'adolescent ronds et sérieux. Derrière, la plage et l'Océan.

Il remonta le boulevard Blanqui en direction d'Italie. Un roulement de tambour, dans le ciel, annonça un changement d'atmosphère. Une minute plus tard le ciel se mit à vomir de l'eau. Les trottoirs se couvrirent de flotte, les gouttières crachèrent des geysers et les caniveaux se remplirent. Il courut jusqu'au 78 bis, qu'il atteignit trempé. L'eau ruisselait sur les noms de l'interphone.

Patricia Königsbauer répondit à la seconde sonnerie. Sa voix impatiente sortit de la petite grille du haut-parleur en crachotant, à moitié submergée par le bruit de l'averse. Au-dessus de la grille, l'œil noir et froid d'une caméra.

– C'est pour quoi ?

– John Nichols, je suis un ami d'Alan.

Les voitures passaient en trombe, soulevant des gerbes d'eau.

– À gauche dans la cour.

La grande porte en métal gris se déverrouilla.

John entra dans une cour intérieure inondée, qu'il traversa au pas de charge. La porte gauche était aussi en métal, une porte pleine peinte en blanc. Elle s'ouvrit devant lui et il passa à côté de la femme sans la voir, se précipitant pour se mettre à l'abri.

Sa chemise sentait le chien mouillé, une odeur qui se séparait nettement de celle des peintures, propre et sucrée. Une flaque d'eau se forma à ses pieds, sur un sol bétonné taché de couleurs. L'obscurité orageuse qui avait noyé la ville était atténuée dans cette grande pièce, sans cloisons ni séparations, par les murs et le mobilier entièrement blancs. Les toiles elles-mêmes étaient blanches, frappées d'éclaboussures minimalistes et nerveuses. Une couleur par toile. Sur certaines, des empreintes de mains, et parfois ce qui devait être la trace d'un visage de profil. Un atelier d'artiste, espace vide nécessaire à l'expression, supposa-t-il. Une petite cuisine américaine et, dans le mur du fond, trois portes dont une à moitié ouverte. John aperçut un futon, une couette blanche et de la moquette claire.

– Alan m'a parlé de vous. Qu'est-ce que vous venez faire ici ?

Paty avait un léger accent allemand et elle était blonde, bouclée. John se rappela les genres de femmes qui s'intéressaient à Alan – des intellectuelles aux points de vue esthétisants et des paumées aux points de vue dissidents –, essayant de deviner auquel il avait affaire.

Elle était pieds nus, habillée d'une blouse blanche tachée de peinture. Trois boutons dégrafés, sous sa gorge, laissaient voir une peau claire, pas de vêtements ni de soutien-gorge. Elle était grande, plus que la

150

moyenne française, avec un squelette solide et droit. Du nordique, du solide, du muscle et des formes. Six mois qu'il vivait dans les bois. Une démangeaison dans les cuisses lui fit faire quelques pas inutiles. Au-dessus du décolleté fantasmagorique un visage régulier et froid, deux yeux noisette et un regard méfiant. Finalement, le regard était hautain.

– J'ai posé des questions à propos d'Alan, John pointa un doigt vers son visage violacé, et quelqu'un m'a dit de quitter la ville. Je me demandais si vous saviez quelque chose.

– Comment vous êtes arrivé ici ?

– Alan avait laissé votre adresse.

– Ça vous dispense de prévenir ?

La blonde avait l'hostilité comme seconde nature. De cette hostilité névrotique que le charme ne désarme pas et qu'il aurait plutôt associée, sans savoir pourquoi, à une brune. John reconnut une fille à griffes, coups de dents et scandales en public ; je te fais l'amour en pleurant et je te vire.

– Est-ce qu'Alan avait des problèmes, à part la dope je veux dire ?

Elle tira bruyamment un pot de dix litres de peinture au milieu de la pièce.

– Je ne vois pas. Il n'était pas bavard.

– Mais il a parlé de moi.

Elle le toisa avec mépris, le feu aux noisettes.

– Il y a un rapport ?

– Je veux dire que vous étiez proches, non ?

– On a baisé quelquefois. Ça vous pose un problème ?

Un second pot avait rejoint le premier.

– C'était pas souvent qu'il restait plusieurs mois

151

quelque part. Il est resté longtemps chez vous. Est-ce qu'il a parlé d'un dealer, et de l'argent qu'il devait ?

– Alan est mort, ça n'a plus d'importance.

Troisième pot. Elle enleva les couvercles sans écouter sa réponse.

– Pour moi, oui.

Elle défit les boutons de sa blouse et se déshabilla. Nue. Du fantasme calibré en usine allemande. Le treizième mois de Bunker : la peintre en bâtiment ! John était aveuglé par sa toison dorée. Peut-être que le coup de rasoir n'avait pas été inutile. Elle lui tendit la blouse.

– Enlevez vos chaussures et enfilez ça. Je ne sais pas de quoi vous parlez, je ne connaissais pas le dealer d'Alan. La seule chose qu'il a dite, c'est que vous vous êtes servi de lui pour vos recherches. Vous arrivez un peu tard pour vous occuper de ses problèmes.

Elle lui tourna le dos et repartit vers les pots de peinture. Les coups de talons faisaient à peine trembler ses fesses. Il déglutit à sec, plus une goutte de salive.

– J'ai pas utilisé Alan, il était un ami. Et toi, qu'est-ce que tu as fait pour lui ?

John ne comprenait pas ce qui faisait bouillir l'huile à cette vitesse. La peur, le désir, la pluie qui martelait le toit de l'atelier ? Paty s'était figée puis, jambes serrées, s'était penchée sur les pots de peinture. John regarda les fesses ouvertes qu'elle plantait sous son nez. Elle feula :

– Taisez-vous ! puis se retourna, ses tétons arrogants durs comme des petits cailloux bruns. La colère était là, déformant sa voix, mais elle se maîtrisait mieux que lui. Alan était…

– J'ai jamais traité Alan comme une bête curieuse.

Je l'ai aidé pendant dix ans et j'ai pas besoin de mon cul pour ça.

Elle sourit, comme si la remarque était désopilante. Présomptueux en effet, de comparer les pouvoirs respectifs de leurs fesses. John se demanda ce qui pouvait se cacher sous cette peau parfaite. Une femme à infliger des blessures plutôt qu'à les soigner.

Elle pointa un mur du doigt :

– Mettez-vous contre la toile.

John recula sans la quitter des yeux, jusqu'à une toile vierge plaquée au mur. Elle mentait sur tout, mais il était incapable de la désarçonner. Sa nudité était une armure.

– Qu'est-ce qui s'est passé au spectacle ?

Patricia Königsbauer se concentrait sur les pots de couleurs. Elle souleva celui du milieu, ses muscles tendus, et le renversa sur sa tête. Son corps se recouvrit d'un liquide épais, rouge et brillant.

Des fils d'ange vermeils et visqueux s'étiraient au bout de ses doigts, le liquide écarlate faisait briller ses épaules, sa poitrine et son ventre. Elle attendit que la peinture coule le long de ses jambes, avança vers lui et s'arrêta à portée de ses mains, jambes doucement écartées, pour le laisser regarder à loisir. Ses yeux noisette, aux cils englués, saillaient au milieu de son visage luisant et sans expression. La peinture avait aplati ses boucles blondes, scellé ses lèvres, épaissi ses traits devenus indistincts. Des gouttes lourdes coulaient de son pubis rubicond, monstrueuse menstruation qui l'attirait. Un mannequin de plastique rouge en train de fondre. Il pouvait regarder, mais il n'y avait plus rien à voir. John se souvint des mots d'Ariel, quand elle avait décrit Alan se vidant de son sang, roulé dans une cape poisseuse. Ses yeux s'agrandirent, terrifiés. Elle se jeta contre lui.

Souffle coupé. Hasard ou instinct, elle avait frappé ses côtes fendues et son estomac. La douleur lui arracha un grognement. Bras écartés, elle recommença trois fois. L'appréhension de la douleur se changeait en anticipation du plaisir. Elle ne le quittait pas des yeux en prenant son élan, frappait des mains sur le tableau quand leurs corps se percutaient. La quatrième fois, elle resta collée à lui, martelant avec son ventre, des petits coups secs, le bassin de John. Ses cheveux trempés de peinture lui remplissaient la bouche. Une décharge de plaisir le fit frissonner, il enroula ses bras autour du ventre rouge.

Impossible de retenir cette chair froide et glissante. Elle échappa à son étreinte, tourna les talons et traversa l'atelier.

Patricia disparut derrière une porte, après avoir laissé sur le sol des empreintes de pas rouges.

Il ôta la blouse, s'essuya le visage et la jeta par terre. Ses mains tremblaient, il aurait voulu les écraser contre un punching-ball quelques minutes, jusqu'à ce qu'elles arrêtent. Il remit ses chaussures et marcha dans l'atelier le temps de rassembler ses idées. Pouvait-elle être amoureuse d'Alan ? Ils étaient tous deux imperméables aux sentiments entiers. Cette difformité les avait-elle rapprochés, au point d'en éprouver un lien, même corrompu ? Savait-elle vraiment quelque chose ? Alan n'était pas bavard, il fallait l'admettre. En vieil habitué de la défonce, il ne parlait pas de ses dealers à l'apéritif.

Passant devant les toiles exposées il se demanda sur laquelle Paty avait écrasé le fakir du Kansas ; ce genre de jeu devait l'amuser. Pas exactement sa tasse de thé.

Après un hiver au tipi, quelque chose de plus simple aurait suffi. Mais le résultat était le même : l'envie était passée. La douleur de ses côtes revenait, effaçant le désir, de son ventre montait une nausée.

La pluie s'était calmée, il entendait derrière la porte couler une douche.

Elle ressortit de la salle de bains serrée dans un peignoir sans perspectives, une serviette enroulée autour de la tête.

Si cette fille était un cadeau par procuration du fakir – dernière possibilité –, il y avait erreur de casting. Cette hypothèse prenait de la valeur : Alan, dans son compartiment réfrigéré, se payait sa tronche une dernière fois.

John retrouvait ses moyens et la blonde, drapée dans son mépris de pacotille, le sentit. Rhabillée, elle avait perdu de son assurance.

– Est-ce que tu étais au Caveau ?

– Vous n'avez plus rien à faire ici.

– Alan s'est suicidé, ce n'était pas un accident.

Derrière le bar elle se servit un scotch, qu'elle sirota en observant son dernier travail.

– Vous êtes trop grand. Vous prenez toute la place sur la toile.

En effet, il y avait, sur son portrait à la mode du coin, beaucoup moins de peinture que sur les autres. Quelques éclats rouges, les empreintes des mains de Patricia, des traces de ses pieds. Au milieu, un grand espace vide. Le creux du désir disparu ? L'existence mise en doute ? Un rien sans l'autre ? Portrait en négatif. De l'absence en place de John P. Nichols. La nausée tourna à l'angoisse. La névrose Königsbauer était contagieuse.

– Tu sais très bien que c'était pas un accident.

Pas de réponse. Un frisson. Elle fixait toujours la nouvelle toile ; cela devait l'ennuyer de ne pas avoir laissé plus d'elle-même autour de John.

– Partez d'ici.

– Tu connais Frank Hirsh ? Il travaille à l'ambassade, Alan couchait avec lui.

Une trop longue gorgée d'alcool la fit grimacer.

– Vous insistez inutilement.

– Alan a laissé des affaires ? John se rappela la photo. Il y a une chose que je voudrais retrouver.

Elle cria presque :

– Je les ai jetées ! Alan se fichait de tout ça !

L'accent allemand avait durci.

Il passa lentement devant elle, sans la regarder, direction la sortie.

– C'est vrai. Je crois qu'il est parti sans rien regretter.

Alors qu'il tendait la main vers la porte d'entrée, le verre de scotch éclata sur le métal blanc.

– Barre-toi !

L'alcool translucide coulait sur la porte. Son obsession était bien de laisser des traces aux murs ; au minimum, elle marquait les esprits. *Elle se jette à poil contre des murs !* Alan n'avait pas précisé qu'elle collait quelqu'un dessus avant.

Il jeta un œil au petit écran de contrôle, au-dessus de l'interphone, et sortit en écrasant des morceaux de verre.

La pluie : de l'eau sans couleur. Et de l'air entre les gouttes, pour laisser circuler les idées.

Une fille qui l'attendait nue sous sa blouse, lui qui avait débarqué sans prévenir. Deux portes fermées, la chambre ouverte quand il était arrivé. Trois portes fermées quand il était reparti. Peut-être, après tout, qu'elle ne s'était pas déshabillée que pour lui… Vexant, mais réaliste.

*

Il planqua à Saint-Michel à partir de vingt et une heures. La pluie avait cessé mais ses vêtements et la ville étaient encore mouillés. À l'abri d'un kiosque à journaux, *Le Canard enchaîné* sous le bras, il fumait des Gitanes pour se réchauffer. Son visage, noirci de coups, s'éclairait de rouge à l'incandescence des cigarettes, spectre fugitif dans la nuit.

Il ne quittait pas la place des yeux, pour moitié remplie de Parisiens qui attendaient un rendez-vous. Hommes et femmes – jeunes en majorité – scrutaient les alentours, téléphone portable à l'oreille. Des signes joyeux, des poignées de mains, des embrassades plus amoureuses. Des couples se formaient et disparaissaient, remplacés par des solitaires venus attendre à leur tour.

À vingt et une heures trente John tremblait de froid. Il quitta son poste battu par le vent et se replia vers une terrasse couverte. Sous un chauffage à gaz il but un café, enfoncé dans sa chaise pour cacher sa grande tête blonde. La chaleur était agréable, même si ses pieds étaient toujours gelés.

À vingt-deux heures il ne lui restait que cinq cigarettes et le haut de sa chemise avait séché. Il commanda un autre café et mélangea le sucre. Il surveillait une voiture noire, garée en double file depuis quelques minutes, rue Saint-André-des-Arts. Une longue voiture, brillante de gouttes d'eau. Les lumières reflétées par les vitres empêchaient d'en voir l'intérieur.

Deux colleurs de PV à mobylette, dans leurs vestes de pluie fluorescentes, stoppèrent à la hauteur du conducteur. La vitre descendit, mais le chauffeur était caché par les flics. Ils repartirent après quelques palabres et la voiture démarra. John attendit une demi-heure encore. La voiture ne revint pas. Il régla sa note et quitta la terrasse à onze heures moins le quart.

Pas de capuches, pas de surveillance évidente, pas de rendez-vous. Cette absence l'inquiéta plus que de recroiser ses agresseurs ; il s'était préparé à cogner, pas à se balancer au crochet d'un hameçon.

Les dealers le croyaient-ils déjà loin ? La raclée d'hier n'avait pas été indécise ; ils auraient dû être là. Il longea les murs des rues, à l'affût. La ville, humide et obscure, s'était transformée en une immense forêt de pierres. Partie de chasse. Rien à voir avec cinq mille euros. Plus il y avait de questions, plus il en était certain.

Doublant le pas, il tourna un coin de rue, courut une cinquantaine de mètres et se planqua dans un renfoncement. Cinq minutes. Personne à ses trousses. Il répéta l'opération, finit par se sentir ridicule et rentra sans finasser au Luxembourg.

Après une dernière vérification, rue de Vaugirard, il ouvrit la grille, referma en vitesse et s'enfonça dans le parc.

Aux fenêtres de la cahute de Bunker la lumière le réconforta, avant de l'inquiéter. Ces lumières isolées, au milieu des arbres, étaient incongrues de féerie. La veille, à la même heure, la cabane n'était pas illuminée. Sa planque à Saint-Michel et le retour jusqu'ici l'avaient rendu parano.

Il approcha de biais, décrivant un arc de cercle silencieux entre les bosquets et les troncs, pour venir s'agenouiller sous les géraniums. Mesrine n'avait pas aboyé.

John se redressa lentement pour regarder à l'intérieur.

Bunker colla son nez à la fenêtre, une roulée écrasée dans l'étau de sa bouche sans lèvres.

– Tu cherches quelque chose, Gamin ?

L'Américain se redressa, époussetant ses treillis.

– Tu dors pas à cette heure ?

Le vieux l'attendait, une bouteille de rouge entamée lui tenait compagnie ; vu le mouvement ralenti des paupières ce n'était pas la première. L'ampoule souffreteuse et l'alcool creusaient des rides autour de ses yeux et de sa bouche. Il remplit deux verres, alluma le réchaud et posa une casserole dessus.

– Mesrine aboie pas la nuit, au cas où tu voudrais encore jouer à l'Indien. T'as trouvé ce que tu cherchais ?

– *No*. Cet après-midi j'ai appelé l'ambassade. Alan couchait avec un type qui travaille là-bas. Frank Hirsh. C'est lui qui m'a emmené à la morgue. Hirsh est en congé. J'ai appelé chez lui mais ça répondait pas non plus. Il était au dernier show d'Alan et il faut que je parle avec lui. À l'ambassade j'ai eu un autre mec au téléphone, qui a dit que le corps partait demain, en avion. Il était pas aimable. Alan a mis le bazar là-bas. Le type voulait pas en entendre parler. Il a dit qu'ils avaient plus rien à voir avec tout ça, et de pas rappeler. Personne veut savoir, personne veut rien dire. Même la fille chez qui il habitait.

– T'as vu une fille aujourd'hui ?

Bunker posa la casserole devant John, une fourchette tenait debout dans le magma de raviolis.

– Oui, elle s'est déshabillée en cinq minutes.

Le vieux taulard sourit, exhibant ses dents de môme.

John coinça la feuille de papier dans l'écorce d'un pin et recula de trente pas. Le petit carré blanc était suffisamment visible dans la nuit orange. Il banda son arc, le bois craqua en pliant. Une fois la corde nouée il l'effleura pour la faire vibrer, vérifiant à l'oreille que la tension était bonne. Bunker s'était assis sur un banc, Mesrine couché à ses pieds. Une heure du matin. John avait besoin de réfléchir. Il encocha la première flèche.

La cible improvisée était proche, mais il ne cherchait pas l'exploit, seulement à se détendre. Ses côtes lui firent mal lorsqu'il arma. Tout son corps était courbaturé, il eut du mal à contrôler son souffle. La flèche siffla, John expira. La pointe s'enfonça dans l'écorce, à gauche de la feuille blanche. TAC !

Mesrine s'agita. Le bruit de la flèche l'avait rendu nerveux.

Paty avait craqué deux fois. La première fois, quand il avait évoqué Hirsh.

– Et après ?

– *What ?* De quoi tu parles ?

– À ton avis ? La femme. Elle s'est déshabillée, et après ?

– Elle s'est arrosée avec de la peinture avant de se

rhabiller. Y avait quelqu'un d'autre chez elle, qui se cachait.

Bunker était déçu.

– Rien d'autre ?

– Elle est belle.

– Ah !

– Elle a menti.

– Logique.

John arma une seconde fois. TAC ! Centré, mais au-dessus de la feuille. Mesrine dressa encore les oreilles. Bunker lui caressa la tête.

– Tout doux.

La deuxième fois, elle avait crié quand il avait demandé... si Alan avait laissé des affaires. Non. Quand il avait parlé de la phot... Il n'avait pas parlé de la photo... Il avait seulement dit... qu'il voulait retrouver quelque chose.

– Eh ben, Gamin ! J'aurais pas cru que ton jouet pouvait faire des cartons pareils !

– C'est un arc de chasse.

Bunker balançait dans sa main une grosse lampe torche de l'armée.

– Je vois bien, ouais. Parce que tu chasses ?

– Parfois.

Qu'y avait-il dans les affaires d'Alan ?

John prépara une troisième flèche et visa, l'œil dans le papier blanc au bout de la pointe. Il s'habituait à la faible lumière. La flèche partit, nette et sifflante. TAC ! L'intersection des diagonales, au centre du rectangle.

– Recta ! Bunker alluma sa lampe et braqua le cercle de lumière sur la cible. En plein dans le papier !

Mesrine était à cran.

De la came ? Alan n'avait pas improvisé, il préparait sa sortie depuis longtemps. Peut-être qu'il y avait plus d'indices dans la lettre qu'il n'avait cru. *Entre les lignes.* Pourquoi parler de la photo ? Photo. Chantage ? L'atelier servait-il à autre chose que *peindre* ?... De qui Patricia Königsbauer avait-elle fait des *portraits* ? Est-ce qu'elle frottait aussi ses seins et ses fesses sur des... diplomates ? Des gens riches, des gens comme Hirsh, rabattus par Alan au Caveau de la Bolée ? *L'argent ça va, je n'ai besoin de rien.* Plutôt inhabituel. Quelqu'un – Alan ? – qui prenait des photos, caché dans l'atelier ? Ou bien Alan participait... Donc une autre personne, qui était là aujourd'hui, le photographe ?... Des photos de lui maintenant ?... Peut-être que la blonde avait des spécialités, avec ses pots de peinture, auxquelles il n'avait pas eu droit.

Un fakir antisocial et une bourgeoise perverse. Des pigeons de la haute : leurs cibles préférées.

Il tendit la corde pour tirer. La cible était dans sa tête, il n'avait plus besoin de la voir. Il se concentra, les yeux mi-clos. Sur sa gauche, deux mouvements. Mesrine s'était dressé sur ses pattes, puis Bunker, tourné vers lui. La torche fouillait le parc, glissant sur des troncs blanchis. La voix de Bunker était basse.

– Gamin, viens par ici.

Mesrine avait les poils hérissés, crocs dénudés.

– Reste où t'es, Davy Crockett ! Et toi le vieux, tu bouges pas.

Une voix qui lui disait quelque chose.

Une silhouette noire, encapuchonnée, se glissa derrière le vieux gardien. Suivi, se dit John. Au temps pour les ruses d'agent secret... Il avait toujours une flèche engagée, et ses bras commençaient à trembler.

Le type s'abritait derrière Bunker, pas de place pour tirer. Du bruit derrière lui… Terminé. Pris en tenailles.

– Baisse ta lampe !

Bunk' s'exécuta. L'homme avait braqué une arme sur ses cheveux blancs. Au même moment, un canon froid se colla sur la nuque de John.

– Lâche ton arc ! Avance !

On le poussait vers le banc.

Deux armes, deux hommes ; contre un arc, un chien, un psy d'un mètre quatre-vingt-dix et un taulard en briques. Résultat : les deux types n'étaient pas sûrs de leur avantage. En fait, ils n'en avaient aucun. D'où la tension dans leurs voix. Le gibier était plus gros que leurs yeux.

Il était calme, Bunker était impassible, même le chien était concentré. La balance nerveuse était contre eux.

John baissa son arc et fit un pas en avant.

La lumière de la torche, braquée au sol, oscilla imperceptiblement.

Mesrine se ramassait sur lui-même.

Chtonk !

Un cri.

John avait lâché la flèche, qu'il maintenait en tension de sa main gauche serrée sur l'arc. Au jugé, dans le mouvement de la marche, derrière lui. Le canon n'était plus sur sa nuque, le type hurlait.

Mesrine, sans un aboiement, avait déjà planté ses crocs dans une jambe. Autre cri. La lampe torche était dans la gueule de la capuche. Un visage stupide, partagé entre la morsure et l'éblouissement. La matraque plombée lui déforma la mâchoire et fit voler des dents. John s'était retourné. Son agresseur se tordait de douleur, le pied cloué au sol par la flèche qui le traversait. Il lâcha son arc et réunit ses deux mains, qu'il abattit sur la tempe du perforé. *Out* pour le compte.

John se tourna vers Bunker, qui rangeait tranquillement la matraque dans sa ceinture de pantalon.

La cabane était pleine à craquer.

Capuche se réveilla en premier, attaché au poêle à bois. Il aurait peut-être voulu parler, mais il y avait des choses contre lui. Sa mâchoire, pendante et décalée de deux centimètres sur la gauche, avec des dents en créneaux de château fort. Le chien assis devant lui, silencieux, de l'ivoire pointu plein la bouche. Et le spectacle de son équipier inconscient sur le lit de camp, le pied transpercé d'une flèche au-dessus d'une bassine.

John cassa la flèche et, profitant de l'inconscience, tira sur la pointe. Le bois glissa dans le pied avec un bruit de succion mouillée. Mieux qu'un seau d'eau. L'homme se redressa d'un bond en gueulant. Bunker avait levé la matraque au-dessus de sa tête, il se recoucha en louchant.

John noua un torchon autour de la chaussure, jolie basket qu'il avait vue s'enfuir, hier, sur le goudron de la rue de l'Hirondelle.

Le percé, avantagé par sa blessure au pied, se mit à table en premier.

Deux Arabes, des petites frappes pas plus poilues qu'un sourcil de Bunker. Une fois leurs armes disparues, ils vivaient dans un monde de crainte. John n'avait pas eu besoin d'insister ; à la première question, Percé avait confirmé qu'ils travaillaient pour le dealer d'Alan.

– On fait ce qu'il nous dit, c'est tout.

164

– C'est quoi son nom ?

Percé se tourna vers la Capuche édentée.

– Fouad, des Quatre Mille.

– Fouad comment ?

– … Boukrissi. *Man*, on fait juste ce qu'y dit, il nous paye et c'est tout, on avait jamais travaillé pour lui avant. D'habitude il a d'autres keums pour faire ça.

– Il vous a dit de faire quoi ?

– De récupérer la caillasse. D'attendre au cabaret là, et de… de demander l'argent.

– Comment tu sais qui je suis ?

– La photo, *man*. Il nous a donné une photo.

– C'est quoi ton nom ?

– Kamal.

– Tu as la photo ?

Percé se tordit en grimaçant. Le torchon était déjà imbibé de sang et gouttait dans la bassine. De sa poche de pantalon il tira une photo pliée. Alan et John, Venice Beach, du soleil et dix ans de moins. La tête de John était entourée d'un coup de marqueur. Au dos, en lettres majuscules, JOHN P. NICHOLS. Il serra le cliché dans sa main.

– Qui a donné la photo à Boukrissi ?

– J'en sais rien, *man*. Il a dit où la trouver, dans la boîte aux lettres d'un bloc, c'est tout. On est passé la prendre. On voulait pas… il a seulement dit d'attendre au cabaret, de te… de vous faire peur et de récupérer les cinq mille, que si on les avait on le contactait et qu'on gardait un billet de mille pour nous. Après il a dit que t… vous étiez ici et qu'il fallait recommencer. Faut qu'on aille à l'hôpital, vous pouvez pas nous laisser comme ça !

Côté poêle, un borborygme d'approbation, stoppé net par un grognement de Mesrine.

À peu près vingt-cinq ans tous les deux, des gros bras pas bien épais. Mille euros, et peut-être la promesse, s'ils s'en sortaient bien, d'un boulot à l'ombre du caïd. Le four : ils balançaient déjà. Terminée la carrière de dur. John se foutait de leur avenir juste un peu moins que Bunker.

– Comment il savait que j'étais ici ?

– J'en sais rien !

– Vous étiez pas à Saint-Michel ce soir ?

– Non, il nous a dit d'attendre, il nous a dit de pas aller là-bas. Il nous a envoyé un texto, pour dire que vous étiez ici, c'est tout. C'est comme ça qu'il nous dit ! On l'a même pas rencontré ! Y a deux jours on a reçu des messages de Fouad. On a marché dans la combine pour les dollars, c'est tout ! J'ai mal, putain, faut un toubib maintenant !

– Je vais appeler la police.

Kamal se tourna à nouveau vers son partenaire, le trouillomètre à zéro. Deux loques, deux bras gauches. Leur seul boulot était de lui faire peur pour qu'il parte. D'abord les poings. Au deuxième avertissement, ils étaient venus armés. Les enchères montaient.

Bunker se dirigea vers la porte et lui fit signe de le suivre. Ils sortirent de la cabane.

– Gamin, tu veux vraiment appeler la flicaille ?

– Non, c'est pour leur faire peur.

– Ça me fait plaisir de l'entendre, mais pour la trouille c'est déjà fait. Ils vont rien dire de plus, ils savent rien. Ton dealer c'est pas un manche, il a pris des précautions en envoyant ces deux baltringues. C'est pas aussi compliqué que tu penses. Ils bossent pour un dealer qui veut récupérer ses tunes, basta. Tu devrais partir, arrête d'insister avant qu'il y ait un mort de plus.

– Tout ça pour l'argent ? C'est pas l'explication.

– Putain ! Quand t'as une idée, faut se lever tôt pour la déboulonner.

– *What ?*

– T'es têtu, Gamin. Qu'est-ce que tu veux faire de plus, bordel ?

– Parler avec le dealer, parler avec Hirsh, interroger encore la fille.

– Parler avec le dealer ? Ça va pas ! Si tu vas aux Quatre Mille t'en reviendras pas. Ils ont rien à voir avec la mort de ton pote. Putain, Gamin ! Il s'est suicidé ! Ça veut dire qu'y voulait plus de tout ça, et que tu remues le fumier pour rien.

– Alan a parlé de cette photo dans sa dernière lettre. Pourquoi ? Qui m'a suivi ici, si c'est pas eux ?

– J'en sais foutre rien, mais ça le fera pas revivre pour autant.

– Je sais ça.

– Je me demande bien ce que tu sais. Tu te fous de ma gueule, Gamin, tu me dis pas tout.

– C'est seulement une idée, Bunk'. Je peux pas te dire maintenant.

Bunker ébouriffa sa tignasse blanche.

– D'après mon expérience, les intellos dans ton genre font dans leur froc quand on les braque avec une arme. Pourquoi j'ai l'impression que t'es pas seulement un connard de psy ?

John sourit.

– Parce que je suis un connard de psy.

Le taulard massa sa cicatrice douloureuse, qui réagissait aux emmerdes comme l'arthrose à la pluie.

– Mouais. J'en ai croisé quelques-uns des comme

toi, qui croyez être moins cons qu'une balle. Eh ben tu cours pas assez vite, cow-boy, c'est moi qui te le dis. Il réfléchit, triturant toujours la ligne blanche qui barrait ses rides. Les deux branleurs, on les balance sur le trottoir et on les laisse se démerder. Y a un hôpital pas loin.

– C'est tout ?

– On demande l'adresse du dealer avant, si c'est ça qui t'intéresse. Encore une chose. Je t'aide Gamin, c'est entendu, mais si je retourne au trou à cause de ton fakir, j'aurais une autre promesse à tenir : pour toi c'est la tombe. Pas d'exception.

Bunker semblait sincèrement peiné de devoir en arriver là.

– Bunk', c'est quoi l'accent de ces mecs, d'où ils viennent ?

– De la banlieue mon pote, c'est pas vraiment un pays.

Dans la cabane, le sang s'égouttait en silence. Bunker joua de la matraque, des petits moulinets dans l'air, histoire de détendre l'atmosphère. Il avait pris les choses en main.

– Toi, le cul-de-jatte, où est-ce qu'il crèche ce Fouad ?

Kamal fouilla sa bouche à la recherche de lubrifiant, ses lèvres étaient sèches et collées, il transpirait et grelottait.

– Il a plusieurs appartements, on sait jamais où il est. Je te jure, c'est la vérité.

– Tu vas faire comme avec le grand blond, là, tu vas me vouvoyer d'accord ? Comment tu le contactes ?

– Juste par téléphone. Fouad, personne lui adresse la parole s'il a pas demandé.

– Tu craches le numéro et on vous fait une fleur. Pas de flics.

Hésitation.

Capuche s'agita, mâchoire disloquée et tremblante, les yeux grands ouverts à la recherche d'une expression convaincante.

– Hin ! Hin ! Aaa olifff !

Kamal le percé eut l'air de comprendre : pas police. Il tira son portable de sa poche et Bunker le rafla.

– Il est éteint. Y a un code ?

Il cracha le code.

– Vous nous emmenez à l'hosto ?

– Vous vous démerdez, un qui marche et l'autre qui parle. C'est quoi le nom dans le téléphone ?

– François.

– Magnifique. Et maintenant vos noms.

Il regarda Bunker, sans hésiter longtemps.

– Kamal Aouch, et lui c'est Nourdine ; Nourdine Aouch, mon petit frère.

Bunker sourit sans aucune joie.

– Le chômage, mon frère, est père de tous les vices.

John se posta à la grille sud. Quatre heures du matin. Il attendit une minute et leur fit signe. Poussés au cul par le gardien et son chien, les deux frangins estropiés se traînèrent jusqu'à la sortie. Bunker avait enfilé sa casquette, pour faire officiel. Il déverrouilla la grille et laissa John conclure.

– Si jamais on entend parler de vous, c'est la police. Cherchez une bonne excuse à l'hôpital, *don't talk*… parlez pas de nous. C'était quoi qui était de prév…

John se prenait les pieds dans le français. Fatigue. *Fucking french! What did you... Shit*. Après, pour contacter Boukrissi, qu'est-ce que tu fais ?

– Un texto *OK* et l'argent dans la boîte aux lettres si on l'avait. *PARTI* si on vous trouvait pas. *PB* si y avait un problème et...

Kamal s'était arrêté. Il rencontrait de la résistance, quelque part au niveau de la conscience.

– Quoi d'autre ?

– Un texto, *FINI*, si jamais y avait un autre problème...

Fini. Un petit message sur un portable au cas où, par malchance, ces deux serpillières lui auraient mis une balle dans la tête. L'idée l'amusa. Bunker attrapa les frères Aouch par le col, Kamal le percé et Nourdine le muet, et les jeta dans la rue. Ils s'effondrèrent, se redressèrent en étouffant des cris et déguerpirent sur trois pattes.

Une idée à risque, de larguer deux balances pareilles dans la nature. Mais la liste des choix n'était pas longue et ils feraient tout pour éviter les flics. Qu'ils fassent leur rapport à Boukrissi : ça ne le dérangeait pas d'être annoncé. *Fini*...

– Gamin, je vais enterrer les flingues. Après ça je veux plus t'entendre, je veux dormir. Et c'est moi qui prends le lit.

John vida la bassine de sang au pied d'un arbre, rentra dans la cabane, poussa la table contre le mur et étendit sa couverture. Il s'allongea lentement, déposant ses côtes une par une sur le plancher.

Bunker entra sans un mot, les mains noircies par la terre. Il accrocha sa casquette au clou, enleva ses

170

chaussures et se coucha tout habillé. Mesrine s'étala en soufflant, le museau enfoncé dans un godillot de son maître.

– Gamin, il m'a fallu quinze ans pour trouver cette piaule. Au monde, y a rien de plus beau qu'une cellule à une place. Si j'ai bien compris, t'en as une dans le Lot. Eh ben tu devrais y retourner. Les deux flingues sont au pied de l'arbre où je t'ai trouvé. Le jour où tu t'en sers, tu reviens plus jamais ici.

Les ressorts du lit grincèrent, Bunker ronflait au bout d'une minute. Il avait laissé la lumière allumée, habitude de prisonnier qui ne l'empêchait pas de pioncer. Pour John c'était une première nuit en taule, il ne ferma pas l'œil.

11

Le téléphone avait sonné à huit heures du matin. Guérin avait décroché, noté. Pendaison dans le 12e. Un veuf, quatre-vingts ans, victime de choix de la mort volontaire. Il avait envoyé Lambert. Son adjoint, encore secoué par l'engueulade de la veille, était parti la queue entre les jambes.

Les vidéos n'avaient rien donné. Peut-être des postiches. Peut-être du vent. Guérin avait appelé les témoins des six dossiers. Il avait joint le concierge, le médecin et le témoin du théâtre. Tous se souvenaient des suicides, mais avaient oublié les détails. Une femme blonde et deux hommes, dont un barbu : disparus dans les méandres arbitraires des mémoires. Le vendeur ambulant était introuvable. Il avait appelé le centre de secours pour réinterroger Paco ; Guérin avait tenu parole, lui avait trouvé une place au centre pour qu'il soit examiné et soigné, au moins quelques jours. Mais Paco s'était enfui pendant la nuit. Guérin avait eu au téléphone le médecin qui s'était occupé du clodo. Le toubib avait diagnostiqué une double pneumonie, des surinfections, toute la panoplie des maladies de la rue – gale, teigne, début de cirrhose. D'après le médecin, Paco n'irait pas très loin. Quelques mois, pas plus : des tumeurs grosses comme des poings, de l'estomac aux poumons. La ville avait creusé son trou dans l'organisme du petit Tunisien sans âge. Il était parti crever seul dans un coin, à la façon des animaux malades, sans bruit et sans public.

Pas d'accès aux fichiers d'empreintes au bureau. Il avait appelé le labo. Ménard était une planche pourrie, mais autant ne pas en parler à d'autres. Ménard était absent pour trois jours, arrêt maladie.

Tout se délitait, les éléments s'atomisaient. L'imperméable jaune avait grandi, ou bien Guérin s'était tassé sur lui-même. Churchill boudait, la dépression le rongeait. Son appartement était devenu un mausolée à la mémoire de sa mère, gardé par un perroquet neurasthénique. Plus de colère, plus de ricanements, le silence. Guérin avait perdu le fil. Ne restait qu'une simple parenté entre sa condition et celle du monde : un chaos sans complot, une masse complexe oscillant entre l'auto-organisation hasardeuse et la désintégration anarchique. Finalement, dans un tel merdier, tout pouvait faire sens. Croire suffisait à donner forme aux illusions. Mais la foi devait se partager. Dehors on tuait avec méthode, trois fous peut-être. Personne ne l'aiderait à les trouver. Pour toute compagnie un fait divers et une auréole de sang au-dessus de la tête. Kowalski n'allait pas tarder à débarquer. Le cafard, le cauchemar Kowalski. L'absence de preuves. Le doute Kowalski.

Guérin glissa le petit article dans sa poche. Dans le couloir, il tourna le dos à l'escalier de service et marcha vers les entrailles du 36, enfonçant la casquette sur ses yeux.

Aujourd'hui, il avait besoin de les voir en face, ces flics qui l'avaient choisi comme bouc émissaire de leur maladie : l'illusion, crétine ou hypocrite, de vivre dans la merde sans en prendre l'odeur.

Guérin traversa les locaux en affrontant les regards de ses collègues.

Les stigmates du mensonge leur trouaient la peau.

Ces flics de la PJ étaient de plus en plus usés à mesure qu'ils vieillissaient. Jeunes, ils étaient mariés et assoiffés de justice, fringants et excités de porter une arme. Passée la quarantaine, Guérin lisait sur les visages fatigués les divorces et la conscience amère de la vanité de leur tâche. Ceux qui avaient dépassé la cinquantaine s'accrochaient avec dégoût à la cause de tous leurs revers et déceptions : le boulot ; ils n'avaient plus d'autre choix. Ceux-là ne trimballaient plus leur arme qu'avec inquiétude, en attendant la quille, les cauchemars et la psychothérapie. La préfecture de police marinait dans les remous turpides de la société, constatant chaque jour les dégâts nouveaux d'une décomposition mutuelle. Derrière les œillades mauvaises ou fuyantes, Guérin trouva la preuve qu'il cherchait : la honte, qui aiguillonnait ses collègues. La honte Kowalski – puisqu'elle avait pris ce nom – devenue par lâcheté la haine de Guérin.

Il n'éprouva aucune satisfaction, plutôt un vague sentiment de pitié, en constatant à quel point il leur faisait peur.

Dans la cage d'escalier il croisa Berlion et Roman. Les deux lieutenants rayonnaient d'une aura de bêtes traquées, prêtes à mordre ; ils puaient le musc et la hargne, parfums de la nuit dont ils émergeaient.

Roman, une marche plus bas mais les yeux à sa hauteur, lui cracha au visage :

– T'as un problème, Guérin ? T'as perdu ta route ?

La honte, qui fendillait la haine et suintait de blessures intérieures infectées. Guérin les regarda tour à tour : deux fugitifs.

– Kowalski était coupable. Il refera surface, c'est impossible autrement et vous le savez. Vous êtes mouillés jusqu'au cou. Mais il n'y aura pas de justice, ce sera seulement de votre faute… Si j'étais toi, Roman, j'éviterais Savane quelque temps.

Roman saisit Guérin au col et le décolla de sa marche. Berlion s'interposa.

– Laisse tomber. Il peut rien faire.

La main du gros flic lui écrasait la gorge. Guérin sourit, cherchant le sol de la pointe des pieds, et articula :

– Que devient la police, quand on ne peut plus compter sur ses amis ?

Roman lâcha prise. Guérin tira sur son imper froissé et s'éloigna.

En chemin, il chercha un lien entre ce monde sans revanche possible et un fakir, mort sur scène d'une hémorragie. Évident. Le rapport était une ressemblance parfaite. Un monde d'hommes se tenant maladroitement debout sur des tapis de clous, courant et se fuyant les uns les autres.

*

L'enseigne grinçait, secouée par le vent, ridicule à la lumière du jour. Un sorcier de conte de fées, au réalisme naïf, penché sur un haut-de-forme. Caveau de la Bolée.

Un fait divers du *Parisien* et des flics à l'humour douteux l'avaient conduit jusqu'ici. Le hasard, double fantasque de sa rationalité en fuite, avait attiré Guérin.

La façade en vieilles pierres n'avait aucune ouverture, sinon la grosse porte sans poignée. Il souleva le heurtoir en bronze et le laissa retomber. Il frappa à nouveau, deux fois de suite, puis recula d'un pas. Un verrou couina, une petite femme ronde et tatouée ouvrit.

– C'est pour quoi ?

Mal réveillée, paupières et lèvres gonflées. Guérin vérifia sa montre. Onze heures. Comment pouvait-on se lever aussi tard ? Il se présenta poliment. Elle répondit d'une voix mal éclaircie :

– On a arrêté la musique à une heure, je suis pas responsable de ce qui se passe dans la rue après ça.

– Je viens au sujet de l'homme qui est mort.

Un rayon de soleil s'accrochait à une bille de métal plantée dans son sourcil. Ariel cligna des yeux, chassant la lumière comme s'il s'était agi d'un insecte.

– Des flics sont déjà venus. Foutez-moi la paix avec cette histoire.

– Je fais des recherches sur une série de suicides.

Elle referma légèrement la porte.

– Et alors ? C'était un accident, j'ai rien à vous dire de plus.

Guérin ôta doucement sa casquette et pencha la tête de côté. Ses yeux de boussole roulèrent dans leurs orbites.

– Je ne crois pas aux accidents. Ni aux suicides. J'enquête sur des meurtres.

Les joues pâles de la petite femme étaient parsemées de taches de rousseur. Elle glissa un pouce dans l'échancrure de son débardeur, tirant sur un bonnet de son soutien-gorge. Guérin mordit sa langue en voyant le sein rond se soulever.

Ariel avança vers lui. Guérin était passé du rouge

au blanc, il appuyait sa main aux vieilles pierres de la façade.

– Ça va pas ?

Le petit flic bafouilla.

– J'ai peur…

Un cognac, un café double. Une lesbienne, un flic. Une cigarette qui se consume dans un cendrier. Trois plafonniers et dans la pénombre des odeurs de corps absents, de foule compacte ayant déserté les lieux.

– Ça va mieux ?

– Merci pour le verre, mais je ne bois pas d'alcool.

– Service, service ?

– Non. Je ne bois jamais.

Ariel vida le cognac dans son café.

– Le petit déjeuner des champions.

Guérin consulta à nouveau sa montre.

– Mademoiselle, je suis désolé de vous importuner, mais j'ai besoin de vous poser des questions. Monsieur Mustgrave, c'est bien cela ? est mort dans des circonstances qui… Je ne sais comment vous dire. Des circonstances qui sont peut-être en rapport avec mes recherches.

Ariel avala son breuvage brûlant et alcoolisé, se demandant sans doute quand on l'avait appelée mademoiselle pour la dernière fois.

– Pourquoi vous avez parlé de meurtre ?

– Je ne peux pas vous en dire plus. Acceptez-vous de répondre à mes questions ?

La tasse de café cogna contre la soucoupe.

– De quoi vous avez peur ?

La tête de Guérin reprit quelques degrés de gîte.

– De vos réponses, mademoiselle. J'ai peur du hasard…

La bouche d'Ariel s'arrondit, en une petite moue tendre chargée d'acier chromé. Elle remonta les deux bretelles de son débardeur. Les piercings de ses tétons tendaient le tissu, l'oreille de Guérin touchait son épaule.

– Vous avez pas plutôt peur que je vous mette une fessée ?

– Pardon ?

– Je plaisante, dit-elle avec appétit, mon instinct maternel qui se réveille. Qu'est-ce que vous voulez savoir ?

– Ce n'était pas un accident ?

Café cognac. Le cuir de son pantalon grinça sur la chaise. Elle se pencha en avant.

– Vous allez vous servir de mon témoignage ?

– Moi seulement.

Ariel mordilla un piercing planté dans sa langue rose.

– Je dirais… un accident bien préparé.

– Je recherche trois personnes, qui étaient peut-être dans la salle ce soir-là. Une femme blonde, âge moyen, et deux hommes, même tranche d'âge, dont l'un barbu ou mal rasé. Cela vous dit quelque chose ?

– Absolument rien.

Les seins d'Ariel s'étalaient sur la table.

– Des gens d'un genre différent, je veux dire plus huppés peut-être que votre clientèle habituelle ?

– C'était plein à craquer, j'ai pas passé ma soirée à regarder les visages. Et merde à la fin, arrêtez de croire que les bourges viennent pas dans des endroits *comme ça* ! Regardez les prix des consommations, et dites-moi si des prolos peuvent se payer une bouteille de champagne ici !

Elle s'était redressée, les mains serrées sur les bords de la table.

– Excusez-moi si je vous ai offensée, je ne pensais pas à mal.

– Offensée ?! Mais vous sortez d'où ? Je m'offense pas, je m'énerve !

– Calmez-vous alors.

– Tu vas l'avoir ta punition.

– Pardon ?

– La vache, c'est la semaine des génies.

– Dois-je comprendre qu'on vous a déjà posé ces questions ?

– Non.

– Vous mentez ?

– Oui. Ça vous fait peur ?

– Oui.

– Incroyable ! Pourquoi je vous ferais confiance ?

– Je cherche des assassins.

– Et c'est rassurant, ça ? Vous auriez pu dire que vous me trouvez belle.

– Vous êtes belle.

Ariel sourit à pleines dents, se leva et claqua ses fesses moulées de cuir à deux mains. Guérin tressaillit.

– Je m'en sers un autre. Toujours pas tenté ?

– Si.

*

Aéroport du Bourget. Hangar de fret de la North-West. 14 h 30.

Le corbillard est gris, des arabesques végétales égayent les vitres.

Un responsable du service funéraire signe un papier que lui présente une employée de l'ambassade ; un responsable des Douanes tamponne des pages de formulaire et vérifie les scellées du cercueil. Un drapeau US sur le bois noir et brillant, un autocollant, marque de fabrication patriote. *Proudly made in America.*

L'Américain observe à bonne distance, bras croisés.

Un véhicule se gare à côté du fourgon, il tire un wagon à bagages. Trois employés chargent le cercueil. L'Américain n'a pas bougé.

Le convoi s'éloigne, sort du hangar et glisse sous l'aile d'un 747 cargo, jusqu'au pont de chargement abaissé.

John P. Nichols disparaît dans une cage d'escalier.

Un temps d'éclaircies, des chutes de température au passage des nuages foncés ; le vent agite ses cheveux longs. Sur son visage les traces de coups s'estompent, tournent au jaune. Il pose ses mains sur la balustrade et regarde l'avion en contrebas, une Gitane se consume entre ses doigts. Des véhicules s'affairent autour de l'appareil. Des insectes étranges, en constante activité. Le pont du Boeing se lève, se referme comme le vagin d'un grand mammifère marin. Un tracteur s'amarre au train avant, des gyrophares clignotent, un homme tranche l'air à coups de bâtons fluorescents. Le cargo recule, les pilotes ajustent leurs casques radio et s'affairent sur les instruments de vol.

Detroit d'abord, pour le débarquement de voitures de luxe allemandes, puis Kansas City où le cercueil, avec des pièces détachées de machines agricoles, touchera le sol américain. Import-export de machines et de cadavre de vétéran.

Il y a un autre homme sur la terrasse. John tourne la tête rapidement. Un long type, blond et frisé, qui regarde les pistes du Bourget mains dans les poches. Le spectacle des avions, des départs et des arrivées.

Le cargo manœuvre, le tracteur s'enfuit. Une poussée des réacteurs, l'avion roule sur la voie de taxi. Une autre poussée, les réacteurs rugissent puis s'éteignent, l'appareil glisse sur le tarmac. Un Airbus sans hublots se pose en hurlant, son train d'atterrissage crisse et fume. L'appareil américain se présente au décollage. Les réacteurs libèrent leur puissance, propulsant en avant les tonnes d'acier et de carburant. John sert la rambarde. Le nez de l'appareil se soulève, le grondement des moteurs envahit tout l'espace. L'avion se cambre vers le ciel. Le cercueil d'Alan quitte la terre, disparaît.

John imagine les parents d'Alan, en salopette de l'autre côté de l'Atlantique, qui se préparent à accueillir leur fils. Ils ne l'ont pas vu depuis dix ans. Il sourit. Il pense à l'embaumeur du Kansas qui va se taper le maquillage des tatouages... Alan est mort, il se fout de la gueule qu'il aura à l'église. John tourne le dos aux pistes de cet aéroport lugubre, sans voyageurs, et s'éloigne.

Un avion atterrit, un autre se prépare à décoller. Le grand frisé les regarde avec un œil rêveur de gosse émerveillé.

Bye bye mother fakir. Retour aux grandes plaines de l'enfance.

Le frisé sort les mains de ses poches et se plante devant John. Il parle mais un avion au décollage couvre sa voix. Il parle plus fort :

– John Nichols ?

Le bruit diminue, John regarde le jeune type au nez aquilin présenter sa carte de police.

– *Yes.*

– Suivez-moi, s'il vous plaît.

Le policier sourit. Un vrai sourire de même, un peu triste. John le suit. Dans le dos du jeune flic un numéro dix, et le nom d'un joueur de football qu'il ne connaît pas ; une veste aux couleurs de l'équipe d'Espagne.

Ils descendent des escaliers, quittent les bâtiments de l'aéroport et traversent un parking. Une petite voiture blanche est garée à l'écart. Un homme en descend, vêtu d'un imperméable jaune absurde, sa grosse tête ronde coiffée d'une casquette de chasse. Il tend la main.

John serre la main tendue. Pourquoi le petit homme le regarde-t-il comme un étranger ? Un étranger paumé venu dire adieu à son meilleur ami ?

– Toutes mes condoléances. Le flic le regarde droit dans les yeux, avec une insistance douloureuse. C'est votre ambassade qui m'a renseigné sur le départ de l'avion. Je ne savais pas si vous seriez ici. Je suis le lieutenant Guérin. Lambert, dit-il en désignant le grand blond, est mon adjoint.

Le flic tourne la tête vers le parking désert, vérifiant que personne d'autre n'est attendu, ouvre la portière et invite John à monter.

Guérin et Nichols s'étaient installés à l'arrière, Lambert en chauffeur de maître. La circulation ralentissait à mesure qu'ils avançaient. À la hauteur de Saint-Denis les voitures étaient pare-chocs contre pare-chocs. La chaleur montait, une lumière blanche faisait briller les carrosseries ; Lambert jeta un œil au stade de France, autre spectacle pour enfants.

La mort d'Alan tamisait le public, gardait dans ses mailles des morceaux mal calibrés. Hirsh, Bunker, Königsbauer, Ariel, lui-même et ces deux flics, duo comique et complémentaire qui dégageait une sale odeur de mort. Le flic avait le regard en fuite, en mouvement constant. Son adjoint placide faisait contrepoids à l'anxiété de son patron. Deux extraterrestres de plus dans le cortège mortuaire d'Alan.

– C'est l'ambassade qui vous a dit de me surveiller ?

– Ils m'ont seulement renseigné.

– Ils veulent que je quitte la ville ?

– Je vous assure que je n'ai rien à voir avec eux. Puis-je vous demander qui vous êtes, monsieur Nichols ?

Ce n'était pas les yeux du lieutenant qui bougeaient, mais sa tête.

– Un ami d'Alan, c'est tout.

– La mort de monsieur Mustgrave, et vous-même, n'êtes pas très populaires à l'ambassade américaine. Vous pouvez me dire pourquoi ?

John baissa sa vitre, puis la remonta presque entièrement : une chaleur plus lourde, de moteurs au ralenti, s'était engouffrée dans la voiture.

– Comment vous m'avez trouvé ?

– Je suis allé au Caveau de la Bolée ce matin, et j'ai rencontré Mlle Queroy. Elle m'a parlé de vous. Je ne savais pas si vous seriez au Bourget…

Une note de déception dans la voix de Guérin. Qui d'autre espérait-il y trouver ?

– Pourquoi vous êtes allé au Caveau ?

– Vous ne croyez pas à la mort accidentelle de M. Mustgrave.

– C'est Ariel qui vous a dit ça ?

– Oui.

Le flic avait un peu rosi, Ariel et sa poitrine briochée avaient dû lui taper dans l'œil. John imagina l'union surréaliste de la goudou tatouée et du petit flic.

– Arrêtez de dire *monsieur* Mustgrave. Pourquoi ça vous intéresse de savoir comment Alan est mort ?

– Qui vous a frappé, monsieur Nichols ?

– Dites-moi John.

– Je crois, John, qu'il est dans notre intérêt de parler. C'est pour cela que je suis venu à l'aéroport. Je me demande simplement si la mort de votre ami n'est pas en rapport avec – le flic hésita –, avec mon enquête. J'enquête sur des suicides. Des meurtres déguisés en suicides, en quelque sorte.

John maîtrisa un sursaut.

– Je sais pas de quoi vous parlez. C'était pas un accident, mais Alan s'est tué.

– Pourquoi ?

– Parce qu'il était suicidaire.

Guérin le regarda, amusé par l'absurde évidence.

– C'est tout ?

– C'est pas suffisant ?

– Vous cachez mieux votre intelligence que vous ne mentez, John. Que se passe-t-il avec l'ambassade ?

– Vous avez parlé avec Hirsh ?

– Non, c'est un monsieur Frazer qui m'a répondu. Vous le connaissez ?

– J'ai parlé avec lui au téléphone, le secrétaire de l'ambassade. Je peux vous dire ce que je sais, mais j'ai besoin d'un service en échange.

– Qu'est-ce que vous voulez ?

– Parler avec un dealer.

– C'est lui qui vous a frappé ?

– Ses employés.

– Qu'est-ce que vous pouvez me dire ?

– Ça va pas vous aider, votre histoire a rien à voir avec la mienne.

La tête du flic s'inclina légèrement, ses yeux s'agrandirent.

– Nous nous sommes rencontrés, la quantité de hasard qu'il a fallu pour cela est déjà très suspecte.

– … ?

Lambert franchit le périphérique et ils entrèrent dans Paris par la porte de La Chapelle. Guérin ôta rapidement sa casquette et se mit à en arracher des poussières invisibles. John contempla sur son crâne les traces de griffures, puis les rues de la ville, qui semblaient inquiéter le lieutenant.

– Des gens s'amusent avec des suicidaires, ils vont les voir mourir sur une scène ? C'est ça votre théorie ? Au mot *théorie* Lambert sursauta et Guérin renfila sa casquette. Alan était un fakir junkie, il était homosexuel et couchait avec un employé de l'ambassade, Hirsh, qui a disparu de la circulation. C'est pour ça que le sujet est délicat. O.K., c'est de la connerie de dire que personne est responsable. Lieutenant, j'ai fait une thèse sur le sujet et je vais pas nier maintenant. Mais sur scène Alan était tout seul, et il savait ce qu'il faisait. Y a rien à faire pour changer ça.

Guérin sourit.

– Vous mentez mieux, mais votre intelligence vous trahit. J'ai consulté le rapport sur la mort de votre ami. La procédure, pour le moins, a été expédiée. Savez-vous que l'Institut médico-légal n'a procédé à aucune analyse, aucune autopsie ? Un travail de police bien mal mené. Ou l'inverse. Une enquête parfaitement étouffée. Vous pensez qu'il s'est passé autre chose ce soir-là, n'est-ce pas ?

John observa, dans les voitures autour d'eux, les visages des conducteurs. Une intuition désagréable et récurrente, celle d'avoir fait fausse route ; de s'être volontairement perdu.

Il allait mentir, malgré ce policier qui lui inspirait confiance, mais un portable sonna. Guérin s'excusa et répondit. Une voix nasillarde, dans le haut-parleur de l'appareil. Guérin ne dit rien et raccrocha.

Ses joues s'étaient creusées, ses yeux s'enfonçaient dans sa tête. Une expression douloureuse et déçue d'homme qui voyait ses pires craintes se réaliser. Lambert s'était retourné sur son siège.

– Ça va, Patron ?

Guérin, cadavérique, répondit péniblement :

– Nous allons vous laisser, monsieur Nichols, nous avons du travail. Il tendit une carte à John. Appelez-moi ce soir. Excusez-nous. Mon petit Lambert, dépose monsieur au métro le plus proche.

John leur dit au revoir devant une bouche du métro Marx-Dormoy. Lambert avait baissé le pare-soleil, Guérin avait fait un signe de la main et la voiture s'était éloignée.

Il s'était rendu à l'aéroport sans savoir pourquoi, comme toujours la réponse était venue d'ailleurs.

*

– Où on va, Patron ? C'est une femme, c'est ça ? Vous… vous avez vraiment pas l'air bien.

– Ce n'est pas une femme… Mon petit Lambert, promets-moi que tu vas faire attention.

– De quoi vous parlez ?

– Tu me promets de faire attention à toi ?

– Ben, ouais, c'est promis, je ferai gaffe. Mais à quoi ?

– Savane est mort, il s'est tué.

– …

– …

– Patron, ils… ils vont encore vous tomber dessus !

Lambert aurait préféré fermer sa gueule, mais l'idée n'était venue qu'après les mots.

*

Lambert avait porté la main à son arme, il tremblait de la tête aux pieds. Guérin, écroulé et suffoquant, saisit sa jambe pour l'arrêter. Il serrait le mollet de son adjoint, groggy, incapable de parler. Lambert le clébard montrait les dents, Roman hurlait. La honte tournait à la rage, la haine sourde en violence, la culpabilité en mascarade d'honneur. Trois bleus, uniformes déchirés, contenaient difficilement la bête avec des envies de tout lâcher. Le Beretta, serré dans la main du grand blond, cognait contre ses côtes. Le grand Lambert était muet et blanc de colère. Il plia les genoux et glissa une main sous le bras de Guérin sans quitter Roman des yeux. Barnier était là, qui tentait de parler plus fort que Roman ne criait.

– Calmez-vous ! Calmez-vous, nom de Dieu !

Roman rugit :

– Dites à cet enfoiré de se barrer d'ici !

Du sang coulait de la pommette ouverte de Guérin, sa tête balançait d'avant en arrière. Les trois flics essoufflés traînèrent Roman vers une voiture. Ses deux pieds raclaient le sol, à la recherche d'une prise pour repartir à l'attaque. Lambert le suivait de ses yeux hallucinés, Barnier devenait dingue.

– Lambert ! Lâchez cette arme ! Je vous fais arrêter !

Lambert hurla, plus fort que tous :

– Faites dégager cette ordure ! Faites-le partir d'ici !

Barnier resta coi devant la détermination du grand crétin, et passa sa colère sur un pompier.

– Occupez-vous de Guérin, bordel ! Vous voyez pas qu'il est blessé ?

Guérin agrippa la veste espagnole de Lambert et se pencha au-dessus du caniveau pour vomir. Berlion, toujours à genoux, avalait sa langue et se tenait les couilles avec des yeux exorbités. Lambert chaussait du quarante-quatre et jouait au foot. Le divisionnaire Barnier ne savait plus où donner de la tête. Il engueulait la terre entière. Son service venait d'imploser.

Savane, bras et jambes raides, était allongé sur le dos au milieu de son salon. Ses yeux étaient ouverts, son arme de service dans sa main. Sur le blanc des globes et ses prunelles bleues, des gouttes de sang que les paupières figées n'avaient pas essuyées. Le lieutenant Savane, une balle dans le front, regardait ses collègues avec ses yeux morts, bleu, blanc, rouge, que personne n'osait fermer.

Le paquet de compresses n'endiguait pas le flot de sang, qui dégorgeait entre les doigts de Guérin. La rumeur sifflait autour de lui, des murmures, des mouvements de gêne. Des flics quittèrent la pièce, écœurés. Guérin s'agenouilla près du corps, un connard parla à voix basse : *Qu'est-ce qu'il fout là ? Kowalski lui a pas suffi ?* Guérin n'entendait rien, il ne vit pas Lambert traverser la pièce et se planter devant deux flics, prêt à leur rentrer dans le lard.

– Barrez-vous.

Lambert avait étalé Berlion, Lambert avait la bave aux lèvres. Le demeuré avait des dents. Les deux flics vidèrent les lieux.

Guérin, à genoux, méditait sur la mort inutile d'un flic, usé jusqu'à la corde par un métier sans avenir, et sur la mort absurde d'un homme aimable, travesti en monstre par une vie à laquelle il n'avait pas eu le temps de comprendre grand-chose. Sur la quantité de suicides, il fallait bien un jour qu'il tombe sur quelqu'un qu'il connaissait. La maigre probabilité que ce soit sur une personne qu'il aimait rendait la découverte beaucoup plus douloureuse.

Il déboutonna son imperméable jaune, l'ôta et en recouvrit le corps. Le geste eut un effet électrique sur l'assistance. Le soulagement de voir ce visage disparaître. L'apparition de la silhouette inconnue et frêle de Guérin. La séparation d'avec cette seconde peau jaune et éternelle, comme une mue. La tendresse et la douceur des gestes, le respect du secret et du passage. Un don du minuscule Guérin au mastodonte refroidi. Un jeu d'apparences trompeuses qui dépassait l'entendement des flics présents.

Guérin se releva dans un silence d'église, hésita, contempla le corps que l'imperméable ne recouvrait qu'à moitié, et s'agenouilla encore. Il tira sur le linceul jaune, d'un geste lent, et sourit… Une promesse.

Il sortit de l'appartement, laissant derrière lui des

flics horrifiés, coincés dans la pièce avec le cadavre. La tête ensanglantée de Savane, dépassant de l'imperméable, les regardait à nouveau avec ses yeux mouchetés de sang.

Savane avait fait l'effort de mourir les yeux ouverts. À d'autres de les lui fermer. Peut-être les gars du conseil de discipline ? Les Bœufs, qui avaient pris des pincettes chauffées à blanc pour lui annoncer sa mise à pied définitive ? Peut-être Roman, qui avait déposé contre son pote pour sauver sa carrière de barbouze ? Barnier, qui l'avait toujours pris pour un con ? En tout cas ce ne serait pas lui, qui avait passé un an à les lui ouvrir. Ni le dealer de la Goutte-d'Or, décédé à l'hôpital pendant la nuit.

Savane avait regardé la balle en face, succédané de vérité, il était juste que ses petits camarades en profitent aussi.

Seule la suite lui incombait, de faire sauter la baraque. Pour l'équilibre.

– Merci d'être intervenu, Lambert. Tu vas me déposer au bureau, puis tu iras boire quelques verres et réfléchir. Les choses vont se compliquer, tu dois penser à ta carrière.

Lambert lui tendit sa casquette, que le crochet de Roman avait fait voler.

– Patron, je voulais pas être flic, je voulais être infirmier. Mon père disait que c'était un métier de gonzesse.

Guérin sourit et se pencha vers son adjoint, exhibant l'entaille de sa pommette.

– Qu'est-ce que tu en penses ?

– Il faudrait des points.

Quel rapport entre un homme qui pleure et un homme en colère ? L'homme qui pleure veut être infirmier, l'homme en colère vise les couilles. Leur rapport, c'était Lambert, solution unique. Bancale mais viable. Guérin évita de se demander pourquoi, autour de lui, le suicide devenait une solution miracle, qui décourageait d'en trouver d'autres.

– Mon petit Lambert, tu es un mystère.

À quoi Lambert ne répondit rien, absorbé dans la contemplation du lieutenant Guérin.

*

La clinique Tenon, rue de la Chine, était le plus proche atelier de couture. Un centre de chirurgie esthétique et un hasard : la blessure n'était pas grave à ce point. Les cartes de police décidèrent un médecin spécialiste des fesses à s'occuper de la joue de Guérin. « Rien de chic, avait demandé le lieutenant, des sutures qui tiennent. » Le toubib s'appliqua néanmoins à faire du beau travail, sous la surveillance curieuse du grand frisé. Il refusa de facturer son œuvre, déclarant que cela lui faisait plaisir, pour changer, de faire de l'utilitaire. Il avait quand même donné à Guérin une brochure sur les implants capillaires, avec l'air de dire qu'il fallait bien commencer par quelque chose.

Six points, une petite balafre pour les vieux jours.

Lambert s'installa au volant et se racla la gorge.

– Patron, je suis désolé, de… de pas y arriver.

– De quoi tu parles ?

– Je suis désolé, j'arrive pas à pleurer pour Savane.

L'homme qui pleure avait finalement visé les

192

couilles, deux grosses larmes coulèrent sur les joues de Guérin.

Au bureau la tache avait séché, le rose avait pâli, les auréoles brunes contrastaient fortement. Lambert déchira deux pages du calendrier. Arracher ces deux petites feuilles lui fit une impression de temps accéléré, immaîtrisable. Il avait oublié son boulot d'horloger ces derniers temps. Le calendrier s'était arrêté le jour où Savane était venu ici.

Guérin s'assit derrière sa table, et glissa une main tremblante sous sa casquette.

– Mon petit Lambert, il nous faut du café.

Son adjoint partit en traînant des pieds. Pourquoi appelait-il encore Lambert *mon petit* ? Il se rappela sa mère qui l'appelait *mon grand*, et la sensation de n'avoir jamais grandi que cela lui faisait. En parlant ainsi à Lambert, il cherchait sans doute à dire le contraire. Il s'interrogea ensuite sur Nichols, version charpentée et intellectuelle de Lambert, si la comparaison gardait un sens. L'Américain était une coquille vide, quatre-vingt-dix kilos de questions. Sa mère aussi devait l'appeler *mon grand*. Il y avait donc un lien entre les carrières universitaires et les mères castratrices. Guérin laissait courir ses idées, avant d'oser ouvrir l'enveloppe. Sur sa table, la petite écriture tordue de Savane, un seul mot sur le papier chiffonné : *Richard*. Il regarda la porte du bureau, que Savane avait dû crocheter sans difficulté, puis ouvrit la lettre.

« Il y a des photos de Kowalski chez Roman. Roman est débile, il a pas pu s'empêcher d'en garder.

Maintenant que je suis mort tu pourras finir ton enquête. Excuse-moi de t'avoir laissé tomber. T'inquiète pas du souvenir que je vais laisser. Si tu fais tomber ces cons, tu feras ce que j'aurais voulu faire si j'avais été à la hauteur. Au moins je ne suis pas mort en complice. Salut Richard. Merci. »

– Patron, y avait plus que du décaféiné. Ça vous va quand même ?

12

L'adolescent, quatorze ou quinze ans en pleine pousse, arriva en skateboard, slalomant entre les piétons. Un pantalon en jeans élastique, des chaussures grosses comme des matelas, un T-shirt moulant qui déclarait : *No Current, No Sharks*. Une frange à la Beatles lui cachait le front et il emmerdait le monde. D'un coup de pied il redressa son skate et tapa le code de la grande porte en métal. John entra derrière lui.

Le jeune rebelle le détailla, écouteurs dans les oreilles, cherchant à quelle tribu il appartenait : techno warrior ? clodo ? néo bab ? Il demanda qui il cherchait, avec l'aplomb d'un citadin propriétaire de sa ville. John répondit qu'il venait voir la femme du rez-de-chaussée, et le Coton-Tige à perruque piqua un fard. Dans ses pupilles pubères et dilatées on devinait les heures passées, derrière la fenêtre de sa piaule, à surveiller les baies vitrées de l'atelier.

– Patricia ? Je sais pas si elle est là. Je peux aller voir si vous voulez.

– Je vais m'en sortir.

L'ado traîna dans la cour sous un prétexte inexistant, histoire d'apercevoir la fille du rez-de-chaussée qui se mettait tout le temps à poil.

Patricia ouvrit la porte.

Les lunettes noires cachaient ses yeux, mais pas sa bouche. Le charme viril des coups dans la gueule ne lui allait pas aussi bien qu'à John.

– Qu'est-ce que vous voulez ? Partez d'ici.

John chercha son regard derrière les verres noirs et son reflet déformé.

– Qu'est-ce qui vous est arrivé ?

Col roulé noir à manches longues, pas de peau visible. Réconfort ou camouflage. Une raclée sévère. Elle tremblait, bourgeoise et hautaine jusqu'au bout des ongles, assumant sa laideur passagère avec la dignité d'un gentleman ruiné.

– Partez.

– Je veux des réponses maintenant.

Elle regarda par-dessus son épaule, la cour vide, et s'écarta pour le laisser entrer.

Talons plats, pantalon droit à plis, noir aussi, et le pull près du corps. Troublant, ces épaisseurs soigneusement choisies sur une femme sans pudeur.

– J'étais à l'aéroport ce matin. Vous êtes pas venue dire au revoir à votre ami ?

– J'étais occupée, monsieur Nichols.

Elle enleva ses lunettes. Son œil gauche était fermé, violet. Elle avait accordé sa tenue au cocard.

– Un problème avec un client ? Il aime pas les photos ?

– Alan disait que vous ne saviez pas parler aux femmes.

Ses boucles blondes prenaient feu en haut de ce pilier noir et sexy.

– J'habite dans les bois.

– On le remarque à peine.

– Le noir vous va bien. Vous faites le deuil de votre business ?

Un seul œil suffit à le remettre à sa place.

– Je ne vois pas de quoi vous parlez.

– …

John cligna des yeux. Le souffle d'une explosion. Plus de mensonge, plus de calcul, plus de jeu dans la voix de Paty. Une douche froide. John P. Nichols, désarçonné au premier regard. Erreur, fausse route. Un engrenage de la machine avait explosé, en une phrase, et lui avait percuté le front. Patricia Königsbauer dans une affaire de chantage, à jouer la pute pour de l'argent dont elle n'avait pas besoin ? Ridicule… Alan toujours, encore Alan… John marcha dans l'atelier, cherchant dans les toiles vides une assurance déjà perdue. Dès la première réponse, comme la première flèche. Depuis des mois, chaque fois qu'il tirait, la même impression : le doute. La peur de se tromper de cible ; la même intuition, dans la voiture, avec Guérin… Alan avait mis Paty dans la merde. Voilà ce qui était arrivé. Alan et son sourire : *Tu veux que je me mette sur la cible ?*… Elle avait pris des coups à cause du fakir. Comme lui. Paty était une amie. Une autre amie. John était jaloux… *Vous vous êtes servi de lui.* Depuis le début. Il avait nié, cogité, ruminé, inventé un portrait d'elle pour alimenter sa rancœur…

Il essaya de sauver ce qui restait d'apparence, pour ne pas se désavouer trop vite. Mais cette fois, il en était certain, c'était lui qui finirait à poil.

– C'est Boukrissi qui vous a fait ça ?

Enfonce-toi, John, continue.

– Vous ne comprenez vraiment rien.

– Qui alors ?

– L'important est le pourquoi. Je n'étais pas à l'aéroport parce que je me faisais tabasser, à cause de vous.

Raccroche les wagons, additionne Nichols, recolle les morceaux.

– Un grand mec blond, avec un cou de taureau, Américain ?

– Ils m'ont dit de ne pas vous parler. Partez, quittez la ville avec l'argent et disparaissez. C'est ce que vous avez de mieux à faire.

– De quoi tu parles ? Qui c'est « ils » ? Le chauffeur, et Hirsh ?

– Hirsh ? Ne soyez pas stupide. Hirsh n'était qu'un jouet d'Alan. Je ne vous dirai rien de plus. Partez.

– Parlez-moi du chantage. Vous étiez complice avec Alan ? Qui était là quand je suis venu ?

– Arrêtez d'inventer des histoires insensées, je ne me suis jamais associée à Alan.

– Dites-moi ce qui s'est passé. Je peux vous protéger.

Son rire, expulsé de la colonne noire, éclata dans l'atelier blanc.

– Me protéger ? Arrêtez de vous ridiculiser.

– Il y avait un flic ce matin à l'aéroport. Je peux l'appeler si vous voulez.

– Vous mentez.

Il posa la carte de Guérin sur le bar de la cuisine.

– Vous voulez lui parler ?

– Vous êtes décevant.

Elle croisait les bras mais regardait la carte, morte de trouille. Des vêtements moulants, John, pour contenir la peur.

– Qui était là quand je suis venu ?

– Hirsh.

– Qu'est-ce qu'il faisait là ?

– Il était venu me prévenir.

– De quoi ?

198

– Que les autres allaient sans doute venir. Il croyait que c'était à cause de son aventure avec Alan.

– Tu vas me dire ou merde !

– Ils veulent l'argent et les documents.

– …

John s'assit sur un tabouret, elle eut la décence de ne pas l'humilier davantage et se tut. Elle passa derrière le bar pour se remplir un verre, du scotch qui lui faisait envie. Comme deux jours plus tôt, elle se tourna vers le portrait de John. *Vous êtes trop grand. Vous prenez toute la place sur la toile.*

– Alan a fait ça à cause de vous. Tout est de votre faute. Ce policier, il existe vraiment ?

– Oui.

– Pourquoi il s'intéresse à Alan ?

– Tu me racontes tout.

Elle fit tourner l'alcool dans le verre.

– Ensuite vous disparaissez.

Sentence. La vérité et partir. Ou le mensonge et rester.

Sabordage. Qu'on en finisse.

John serra les dents.

– Tu as pas couché avec Alan.

Elle savoura l'alcool, pas mécontente d'en arriver là.

– J'ai menti, une coquetterie.

– Pourquoi tu as fait mon portrait, quand Hirsh était là ?

Son œil poché s'entrouvrit et sa prunelle noisette brilla au milieu de l'hématome. Un sourire. Le coup de grâce, John. Bientôt.

– C'était un jeu auquel Alan aimait jouer. Hirsh est venu quelquefois. Ce n'était pas du chantage, seulement un jeu. Alan aimait le spectacle… la façon dont… Il disait que ça l'amusait, la tête de ces hommes, quand je les rendais impuissants. Vous trouvez sans doute ça pervers, sadique ou je ne sais quoi. Alan disait que vous étiez un prude, un naïf aux plaisirs fades.

– Alan disait ça. Pourquoi tu as fait ça avec moi ?

– Alan parlait beaucoup de vous. Un autre de ses jeux. Une procuration j'imagine, s'immiscer dans les sentiments des autres… elle sourit encore et termina sa phrase, commencée deux jours plus tôt. Alan était amoureux de vous, depuis toujours.

– Je sais.

Chacun d'un côté du bar, des visages en miroir, déformés.

– Quand il riait, la vérité était triste, mais belle. Elle lui tourna le dos. J'aimais les jeux d'Alan.

Avant qu'il n'ajoutât quelque chose, elle l'obligea à disparaître.

*

Bunker terminait sa ronde. Il avait mal dormi, ses articulations et sa cicatrice lui faisaient mal. Toute la journée il avait longé les grilles du parc comme un fauve. Mesrine, sur ses talons, faisait la gueule. Frappé un homme, risqué sa vie sans doute, ouvert les vannes d'une colère qu'il avait mis longtemps à domestiquer. Pas vraiment de regrets, seulement peur de ne pas pouvoir revenir en arrière. L'Américain avait secoué sa fausse quiétude, fait péter sa petite sécurité chèrement bâtie.

Goûté à nouveau la liberté qui l'avait envoyé au trou. Les grilles se refermaient sur lui, Bunker étouffait. Le gamin allait continuer, sans s'en rendre compte, à l'enfoncer. Et le vieux taulard en redemanderait.

Il traîna ses godillots dans les allées, se dirigeant vers sa cabane avec l'impression de retourner au mitard. Combien de temps sans approcher une femme, un bistrot, sans avoir marché dans les rues ? Les putains de pelouses, les fontaines, les pigeons, Ed l'Épicier rue Bara. Depuis combien de temps il n'avait pas revu sa ville ? Vécu sa vie ? 1994, la cabane et le petit grillage autour. Jamais compté les années. Le temps s'était arrêté avec le calendrier de 83, sans reprendre son cours. Il fallait arrêter de se mentir. Presque quinze ans de parc… Double peine.

La trouille d'ouvrir la cage. La taule l'avait suivi, il commençait à l'admettre. Elle était à l'intérieur de lui.

L'Américain était écroulé sur le seuil de la cabane.

Mesrine s'assit sur son cul, à bonne distance, et n'approcha pas plus. Bunker le salua de la main, sortit la table dehors sans un mot, deux chaises, du vin et des verres.

Il faisait beau, presque chaud à l'ombre d'un pin maritime qui survivait loin de l'océan. Mesrine s'allongea au soleil, à quelques mètres.

– Tu lui as dit au revoir, à ton pote ?

John sourit. Il avait conscience sur son visage d'un masque qui ne lui ressemblait plus. Un masque de routine, inexpressif et distant. Avec Bunker et sa tête de vieux content de son sort, ils auraient pu écumer les bals costumés.

– Pourquoi on comprend toujours trop tard ce qu'on savait déjà ? Tu sais ça, Bunk' ?

– Tu ferais pas de vieux os en prison, Gamin. T'as le citron qui déborde.

Des promeneurs passaient tout près, trouvant sans doute la scène pittoresque et parisienne. Un taulard, du pinard, du tabac brun, un Américain cigarette au bec et un clebs ennemi du système. Bunker déposa sa casquette sur la table et ébouriffa ses cheveux. Il remplit les verres. John tira sur sa Gitane.

– J'ai essayé de dire au revoir, mais il est encore revenu.

– Ça avance pas ?

– Si, mais c'est pas mieux.

– Crache ta Valda, le psy.

– Il paraît que tout est à cause de moi, j'arrive pas à imaginer le contraire. Elle a raison.

– T'as revu la fille ? Santé, Gamin.

– À ta santé.

Le vin accomplit son œuvre de bienfaisance.

– Alan avait rencontré Hirsh au cabaret. Hirsh aimait les trucs tordus, sûrement à cause de sa vie trop réussie. Alan s'est amusé avec lui. Ce qui le faisait rire, le fakir junkie, le vétéran de l'Irak, c'était de sauter Hirsh dans son bureau, à l'ambassade. Si c'était pas aussi con, ça serait presque drôle. Mais ça c'est que la fin.

– La CIA, la NSA, le FBI, les Services secrets, ils sont toujours à la pointe dans les sciences, mais ils s'intéressent pas seulement à la technologie. Les sciences humaines, c'est aussi leur domaine. Ils appellent ça le « renseignement ». Intelligence ! *Bullshit*. La torture, c'est pas le meilleur moyen pour obtenir des renseignements. À quatre-vingts pour cent, les informations sont pas fiables : le stress, les mensonges, la mémoire qui dérape, les faux aveux pour arrêter la souffrance. L'espionnage et les sérums de vérité, c'est ça qui marche vraiment. La torture, c'est une guerre psychologique. Quand on dit torture gratuite, on veut dire que c'est pas pour des renseignements, que c'est du sadisme. C'est le contraire, c'est la vraie torture. L'idée, c'est d'anéantir tes adversaires, et d'en laisser quelques-uns rentrer chez eux. Pour qu'ils racontent. Les anéantir, Bunk', pour pas être emmerdé, quand tu vas construire le monde parfait de demain, par des types qui sont pas d'accord avec ta vision de la démocratie. Tu les laisses se répandre comme un virus, le virus de la peur et du silence. La torture, c'est une attaque contre des individus pour terroriser un groupe. Tu fabriques des hommes seuls et des morts qui font peur. Pour faire des tortionnaires, c'est pareil : tu transformes des citoyens. Tu les vides, et tu les remplis avec ce qui t'intéresse. Ça devient un militaire bien dressé, un membre d'une police secrète, des scientifiques qui voient des ennemis partout. Autour d'eux, avec des films et des journaux, tu construis un monde qui leur donne raison, paranoïaque et ignorant. Pour que ça soit efficace et que ça marche bien, il faut des spécialistes, des intellectuels, des gens comme moi. C'est pas un travail d'amateur de fabriquer des bourreaux. Après, il faut juste trouver des types comme Alan. C'est pas le plus difficile.

» Il savait pas que la guerre du Golfe arrivait, il était parti à l'armée pour quitter le Kansas. Recruté quand il était encore dans la boue à Parris Island, le *boot camp* des marines. Alan, il attendait que ça, qu'on lui fabrique une nouvelle famille. C'est dingue ce qu'on peut faire pour quitter le Kansas... Son instructeur, celui qui l'a trouvé, il était de la CIA, il supervisait un nouveau programme. Alan a passé quatre mois dans un centre de formation, dans des locaux de la Navy à San Diego. Au début, il a pas compris ce que c'était ce boulot spécial. C'est jamais dit directement, ça se met en place doucement. *Intelligence specialist!* Finalement, c'était un bon élève. Pour faire un tortionnaire, tu lui montres d'abord ce que les autres ont fait : *In Corea, in Japan, in Vietnam...* De l'autre côté, les autres font la même chose : ils montrent à leurs soldats ce qu'on a fait en Corée, au Japon, au Vietnam… Tu veux terroriser tes ennemis, et le résultat c'est le contraire : tu es tellement dégueulasse que c'est toi qui alimentes la résistance. Si on torture ta mère et ton père, tu fais quoi ? Tu donnes un coup de main pour brûler les cadavres ? Rigole pas, Bunk', y a des professionnels de la guerre qu'ont toujours pas compris ça.

» Alan était dans les premiers avions pour l'Irak, en 91, avec le staff *Intelligence*. Nouvelle guerre, nouvelle génération, des nouvelles découvertes. Rien d'original là-bas. Maintenant on fait que du perfectionnement. Tu mélanges des drogues, tu changes le rythme biologique, la lumière, le sommeil, des cages trop courtes pour t'allonger, trop basses pour te lever, des boîtes où tu peux seulement être debout, pendant des jours. Tu alternes les coups, les humiliations en fonction de ceux que tu tortures, tu changes avec la religion, la culture ou le sexe, les menaces, les informations fausses : ton frère a dit que, ton camarade a avoué, ton père est mort, etc. Ceux qui dirigent, ils surveillent autant leurs hommes que les prisonniers : c'est des machines fragiles, faut en prendre soin. Faut pas laisser la torture t'échapper, les sadiques faire ce qu'ils veulent. Le progrès dans la torture, aujourd'hui, c'est la qualité des bourreaux. Alan était très fragile avant. Là-bas, c'était un des plus durs, un enfoiré. Il s'est vengé sur le corps des hommes. Il disait que dans sa tête, quand il faisait ça, son père était fier de lui. En tout cas, son instructeur le lui disait. Cet officier, il connaissait toute la vie d'Alan. Une torture réussie, c'est quand tu as détruit l'idéologie de l'autre. Un tortionnaire réussi, c'est quand tu as fait rentrer la tienne dans sa tête. C'est ça l'idéologie, Bunk'. Un miroir déformant, où l'ennemi a la même gueule tordue que toi. Le chef d'Alan, c'était qu'une mécanique d'idées qui étaient pas les siennes. Mais qui a des idées à lui ? Quand tu es un bon sujet, tu peux faire tout ce qu'on te demande, et tu as même l'impression d'être libre. Alan s'est libéré en Irak, si on peut dire. Mais y avait quelque chose en lui qui a résisté. Un paradoxe. Il pensait que l'armée l'avait libéré de son passé, et qu'il pourrait commencer une nouvelle vie après… La sienne… Il a décroché. Au retour du désert il a démissionné. En fait, il a cassé son contrat, il s'est enfui. Seulement, quand il s'est retrouvé loin de l'armée, il a trouvé bizarre de pas reconnaître le monde comme on lui avait appris. Bizarre de ressembler à ces hommes qu'il avait renvoyés chez eux avec les couilles arrachées.

» Alan a commencé à prendre de l'héroïne, parce que c'est une drogue qui te rend seul au monde. Il était déjà accro de toute façon, après l'armée. Après il a trouvé normal, comme ceux qu'il avait torturés, de se déshabiller dans la rue, de se rouler dans du verre cassé, de plus dormir, de faire des cauchemars et de coucher avec des mecs qu'il aimait pas. Une réussite des militaires, mais à l'envers encore une fois : c'était lui qui décourageait les Américains de partir à la guerre ! C'était ça, son show de fakir. Une bagarre à l'intérieur d'un homme, entre la victime et le tortionnaire, devant le public qui l'avait fabriqué. Il faisait à l'envers ce qu'il avait fait à ses victimes. Ensemble, on a travaillé pour reconstruire ce que mes collègues avaient cassé. Quand il est arrivé à Paris, le plus dur était passé. Il était devenu une image de lui-même : il allait s'en débarrasser bientôt. Au Caveau, quand il a rencontré Hirsh, il rigolait. Il draguait un diplomate américain et homo, qui fréquentait les mêmes endroits que lui. Un autre double inversé, du côté de la fausse victoire. Baiser dans le bureau de Hirsh, je sais pas comment il faisait tellement il devait se marrer. Mais à l'ambassade, un jour où il avait rencontré Hirsh, il a vu Frazer, le secrétaire. Ce nom, c'est pas son vrai nom. C'est le type qui a recruté Alan en 90, en Caroline du Sud. Il était avec Alan en Irak. Frazer est venu chez Patricia ce matin, et il l'a questionnée. Je l'ai jamais vu, mais Alan m'en a parlé. Quand elle l'a décrit, j'ai compris qui c'était. Son vrai nom c'est Lundquist. Alan est devenu fou quand il l'a reconnu. Il est retombé dans la dope, il s'est effondré.

» C'était il y a deux mois. Il est venu me voir chez moi à ce moment-là. Après, et je sais comment, il a fait chanter Frazer. C'est pas le dealer d'Alan qui veut que je quitte la ville, c'est Lundquist, Samuel Lundquist… Son nom est partout dans ma thèse. Alan s'est servi de mon travail pour le faire chanter. Patricia dit que Lundquist a donné de l'argent à Alan. Trois jours avant sa mort.

Bunker était un peu paumé, il amenait son verre à sa bouche et oubliait de boire.

– Et tu sais ce que c'est le plus drôle ? C'est que ma

thèse je l'ai pas publiée, pour protéger Alan. Le FBI m'a contacté quand j'ai fini mes recherches, ils ont dit de pas publier, sinon Alan irait en prison. Il avait signé un *contract* avec l'*army. Security Clearance.* Ils disent *Access to Sensitive Compartmented Information.* Informations compartimentées ! C'est bien un euphémisme de militaire, ça. Eux aussi ils ont fait du chantage, ils voulaient pas que ma thèse devienne publique. J'ai accepté leur deal, et j'ai dit à Alan de partir en France. Il est mort après avoir cassé l'arrangement qui le protégeait. Lundquist, et sûrement d'autres derrière lui, se demandent ce que je vais faire maintenant. Tout ça, l'Irak, c'était il y a quinze ans, mais depuis, il y a une autre guerre qui n'en finit plus, d'autres tortures, et dans ma thèse des noms de gens qui sont bien en place. Avec Alan, on avait décidé de tout dire. J'ai pas respecté l'objectivité scientifique ! comme disaient mes professeurs. C'était ça que voulait Alan ; moi aussi. Ce que je vais faire maintenant, j'en sais rien, *no fucking idea…*

Bunker attendait la suite ; l'indécision du Gamin ne lui suffisait pas comme conclusion. John sourit, levant son verre.

— La fille, Patricia, elle m'a dit de jamais la revoir, si c'est ça qui t'intéresse.

— Ah ! Elle a pas menti ?

— Pas cette fois.

— Alors elle a dit le contraire de ce qu'elle pensait.

— Bunk', j'ai appelé ma mère à San Francisco. Le FBI a fait une perquisition chez elle. Ils ont tout pris, mon ordinateur, mes notes, tout mon travail que j'avais stocké là-bas. J'ai aussi parlé à mon directeur de thèse. Même chose à UCLA, ils ont tout raflé.

Le vieux gardien faisait tourner sa casquette entre

ses doigts, le visage tourné vers une aire de jeu, un terrain de tennis, au-delà les grilles du Luxembourg, et la rue Guynemer. Son sourire enfantin avait disparu, n'en restait qu'un ersatz figé, contredit par la colère de son regard.

– Y a un truc qui colle pas, fils.

– Les frères Aouch…

– Boukrissi est un larbin, c'est ton Lundquist qui tire les ficelles.

– Il a peut-être tué Alan…

– Ils savent où je crèche. T'as mis le feu à ma cabane, Gamin.

John baissa la tête, souffla, et affronta le regard thermonucléaire de Bunker.

– C'est pas fini. J'ai, hmm, j'ai rencontré un flic, qui pense aussi qu'Alan s'est pas vraiment suicidé. Il veut qu'on échange des informations, qu'on travaille ensemble…

Des muscles ondulaient sur les mâchoires du taulard. Ses dents de même grincèrent comme des gonds oxydés.

– Bunk'…

– Tais-toi.

– J'ai encore quelque chose à te demander.

Mesrine vint se coller à la jambe de son maître. Les lèvres de Bunker ne bougèrent pas, les mots semblèrent sortir de son front, d'une veine gonflée qui palpitait sous sa cicatrice.

– Gamin, je t'avais dit de laisser tomber. Ton artiste a pas tort ; peut-être que t'as des bonnes raisons, mais tu fous la merde dans la vie des gens.

Le décaféiné avait un parfum d'inutile. Guérin tritu-rait les fils de sa blessure pour se tenir éveillé. Il inter-rogeait sa montre à chaque minute, vérifiant que le temps s'écoulait à l'extérieur des murs sans fenêtres. 18 h 12.

Personne encore au 36 ne s'apercevait que le plan-cher était en flammes. Savane avait rallumé un incen-die en se cramant la tête.

La Grande Théorie suffoquait, soufflée par le retour de Kowalski. Noyée, et Guérin avec elle, dans un entrelacs de pistes obscurément isolées. Le Caveau, Nichols, trois fantômes et Savane. La lettre. Agglomé-rat indistinct. Une pensée l'obsédait, clef d'une voûte aux fondations ténébreuses : s'occuper de Roman. Prouver que l'édifice reposait sur du vide. Une voûte funambule, suspendue à des illusions. Qu'il se propo-sait de balayer. Pas de victoire à l'horizon… Enfoncer seulement un coin ; quelle que soit l'échelle, être écrasé ou survivre. S'occuper de Roman.

Il fixait la porte des archives, bras croisés, claque-muré dans un silence lardé de questions. Il déambulait en pensée dans les rayonnages, revisitant ses dossiers, sans se souvenir y avoir trouvé, une seule fois, des raisons suffisantes aux suicides qu'ils racontaient. Les morts n'ont plus les moyens de se justifier, les dossiers ne rendaient pas compte de tous les ingrédients du choix. Les raisons des morts étaient à chercher chez les vivants. Le choix de Savane. S'occuper de Roman...

Il ne lui manquait plus qu'un motif d'agir ; qu'il ne trouvait pas. Il tira sur les sutures, jeta un œil à sa montre. 18 h 14. Pourquoi n'avait-il pas envie de se lever, de faire ce qu'il devait faire ?

Le téléphone sonna ; Guérin resta immobile, sourd aux cris de l'appareil qui lui gueulait une réponse.

Les sonneries se répétaient. Lambert interrogea le Patron du regard, et finit par décrocher. Il écouta, nota en maintenant du coude un petit papier retors, et sa voix, montant dans le bureau, ressembla à celle de Guérin :

– Gaz d'échappement, parking souterrain, avenue Victor-Hugo... Patron ?

Guérin fixait Lambert, tête inclinée ; son visage s'éclairait d'un aimable sourire.

Le petit lieutenant inspira profondément et glissa la lettre de Savane dans sa poche, sans plus s'inquiéter de sa carrière, des conséquences ni des raisons de ceux qui tenaient encore debout. La mort, maître d'œuvre en personne, venait de passer un coup de fil. La réponse était venue des catacombes, fondations de toutes choses, délivrée par un Hermès en jogging.

Dans son monde d'archives, que pouvait-il changer sinon le passé ? Son erreur, simplement, avait été de croire qu'il agirait pour l'avenir.

Il se leva, au nom des morts.

– Allons-y, Lambert, mais je dois passer chez moi d'abord.

Guérin avait glissé quelques outils dans les poches de son manteau. Une trousse de serrurier, une lampe torche, un petit pied-de-biche et une paire de gants. Churchill ne disait rien. Sous son perchoir un tas de plumes. Son poitrail était à nu, révélant une triste peau grise et fripée. Ses ailes amputées n'étaient plus que des moignons. Le piaf qui n'avait jamais volé arrachait méthodiquement son plumage.

Guérin remplit sa gamelle de graines, le perroquet le regarda d'un œil torve, avant de se remettre au travail.

Avenue Victor-Hugo, un box de parking au sous-sol d'un immeuble en pierre. L'homme avait mis un point d'honneur à mourir sans lâcher le volant, position réglementaire, dix heures dix, comme à l'auto-école. De Rochebrune, journaliste, écrivain, économiste, éditeur, essayiste. Il avait tout essayé, en effet ; les possibilités restantes avaient dû lui sembler trop maigres. Sa femme, intarissable de peur d'être rattrapée par l'évidence, tenait à raconter la vie de son mari par le menu. Elle diluait l'incompréhension dans des raisonnements de sociologue, logorrhée sans issue que Guérin laissa s'écouler en silence. L'homme avait laissé une lettre, beaucoup plus longue que celle de Savane. Un manuscrit dactylographié, deux cents feuillets, sur le siège passager. Des bavards tous les deux. Soit il avait écrit quelque chose de bon avant de mourir, soit non, et il donnait raison à sa mort. Une case à cocher.

Guérin n'avait pas sorti son carnet. Lambert prenait des notes maladroites sur un agenda de poche. Les deux flics étaient sinistres, las, et collaient le bourdon à tous ceux qui ne l'avaient pas encore dans le parking. Lambert bafouilla des condoléances sans conviction. Ils s'éloignèrent tandis que la voix de la femme, accrochée au bras d'un pompier hagard, continuait à résonner dans le sous-sol. Leur départ allégea un peu l'atmosphère.

Lambert, les yeux cernés, traits tirés, enfouit ses mains dans ses poches, traînant ses tatanes sur le béton.

– On passe au bureau ou je vous ramène à Voltaire ? demanda-t-il sans croire vraiment à la fin de cette journée.

Le Patron ne l'écoutait pas.

La nuit tombait. Les points de suture ressemblaient à des mouches sur sa joue. Guérin appela les renseignements depuis la voiture.

– Adresse et téléphone de Roman, Frédéric, à Clamart.

Un bip de son cellulaire, un texto s'afficha.

– Rue Barbusse à Clamart, Lambert, numéro 13.

Lambert ne dit rien, ne posa plus de questions.

Ils planquèrent à Clamart dans une rue bordée de pavillons. Vingt et une heures. Guérin se souvint d'avoir lu *Le Feu*, de Barbusse. Des images de tranchées et de bombes déchiquetant des corps lui revinrent. Les pacifistes, comme les moines pour l'amour, font les meilleurs rapporteurs de guerre.

Il y avait de la lumière chez Roman.

Guérin composa le numéro.

– *Allô ?*

– C'est Guérin.

– *… Qu'est-ce que tu veux ?*

– Savane a laissé une lettre. Il faut qu'on parle.

– *Va te faire foutre.*

– C'est ça ou l'Inspection Générale.

– *…*

– À mon bureau dans une heure.

– *Et Berlion ?*

– Tu cherches déjà une sortie ? Savane n'a pas suffi ?

– … *Tu peux rien faire.*

– Dans une heure.

Roman sortit de chez lui dix minutes plus tard, enfilant un blouson en cuir. Il monta dans sa voiture et démarra en trombe.

Guérin enfila ses gants.

– Fais le guet, Lambert. Tu m'appelles s'il revient.

Le visage abruti et serein de Lambert s'était assombri.

Une heure devant lui. Le temps pour Roman de se pointer au 36, de comprendre qu'il s'était fait rouler et de revenir. La grille du jardinet était restée ouverte. Pavillon de plain-pied, du clef en main vieux de dix ans, gloire de propriétaire déjà défraîchie. Guérin colla son nez à une fenêtre du salon, inspecta l'huisserie. Pas de système d'alarme. À côté d'un lilas mort, avisant une brique décorative, il abandonna l'outillage de serrurier pour une méthode plus expéditive et anodine. Il colla sa casquette sur un carreau et frappa avec la brique. Le verre cassé tomba sur la moquette. Il passa la main à l'intérieur et ouvrit.

La turne de Roman, un foutoir à la lumière d'une lampe torche. Salon. Étagères de films, de l'action américaine et de la comédie française. Un meuble verni fermé à clef. Des bières vides sur la table basse, un canapé défoncé. Avec le pied-de-biche il fit sauter la porte du meuble fermé. Du porno, hors de portée des enfants. Guérin fouilla dans les films, retourna les coussins, ouvrit des tiroirs. Une maison entière à éplucher, du plus évident au moins, en espérant que Roman n'était pas un génie de la planque. Et que les photos étaient toujours là. Le bar, glisser la main derrière les bouteilles. Rien au salon. La cuisine, du divorcé négligé. Placards, tiroirs, dessus et dessous de meubles, sous l'évier. Le cercle de lumière passait d'une idée à l'autre, hésitant. Rien dans la cuisine. L'entrée. Placard à portes accordéon métalliques. Du bordel, outillage de bricolage, un canon scié et des cartouches, poings américains, des *Playboy*, des piles de *Cibles*, une carabine Browning neuve, un couteau de survie Mauser, bien affûté. Des balles, du matériel de nettoyage. Des vieilles chaussures, des sécateurs rouillés, des gants de jardinage et une boîte poussiéreuse de jouets. Rien. Guérin glissa le pied-de-biche dans sa poche et continua, le poignard dans une main, la lampe dans l'autre. Les chiottes, odeur de pisse. Rien dans le réservoir de la chasse d'eau. Chambre du maître. Odeur de draps sales, de renfermé, de pieds. Sous le matelas, dans l'armoire, sous le lit, encore des magazines porno. Un cadre, repro d'une affiche *Dirty Harry* sous verre. Crétin. Derrière le cadre. Rien. Découpage du matelas, oreillers éventrés. Rien. Moquette. Coups de couteau. Rien. Guérin était en nage. Deuxième chambre. Deux lits simples. Chambre des gosses. Bien rangée. Des jouets dans un coffre, pistolets et fusils en plastique, des dessins au mur, des couvertures Walt Disney sur les pieux au carré. Photos sur la table de nuit. Deux fils, huit et dix ans à peu près. Repros de leur père. Des gueules d'abrutis, épaisses et sans grâce. Famille bas du front. Bien rangée et poussiéreuse, la chambre. Pas beaucoup de visites de sa progéniture, le Roman. Fouille, découpage des matelas, un peu gêné. Rien. Roman avait eu la décence de ne pas planquer des photos de cadavres dans la piaule de ses mômes. Salle de bains. Serviettes rances, papier peint décollé, auréoles d'humidité. Guérin vérifia sa montre. Une demi-heure déjà. Linge sale, étagères, placards. Rien. Sous le lavabo. Trappe d'accès de la baignoire. Rien sous la baignoire. Grille d'aération. Couteau. Rien derrière la grille.

Retour au salon, éventrer le canapé. Rien. Moquette passée au couteau. Rien. Retour à la cuisine. Four encastré. Guérin, de plus en plus nerveux, arracha le four de son logement. Rien derrière, rien dedans. Il déplaça le frigo, la torche entre les dents. Rien derrière. Savane s'était planté ? Roman s'était débarrassé des photos ? Quarante-cinq minutes. La cuisine puait la graisse, l'huile de cuisson, la vaisselle oubliée. Il devait aussi y avoir un grenier, peut-être une cave. Guérin souffla.

*

21 h 30. 16e arrondissement. John remit la carte de visite dans sa poche.

Il sonna à la porte de l'immeuble, rue de Longchamp, pendant deux minutes. Hirsh ne répondait pas. Il n'avait pas trop compté dessus. Il hésita puis enfonça la sonnette du gardien, trois fois. La grande porte en bois s'ouvrit de quelques centimètres, l'œil d'une vieille femme descendit et remonta le long de la fente lumineuse.

– C'est pour quoi ?

– Excusez-moi de vous déranger à cette heure, je cherche monsieur Hirsh.

– Il n'est pas là. Vous êtes de l'ambassade ?

John força sur son accent.

– C'est ça, je travaille avec monsieur Hirsh.

La gardienne ouvrit un peu plus. Robe de chambre, pantoufles, une odeur de soupe aux légumes s'échappa de l'immeuble.

– Vous êtes monsieur Trappeur ?

John se racla la gorge et sourit.

– C'est exact.

– Il m'a prévenue que vous alliez venir.

– Ah ? Bien.

– Il a laissé quelque chose pour vous.

La vieille disparut dans l'entrée, poussa la porte de sa loge qu'elle laissa ouverte et reparut, une enveloppe à la main. Elle avait chaussé des lunettes et observa John avant de la lui donner.

– Vous faites quoi à l'ambassade ?

– Je suis au service culturel, heu… artistique.

– Ah, je me disais ! Vous ressemblez pas aux autres. Il y a deux autres employés de l'ambassade dans l'immeuble, et le quartier en est plein. Tenez.

Elle lui tendit l'enveloppe blanche. Dessus, manuscrit, un nom. *John Trappeur*. John sourit encore et l'empocha le plus naturellement possible.

– Dites-moi, quand est-ce que monsieur Hirsh est parti ?

Les sourcils blancs de la vieille s'arquèrent au-dessus de ses binocles.

– Vous êtes pas au courant ?

– Je savais qu'il partait, hmm, mais je croyais que c'était plus tard.

– Il est parti avant-hier. Aujourd'hui ils sont venus chercher ses affaires, les déménageurs. En deux heures

216

c'était réglé, hop ! Il a dit qu'il repartait en Amérique. Une promotion, mais il avait l'air triste de partir. Je pense bien, il va regretter Paris. Il était vraiment gentil, moi aussi je vais…

– Je vous remercie madame, bonne soirée.

John lut la lettre en marchant.

« Monsieur Nichols,

La situation, vous l'avez compris, est devenue impossible pour moi à Paris. Je dois repartir pour les États-Unis. Ma carrière est en question, mais j'essaie de faire ce qui me semble important désormais.

Alan m'avait demandé de poster une lettre, à votre adresse dans le Lot, au cas où il arriverait quelque chose. Je n'avais pas compris alors de quoi il voulait parler… Sachez que j'ai posté ce courrier après notre rencontre à l'ambassade. Une lettre d'Alan pour vous. Je ne sais si vous êtes encore à Paris, peut-être êtes-vous déjà de retour chez vous et avez trouvé le courrier. Peu importe, il est presque amusant, même en de telles circonstances, de quitter cette ville en y laissant un message mystérieux. J'espère que vous lirez ce billet, que je laisse à la gardienne de mon immeuble en désespoir de cause, ne pouvant vous joindre.

Alan parlait beaucoup de vous, je regrette de ne pas vous avoir mieux connu. Je n'ai pu parler à personne, mis à part au secrétaire Frazer mais de façon bien déplaisante, de mon amour pour votre ami. C'est une tragédie, mais je pense après tout qu'il l'avait souhaitée. Cette lettre pour vous me fait croire qu'il avait préparé son départ. Vous le connaissiez mieux que moi, peut-être comprendrez-vous mieux aussi.

Excusez mon petit subterfuge quant à votre nom, une simple précaution.

Au revoir.

F. H. »

Alan avait décidément un don pour le casting. La perspicacité du tortionnaire ?

John eut un rictus amusé en repensant au diplomate. Il n'avait pas compris grand-chose. Un peu de frisson, à s'encanailler avec un fakir subversif. Petit coup de pied dans la hiérarchie de papa. Un amour sous influence et douteux, mais il avait fait sa part du boulot. Hirsh s'en remettrait sans doute.

*

Son téléphone portable sonna. Sursaut. Sueur froide. L'écran brillait dans le noir de la cuisine. *Appel inconnu*. Pas Lambert. Roman ? Au pire, il pouvait gagner encore un peu de temps. Il inspira, décrocha.

– Lieutenant Guérin ?

– Oui.

– John Nichols.

– Qui ça ?

– John, l'aéroport, l'ami d'Alan Mustgrave.

– Je ne peux pas vous parler maintenant.

– Je dois vous voir.

– Je n'ai pas le temps.

– Il faut qu'on se voie.

– Je vous rappelle.

– Je n'ai pas de tél…

Guérin avait raccroché, furieux, chargé d'adréna-line. Des minutes perdues, une énorme fatigue, les nerfs à vif. Bientôt une heure. La maison était retour-née, Nichols et son fakir surgissaient à nouveau, au milieu des égouts Kowalski. Il posa la torche et appuya ses mains sur le plan de travail. Il respira par le ventre, s'accordant une minute pour retrouver ses esprits. La sueur perlait sur son crâne chauve, coulait dans ses yeux. Sa transpiration acide se mêlait aux odeurs de graillon. Il éclaira la hotte au-dessus de la plaque de gaz, appuya sur le bouton de mise en marche.

L'aspiration ne se déclencha pas. Il bondit en arrière et lâcha le couteau. La lame rebondit sur le carrelage, des cris aigus qui déchirèrent ses tympans. Son télé-phone avait recommencé à sonner. Toujours pas Lambert. Il attendit que les sonneries se terminent et ramassa le couteau, le cœur à deux cents pulsations seconde. Il arracha la grille de la hotte. Collé au filtre imbibé de graisse, un sac plastique, et dedans une grande enveloppe kraft. Il glissa la main à l'intérieur, les dents serrées sur le métal de la lampe. Le téléphone annonça un nouveau message, et cette saloperie de bip le fit tressaillir. Des photos couleurs. Des cadavres sur des tables d'autopsie. Kowalski… Guérin vomit, un jet brûlant qui envoya la lampe valser à travers la cui-sine.

Il partit en courant, dérapant dans sa gerbe, sauta par la fenêtre du salon et rejoignit Lambert à la voiture. Il s'écroula sur le siège, livide, tenant l'enveloppe dans ses mains tremblantes.

Lambert, à cran, écrasa l'accélérateur.

– Où est-ce qu'on va, Patron ?

– Chez toi.

Guérin écouta le message dans un brouillard complet. L'Américain avait rappelé.

« Lieutenant, c'est encore John. Je suis dans une cabine, j'attends une demi-heure. Rappelez-moi, c'est urgent. »

– Nichols ?
– *Yes.*
– Qu'est-ce que vous voulez ?
– Il faut qu'on se voie, c'est important.
– Où êtes-vous ?

– Lambert, métro Rue-de-la-Pompe, on va chercher l'Américain.
– Patron, qu'est-ce qui se passe ? Qu'est-ce que vous êtes allé chercher chez Roman ?
– Des preuves, mon petit Lambert, que le pire est toujours à venir.
– Et le hippie, l'Américain, qu'est-ce qu'il a à voir là-dedans ?

Avenue de Paris ils croisèrent la voiture de Roman, sirène hurlante. Lambert se tassa sur son siège.

*

John monta à l'arrière de la voiture. Il n'y eut aucun salut. Lambert avait chargé l'Américain et repris la route. John remarqua la couture sur le visage de Guérin, sans demander ce qui lui était arrivé. Les visages s'harmonisaient.

220

– Vous avez continué à fouiller, monsieur Nichols ? Vous avez trouvé quelque chose ?

– Alan n'a rien à voir avec votre affaire.

– Toujours aussi sûr de vous ?

– Des gens me cherchent maintenant, ceux qui étaient après Alan, rien à voir avec votre enquête.

– Qu'est-ce que vous faites ici, dans ce cas ?

– Alan a fait chanter Frazer, le secrétaire de l'ambassade. Frazer était le superviseur d'une unité au Koweït, en 91. Des spécialistes des interrogatoires. Lundquist, c'est son vrai nom, était avec la CIA. Alan était un de ses hommes, son protégé. Je crois que Frazer a utilisé Boukrissi, le dealer, pour tuer Alan.

Lambert poussa un profond soupir. L'Américain était encore plus cinglé que le Patron.

Dans le studio de Lambert il n'y avait pas de place pour trois, sans parler de l'écran géant. Vingt mètres carrés en comptant le bac à douche, les deux faces des étagères de la cuisine et l'intérieur du ballon d'eau chaude. Ils restèrent debout, en attendant que le stagiaire sorte une chaise pliante d'un placard.

Douzième étage. Une vue imprenable, par la seule fenêtre, sur la cité des Nuages, à Nanterre. Des tours aux angles arrondis des années soixante-dix, décorées de cieux en trompe-l'œil, camaïeu de gris et bleus délavés. Enchanteur sous une demi-lune sale. Au pied des immeubles des lampadaires, sous lesquels des groupes de jeunes fumaient et se bousculaient. Les lumières étaient auréolées de brume, îlots cotonneux au pied des bâtiments, où se serraient les ados.

Au loin la grande fenêtre illuminée de l'Arche de la Défense, de plus en plus à l'étroit entre les nouvelles tours, les grues et les immeubles de Puteaux poussant comme des champignons.

John s'éloigna de la fenêtre.

– Vous voulez boire quelque chose ? J'ai de la bière, proposa Lambert.

Guérin fit non de la tête, l'Américain accepta une Kronenbourg dont l'étiquette humide sentait le camembert.

Guérin sortit son carnet et Lambert, répétant les gestes du Patron avec quelques secondes de retard, son agenda.

– Nous vous écoutons, monsieur Nichols.

– Quoi ?

– Parlez-nous de M. Mustgrave.

John descendit la moitié de la Kro, dos à la fenêtre.

– En 90, quand il a recruté Alan, Lundquist avait un peu plus de trente ans. C'était un officier des Renseignements de l'armée, que la CIA avait embauché. Il est de la génération des Américains qui sont tristes de plus avoir les rouges à combattre. La guerre froide était juste terminée, la guerre du Golfe a commencé. Un coup de chance pour les types dans son genre, les patriotes…

Une heure pour tout raconter, en piétinant dans le minuscule studio. L'histoire du fakir hémophile ne fit rire personne. John avait tout balancé. La bouteille de Jim Beam, Alan, la thèse, Bunker, les deux sbires de Boukrissi, Königsbauer et l'argent, Hirsh et le message qu'il venait de trouver. Une heure pour reprendre le fil, de Venice à Paris.

John se tut, aux prises avec le sentiment écœurant que son histoire était un tissu de mensonges, inventé à mesure pour satisfaire son public.

En guise de conclusion, il annonça la suite.

– Bunker a pris un train ce soir, pour aller dans le Lot récupérer ma thèse.

Guérin avait pris quelques notes, Lambert avait rempli son agenda jusqu'au mois d'août et posa la première question :

– Vous voulez une autre bière ?

Guérin croisa les jambes et fixa l'Américain.

– Pourquoi êtes-vous venu en France, John ?

John s'approcha de la fenêtre et regarda les lampadaires, douze étages plus bas.

– Après le départ d'Alan, en 2006, la CIA m'a contacté. Ils m'ont proposé de travailler sur un programme d'aide aux vétérans, des anciens des *special services*. C'était un autre deal, presque du chantage : on oublie Mustgrave si vous travaillez pour nous. Les US ont toujours pris soin de leurs ennemis… J'ai accepté. J'ai pas l'impression que je me suis… Comment vous dites ? Vendu ?… Je pensais que je pouvais faire du bien, en travaillant avec des gens comme Alan. C'était hypocrite, je sais : l'armée voulait soigner des types qu'elle avait détruits, pour que ça reste discret. J'ai accepté quand même… J'ai vite compris qu'ils utilisaient pas mon travail pour soigner, mais pour perfectionner les trainings. J'ai démissionné. Je suis venu dans le Lot, j'ai arrêté toutes mes recherches. Je voulais oublier… John sourit à son reflet, superposé au paysage de la banlieue. C'est bête. On peut pas oublier. Pendant six ans j'ai répété à Alan qu'il fallait parler, raconter. Et c'est moi qui me suis caché dans les bois. Il était plus courageux… Vous savez, j'ai signé les mêmes contrats de confidentialité que lui. C'était peut-être seulement ça que voulait la CIA ; pour que je sois coincé. Si cette affaire devient publique, je peux plus

223

rentrer aux States. Parce que je serai un traître. Alan savait pas… Tu crois toujours que tes suicides sont en rapport avec le fakir ?

Guérin était déçu par la question ; il se redressa, pour expliquer lentement à cet élève récalcitrant :

– Ce sont les mêmes affaires, seulement des points de vue différents. La même affaire que Kowalski. Des morts sur scène.

– Kowalski ?

Le flic ouvrit l'enveloppe et déposa une par une les photos sur la table basse de Lambert.

Des cadavres dans des positions variées, sur des tables d'autopsie ou des chariots de morgue, comme celui où John avait vu la dépouille d'Alan. Un homme nu, le même sur tous les clichés, en train de les baiser. Des cadavres d'hommes et de femmes, avant ou après autopsie.

– C'est ça, Kowalski. Un bon flic, un fakir, un tortionnaire et un torturé. Je pensais que les preuves avaient disparu dans l'incendie de sa maison, le soir où je suis allé le chercher pour l'interroger. J'ai regardé sa maison brûler, avec lui dedans. Un suicide, somnifères et gaz de ville. Ces photos viennent de refaire surface, après le suicide d'un autre homme. Depuis deux ans, on m'accuse d'avoir poussé Kowalski à la mort, à cause d'une enquête imaginaire…

Les yeux dans le vague, Guérin se parlait à lui-même. Lambert sirotait une bière au camembert, silencieux. John regardait les photos, blafard, un imbroglio de français et d'anglais dans la tête.

– Peut-être quelqu'un l'a tué, comme Alan… Celui qui a pris les photos ?

– Le commanditaire… Le vrai tueur, c'est toujours le public.

– *Saint Sebastian Syndrome*…

Guérin sortit de sa léthargie.

– Vous dites ?

– Les tableaux de saint Sébastien. L'archer, celui qui regarde, le spectateur. C'est le bourreau.

14

La vitre ne reflétait plus que son visage, sur un fond noir strié par les lumières de la banlieue. Il avait vu passer, toujours plus vite, les bâtiments modernes et éclairés du nouveau Paris, des immeubles aux éclairages moins somptueux, puis des rues désertes de villes dortoirs aux pavillons endormis. Ensuite, passé les Ulis, les grandes plaines noires. La campagne se devinait, derrière le verre Securit, à un silence plus profond qui avait pénétré les voyageurs. Un silence proche de l'envie de dormir. Son visage était devenu plus net, plaqué sur ce décor invisible. Un voyage où l'on ne contemple que soi, en mouvement dans des paysages interprétés. Si la trouille ne les collait pas au sol, les vieux taulards feraient de bons voyageurs.

Train de nuit.

Il avait fallu prendre le métro, avant ça ne pas avoir l'air d'un con devant le Gamin, à sortir de la naphtaline son vieux costume de truand. Un deux-pièces dans lequel il avait eu du mal à entrer en 91, plus encore dans sa cabane dix-sept ans après. Mais c'était de la bonne camelote et il avait rentré son ventre, encouragé par l'idée de ressembler à quelque chose.

Un loup des villes, flibustier à balafre des bas-fonds chics des années quatre-vingt. Le costume sentait la gloire passée, la flambe et la nuit. La fringue était parfaitement démodée, d'un marron jadis prisé que personne ne regrettait.

Bunker avait mené la grande vie entre deux séjours en taule, à une époque où d'autres renégats choisissaient les joies plus austères de la politique. Bunk' avait été un amateur de casinos, et le chien Mesrine résumait son point de vue sur la question révolutionnaire. Surtout quand elle servait de cause à des psychopathes. Ce genre d'illuminés n'étaient pas les plus désagréables à fréquenter en cabane, mais il les trouvait parfois indécents. Accuser le pouvoir d'injustice, quand on prenait son pied à manier la mitraillette, c'était amusant un moment. Certains avaient le cœur pur et des idéaux violents, d'autres étaient des enfoirés dont il se méfiait. Sa liberté, il l'avait perdue trois fois en serrant les dents. Il n'avait pas justifié ses braquages à l'aune du marxisme-léninisme. Sympathisant peut-être, mais à sa manière. Un type lui avait dit, en 75 à Fleury, qu'il était *structuraliste*. Merde. Le costume n'avait plus grand-chose de réactionnaire. Plutôt anachronique.

Mesrine, la queue basse, avait reniflé le pantalon aux relents d'antimite. En y repensant, le costume lui avait collé une peur panique. Il l'avait sur le dos en 83, et à sa sortie huit ans plus tard. Pas très rassurant de le voir ressurgir. Il avait hésité à partir avec ses frusques de gardien, mais au final c'était pire.

Encore avant, il avait fallu résister, prouver au Gamin qu'il ne partait pas la fleur au fusil. Ça avait duré quelques minutes, puis il avait trouvé lui-même des arguments. Bunker avait remercié les événements, sans le dire au Gamin, un peu honteux de ne pas y être arrivé seul.

– C'est pour deux ou trois jours, on est d'accord ?... De toute façon j'ai des tas de congés à prendre. La mairie me doit bien ça, non ? Mesrine peut prendre le train. Mesrine peut venir ?... Je fais ça pour te rendre service, Gamin. Mets-toi bien ça dans le crâne... Personne s'apercevra que je pars quelques jours. Merde, personne s'est aperçu de rien quand je suis parti huit ans !... Comment on y va chez toi, Gamin ? T'as les horaires ?... Y a des changements ?... Faut que tu me fasses un plan, sinon je vais jamais le trouver ton campement... Putain, écris plus gros, Gamin, j'y comprends que dalle à tes pattes de mouches. Saint Quoi ?... Merde, ma valise est morte. Faut que j'en achète une autre. Fais chier bordel ! Je vais pas prendre le train avec une valise qui tient à la ficelle ! Et la bouffe pour Mesrine ? Où est-ce que je vais trouver des croquettes pour le clébard ?... L'épicerie quoi ? Bertrand ?... En face de... Y a un bistrot ? Eh ben c'est déjà une bonne nouvelle. Elle a quel âge, la mère Bertrand ?... Laisse tomber. T'as de la ficelle dans tes affaires ?... Et tes papelards, tu dis qu'ils sont où ? Je vais jamais le trouver ton trou à rats ! T'as même pas l'air de pouvoir le trouver sur une carte !... Quoi ? C'est pas sur les cartes ?... Saloperie, je rentre plus dans ce futal... Ravale ça, petit, sinon je te fous Mesrine aux fesses ! J'ai pas la trouille et c'est pas naturel ! J'ai juste besoin de m'organiser, c'est pas difficile à comprendre, bordel !

Dans le métro, pendant le trajet pour Austerlitz, il avait maudit le psy. Il avait chaud, Mesrine flippait à chaque fois que s'ouvraient les portes du tube. Au changement de Denfert, la ficelle de la valise avait lâché, et son litron de voyage avait éclaté dans un couloir. Il avait ramassé ses affaires, le rouge au front, et Mesrine s'était barré le temps qu'il rafistole sa valoche. Dix minutes pour retrouver le chien. Mesrine était monté dans une rame de RER en partance pour Robinson. Il avait eu le temps de l'attraper par la peau du cou avant que ça démarre. Encore dix minutes pour retrouver sa correspondance. Il était arrivé à la gare en nage, sa carotide avait fait sauter le premier bouton de sa chemise. L'employée de la SNCF n'était pas gracieuse. Mais c'était la première femme à qui il demandait un service depuis quinze ans, et elle avait été aimable. Il avait couru comme un dératé, pour arriver une heure en avance.

Sous la grande verrière d'Austerlitz, Bunker avait bu un demi à une terrasse avec vue sur les têtes de quais.

Le cul des voitures, avec leurs essieux et leurs amortisseurs graisseux, avaient eu l'air de lui tourner le dos, de se foutre carrément de sa gueule. Des destinations aussi exotiques que Vierzon, Châteauroux ou Moulin avaient eu assez de morgue pour lui faire honte. La deuxième bière avait un goût de flotte, le vieux taulard était devenu maussade.

Vingt minutes. Seulement vingt minutes pour aller du parc à la gare. Depuis quinze ans, rien qu'une petite demi-heure. La colère avait tordu sa cicatrice, il s'était obligé à s'en vouloir plutôt qu'aux autres.

Quinze années perdues, quand on en avait soixante-six, ça pesait lourd. Putain, c'était pas des minutes. Des années. Quinze autres à l'ombre… Un quart plus un quart. Il n'avait pas fini l'addition.

Il avait sacrifié au jambon-beurre, et abandonné sans regret une moitié du sandwich au chien.

Il ne reconnaissait plus rien des modes, des gestes, des couleurs et des formes qui l'entouraient. Il nageait en plein contretemps ; vingt-cinq ans de retard. Il avait pensé : J'ai gardé mes regrets au chaud, j'en ai fait des murs plus épais que ceux de la taule. Par lâcheté. J'ai évité de les affronter, en croyant les enterrer. Et le Gamin a débarqué, avec son sac pourri et son fakir…

Il fallait décider maintenant. Il n'était pas encore mort, pas malade. Mais il n'admettait pas que ce soit possible, en une seconde, devant ces quais, de recommencer à vivre et d'oublier. Le feu, sa rage de refuser les compromis, lui avait semblé éteint. Bunker avait trempé sa chemise d'anxiété, avec l'envie furieuse de rentrer se planquer au Luco. Il avait tiré sur sa manche pour cacher le tatouage de sa main : l'impression immonde que son apparence grotesque dérangeait, que son odeur de naphtaline et de cachot se répandait dans la gare, gênant ceux qui savaient prendre des trains, oublier et partir. Il les avaient regardés, résigné à ne plus être un vivant à part entière. Les clients autour de lui avaient l'air fatigué, mais libres d'être las. Tout le monde semblait savoir où il allait et d'où il venait. La serveuse lui avait filé le bourdon. Une beurette avec la hargne de s'en sortir, qui traçait des lignes droites entre les tables rondes. Une furie pragmatique, avec des objectifs aussi solides que ses doutes : servir, débarrasser, encaisser, rendre la monnaie, élever son gosse, trouver un troisième boulot pour le week-end. Elle lui avait donné le tournis, à s'agiter avec autant de certitude dans sa peur d'exister. Pas un geste inutile, la moindre seconde était usée jusqu'à la semelle. Trente ans peut-être, un peu moins, les cheveux attachés pour fendre l'air plus rapidement. Elle avait escamoté son verre vide et s'était agenouillée pour caresser la tête de Mesrine, pause tendresse entre deux coups de vent.

– C'est quoi comme chien ?

L'adresse abrupte d'une môme qui avait appris l'essentiel, sans l'emballage. L'accent des banlieues, des yeux foncés aussi droits qu'elle marchait.

– C'est un bâtard, je l'ai trouvé dans la rue.

– Les bâtards c'est les plus sympas. Comment y s'appelle ?

– Mesrine.

– Comme le film ? Ils disent que c'est une histoire vraie, mais j'y crois pas.

Bunker avait desserré les lèvres, un début de sourire en repensant au Gamin. Mesrine le chien avait une coiffure punk après qu'elle eut arrêté ses caresses de sauvage.

– C'est une vraie histoire.

La serveuse s'était redressée.

– Vous avez connu ça, le temps de Mesrine ?

– Ouais, j'ai connu.

Bunker avait baissé la voix pour qu'on ne l'entende pas trop. La serveuse parlait haut et clair en essuyant la table voisine.

– Vous allez où ?

– Saint-Céré, dans le Lot.

– Le Toulouse de 21 h 58.

Elle aussi vivait au cul des trains.

– C'est ça.

– Moi j'ai mes congés en août, je vais à Royan. Vous allez souvent dans le Lot ?

– Première fois.

– C'est beau là-bas ? C'est la campagne ?

– Je sais pas.

– Vous savez pas où vous allez ?

Elle avait rigolé, dégainé des dents à déchiqueter les pommes, et disparu en courant.

Bunker avait accusé le coup, sur le point de reprendre confiance en lui. Même s'il lui rappelait sans doute son grand-père, la serveuse lui avait souri. Pas une maman du parc, pas une étudiante ou une adolescente du Luco. Une femme, une vraie, dans son milieu naturel, pour lui homme libre. Il suffisait d'ouvrir la bouche, sans peur de la noyade, ni de la douleur quand l'air allait déchirer, dans ses poumons, de nouveaux hymens.

Une trouille joyeuse avait secoué sa tignasse d'un frisson : *Votre attention s'il vous plaît, l'Express Téos 3624 à destination de Toulouse, départ 21 h 58, partira quai 17, voie H. Ce train desservira les gares de…*

Il avait compté sa monnaie en vitesse, tirée d'une poche autrefois remplie de Pascal, ces énormes billets qui claquaient comme aucun autre. Il s'en foutait, la richesse ne lui avait rien apporté qui eût duré et un homme de son âge avait encore droit à l'amour. Il avait laissé trois euros de pourboire sur la table, une petite fortune flambée sans regret.

Bunker avait attrapé sa valise, Mesrine avait bondi derrière lui et ils avaient emmanché le quai 17. Bunker serrait le billet dans sa pogne, comptant une par une les voitures, se répétant les numéros deux cents fois entre chaque porte avant d'atteindre la sienne. La main sur la poignée en Inox, son godillot sur le marchepied.

La nuit avait été une bonne excuse pour ne pas paniquer. L'Américain l'avait pris dans ses bras, rue de Vaugirard, comme un vieux camarade, comme un fils qui aurait envoyé son paternel à la campagne quand la guerre éclatait en ville. Pas un fils. Un ami. Un vrai qui l'avait mis dans la merde.

Assis sur son siège, à contempler son reflet blanc, il semblait à Bunker que des détails du Jardin disparaissaient déjà de sa mémoire.

*

Il ne dormait pas, il n'en avait aucune envie. À Vierzon, contre l'avis général, il avait trouvé des choses à voir, même depuis la porte du train. Des gens qui descendaient, d'autres qui montaient, les gueules endormies de ceux qui attendaient des passagers. Il avait reniflé l'air, essayant de retrouver l'odeur d'une ville de province industrieuse et longtemps communiste. Il se souvenait d'une halte à Vierzon, l'été 72 ou 73, en remontant en R 16 de la Côte, les poches pleines. Il s'était assis à une terrasse, à l'époque il devait tourner au Fernet-Branca. Le train repartit après une minute d'arrêt, et passa sous un pont métallique aux couleurs pétantes. Une monstruosité nocturne qui le mit en joie. Mesrine était calmé, Bunk' avait soif et ils marchèrent à la rencontre du vendeur ambulant.

Le type se la coulait douce dans un compartiment réservé, en milieu de rame. La cravate rouge de sa boîte lui allait comme une corde à un pendu ; sa quarantaine lourde, ses avant-bras de fraiseur et trois points en triangle, tatoués à la base du pouce gauche, y étaient sans doute pour quelque chose. Bunker lui acheta deux petites bouteilles de vin à un prix exorbitant, essayant de cacher sa croix. Mais l'ex-détenu vendeur de sandwiches, probable élu d'un programme de réinsertion, l'avait déjà repérée. Une reconnaissance désagréable, avec ses codes et ses attributs. La méfiance d'abord. Parce qu'on était entre bêtes, qu'on avait peut-être des amis ou des ennemis incompatibles, dedans et dehors. Ensuite le lien, ce putain de lien que les anciens taulards unis du monde avaient entre eux : ne pas avoir honte comme devant les autres d'avoir été là-bas, et une sorte de fierté débile face à quelqu'un qui savait ce que c'était, que les jugements de valeur, là-bas, n'étaient pas les mêmes, et à quel point c'était dur même si on ne le disait jamais. Mais surtout, la reconnaissance de la peur, dans les regards qu'ils se renvoyaient l'un l'autre. La saloperie de peur de ceux qui savent que la liberté est un cadeau conditionné : pas de vagues. Bunker voulait filer avec son pinard avant qu'on ne commence l'échange de pedigrees, rompant avec la tradition de se parler toujours, même le minimum, entre anciens. Parce qu'il fallait établir une hiérarchie, peser chaque mot et chaque geste alors qu'il voulait parler simplement, serrer les dents alors qu'il voulait sourire.

Il s'éloigna brusquement.

– Hé !

Ce n'était pas le premier taulard qu'il croisait dehors. Mais ce type le mettait mal à l'aise. Une piste laissée derrière lui, où qu'il aille, le jour de son départ.

Bunker serra les poings, Mesrine avait les crocs à l'air.

– Hé, votre monnaie, monsieur.

Une voix de péquenaud passée à l'accent des banlieues, l'accent des prisons.

Le type lui tendait de la ferraille. Bunker l'empocha et le vendeur lui mit dans la main une autre petite bouteille de vin.

– Tenez. Moi non plus j'aime pas en parler, mais je sais jamais comment faire. Le vendeur frottait son tatouage avec ses gros doigts, les mains d'un mec qui avait un potager et s'y sentait bien. Bon voyage.

Bunker resta comme un con à essayer de lui dire quelque chose, le plus beau cadeau de sa vie dans la main, mais le vendeur était déjà reparti dans son compartiment. *Bon voyage.*

À Brive-la-Gaillarde il poireauta deux heures et demie sur le quai, au milieu de la nuit. Assis sur un banc, le col de son costume remonté, le vieil ours avait écouté l'aiguille de l'horloge claquer à chaque minute. Il avait bu à petites gorgées la dernière bouteille de vin, fumant des roulées en attendant le train qui ralliait Saint-Céré. Départ 5 h 57, arrivée 7 h 49. Mesrine était collé à ses pompes et roupillait d'un œil. À 5 h 50 trois jeunes sévèrement attaqués, vingt ans sans plus, déboulèrent sur le quai. Ils balancèrent des canettes qui explosèrent sur les rails. Bunker continua à surveiller l'horloge. Mesrine ne dormait plus que d'une oreille.

Le train régional, un diesel noirci et vieillot, n'avait que deux voitures. Bunker laissa les jeunes monter, puis s'installa le plus loin possible. Pas d'autres voyageurs. Les fêtards s'étaient jetés sur les banquettes, deux places chacun, en se bousculant. Bunk' avait posé sa valise à côté de lui, sa main tatouée à plat dessus. La fatigue commençait à lui brûler les yeux, mais il attendit que les trois gamins s'endorment, vaincus par leur nuit de bringue, avant de tomber les persiennes.

Il fut réveillé par l'immobilité, alors que le train faisait arrêt dans la gare minuscule de Bretenoux. Bunker ne retrouva pas son reflet sur la vitre ; l'aube grise éclairait le quai désert et ses yeux traversaient le verre. Les jeunes avaient disparu. Il sortit de sa poche les indications de l'Américain, qui avait noté toutes les gares entre Brive et Saint-Céré. Bretenoux, avant-dernier arrêt. Sa tocante indiquait 7 h 30. Il voulait dormir encore, mais la brûlure du ciel, à l'est, retint son attention. Une irisation orange, sur un horizon de petites montagnes. Il regarda, sans le quitter une seconde des yeux, le soleil qui sortait de la terre. Son premier horizon, son premier lever de soleil authentique depuis… Bunker n'avait pas fait, en sortant de la maison d'arrêt, de voyage à la mer. Le phantasme préféré des longues peines, sujet de discussion sans fin les soirs où le moral est en berne. « Mettre sa gueule dans le lointain », « respirer les embruns », « voir loin, le plus loin possible ». Un rêve dont on se méfiait, que certains s'interdisaient et ne voulaient pas écouter, parce qu'il faisait trop de bien et que le temps semblait ralentir encore un peu plus quand il était terminé. De Fleury, Bunker avait pris directement le bus pour Paris, sans passer par l'horizon. Tout le monde faisait ça.

Il posa le pied sur le Lot en commençant par le quai de la gare de Saint-Céré. Le sol était aussi dur qu'ailleurs. Lorsque la micheline se fut éloignée, il tendit l'oreille… Silence. Quelques voitures de l'autre côté du bâtiment, seulement pour rappeler qu'il y en avait. Des insectes. Des grillons, comme avant dans le métro, quand ils se nourrissaient du tabac des mégots. L'air avait une odeur à lui, qu'il n'empruntait pas à la pollution.

Costume d'immigrant, sa valise ficelée à la main, son bâtard immobile contre sa jambe, Bunker eut envie de rester là quelques heures, sans bouger. Une brise matinale déjà tiède agitait ses cheveux. Il sentait, autour de lui et des kilomètres à la ronde, l'absence de densité humaine.

Un taxi attendait devant la gare.

– Je vais à Lentillac, vous connaissez ?

Le chauffeur, tout juste descendu du singe et d'un tracteur, le regarda bizarrement.

– Eh bé oui je connais, je suis taxi !

Merde, les autochtones avaient l'accent. Bunker n'avait pas réalisé qu'il était descendu si bas au sud.

– C'est bon pour le chien ?

– Té, comme si on allait laisser les bêtes dehors !

Le chauffeur sortit de sa voiture et ouvrit le coffre. Il prit la valise des mains de Bunker sans tiquer, sans jeter un œil à son costume qui frôlait localement l'avant-garde.

Les terrasses étaient à peine sorties, les grilles des boutiques en train de se lever. Saint-Céré attendait neuf ou dix heures du matin pour s'activer.

– Vous allez à l'auberge ?

– Hein ?

– Vous allez à l'auberge de Lentillac ?

– Non, à l'épicerie.

– C'est quoi cette rivière ?

– Té, c'est la Bave.

La route montait, au fond d'une petite vallée étroite, verte et sinueuse. Elle surplombait un cours d'eau large de quelques mètres, qui frémissait et brillait. Bunker descendit sa vitre et laissa l'air glisser sur son visage. Mesrine restait obstinément aplati sur la moquette de la voiture.

La route s'éloignait de la rivière à mesure que la vallée s'élargissait. Le vieux taulard essaya de repérer, au passage, la piste qui menait au campement de l'Américain.

– On est à combien de Lentillac ?

– Quatre kilomètres.

Une minute plus tard il aperçut une route en terre qui plongeait à droite vers le fond de la vallée. Il déplia le plan du Gamin, avec le dessin de la route, les vaguelettes pour la rivière, la croix sur une maison qui représentait l'église et le village, la piste qui partait à droite en montant, trois kilomètres avant le patelin. Il n'en vit aucune autre avant d'arriver à Lentillac. C'était sans doute ça. Une bonne marche.

Arrivés au village, ils n'avaient pas croisé une voiture. Il était huit heures vingt, Bunker régla le taxi qui le déposait sur la place.

Monument aux morts, église, troquet, épicerie, poste. Un vieux sur le perron de l'église, appuyé à une canne. Mesrine reniflait timidement, toujours collé à la jambe de son maître.

Bunker se balança dans ses godillots, regarda deux fois de chaque côté de la départementale avant de traverser. La mère Bertrand était un remède à l'amour d'un âge incertain, son épicerie un magasin d'antiquités. Il remplit un panier de conserves, de pain de mie, d'un sac de croquettes et de trois bouteilles de Cahors, du bon ; les bouteilles étaient un peu lourdes et il avait des bornes à faire, mais en descente et il avait soif.

Piochant dans ses économies il paya la vieille. L'Américain lui avait donné de l'argent pour payer le train, plus quelques billets de dix pour les frais. Mais il tenait à dépenser son pécule avant d'en arriver là. Il fallait payer de sa poche, pour que la thérapie du psy fonctionne. La mère Bertrand n'était pas aussi indifférente que le chauffeur du taxi. Elle le regardait en biais, se demandant qui était ce milord décati en vadrouille dans le cul du monde. Elle ne rata pas le tatouage, sur sa main, quand il posa les billets sur le comptoir de la caisse.

Le vieux devant l'église s'était reproduit. Deux papis qui le mataient sous les visières de leurs casquettes.

La porte du bar des Sports était ouverte.

Sucrier en ballon de foot, coupes de foot, photos de foot, calendrier des pompiers, formica et fraîcheur, sombre et désert. Un refuge d'été contre la chaleur. Le tôlier était un nostalgique, mais les seuls ballons qu'il taquinait encore étaient en verre ; soixante-dix barreaux, encore vert sauf au niveau du tarin : de la liqueur de fraise.

Bunker commanda un café et un calva. Il n'avait pas eu peur depuis le quai de Saint-Céré. Il était arrivé, il avait vu le chemin, l'endroit était calme et beau. Le patron, un professionnel, s'occupa sans faire de commentaires pendant qu'il avalait ses consommations. Mesrine était resté debout, le museau pointé vers la porte ouverte.

– Vous êtes ouvert cet après-midi ?

– Toute la journée.

Ils repartirent à pied, le long de la route. Les deux vieux regardèrent s'éloigner l'étranger, avec son chien, sa valise en carton et ses sacs de courses.

Sa veste jetée sur l'épaule, échauffé par la montée du petit chemin, Bunker déposa son barda dans l'herbe. La plus belle cellule qu'il ait jamais vue.

Mesrine s'assit sur son cul, la queue fouettant l'herbe, les pattes tremblantes et les yeux levés sur son patron. Bunker le regarda, la lèvre un peu tremblante lui aussi.

– Vas-y ! Va !

Le chien ne bougeait pas, de plus en plus excité et trouillard. Bunker tendit son bras vers la nature :

– Vas-y !

Le vieux bâtard décolla ses fesses, partit en courant droit devant lui sur une dizaine de mètres, s'arrêta, regarda autour de lui, deux cents millions de cellules olfactives en plein feu d'artifice. Il suivit son nez de tous les côtés, se mit à aboyer, courant, s'arrêtant, repartant dans l'autre sens. Bunker avait les yeux rivés à son clebs, sans oser regarder le tipi, les petits aménagements solitaires et rationnels de l'Américain, le hamac entre deux arbres et la vallée ensoleillée qui s'ouvrait à ses pieds. Il s'assit en haut des marches en rondins et Mesrine le rejoignit. Le chien se colla au flanc du vieux taulard, et il regardèrent tous les deux vers la vallée.

– Chien, on va se plaire ici.

15

Guérin n'était pas rentré. Il avait veillé toute la nuit chez Lambert. Première fois, depuis deux ans, qu'il n'avait pas dormi à Voltaire. Churchill avait sans doute abreuvé la cour d'insultes, à moins qu'il ne soit resté silencieux.

Lambert avait reconduit l'Américain au Luxembourg, il était revenu à cinq heures du matin et s'était allongé sur le canapé. Guérin, assis devant la fenêtre, avait regardé l'aube s'installer, grisant peu à peu la cité des Nuages, révélant lentement ses couleurs usées. Un soleil pâle perçait la brume urbaine, le radio-réveil s'était déclenché à 7 h 30, journal sur RTL. Des informations agressives qui avaient brutalement sorti l'élève officier Lambert de son sommeil. Lambert s'était activé, un peu gêné par la présence du Patron dans son studio. Il n'avait pas changé son jogging aux couleurs de l'Arsenal, dans lequel il s'était endormi. La cafetière avait craché son jus. Guérin avait doucement levé les yeux vers Lambert et accepté la tasse fumante qu'il lui tendait.

Les photos étaient toujours sur la table basse ; le petit matin les éclairait faiblement, reliefs d'une bacchanale aux fragrances écœurantes, découverts au réveil, l'estomac au bord des lèvres. La fatigue cerclait leurs yeux rougis, les corps et les vêtements commençaient une nouvelle journée sans avoir pu se débarrasser de la précédente, ni de la nuit.

Son café bu, Guérin avait allumé son portable. Des sonneries avaient annoncé des messages qu'il n'avait pas écoutés.

Le petit lieutenant avait passé la main sur sa tête, laissant ses doigts courir sur des lignes roses apparues sous les croûtes arrachées. Des rayures de peau nouvelle, douces et sensibles. Une autre ligne de chair en reconstruction, couturée, barrait sa joue en une énorme ride noire.

– Mon petit Lambert, c'est maintenant que tu dois décider.

Lambert avait frotté son visage et pincé son grand nez, planté devant une étagère et la coupe du concours de tir. Les objets étaient encore flous, noyés par la lumière grise en une masse unique et sans contraste. La décision était délicate, mais finalement évidente.

– Patron, je vous ai déjà dit, je vous laisserai pas tomber.

– Ta carrière ?

Lambert avait remonté la fermeture Éclair de sa veste.

– … Je continuerai pas sans vous, de toute façon.

Guérin voulut ajouter quelque chose, mais Lambert n'écoutait plus, il regardait les photos. Des traits innocents du jeune flic saillaient des angles durs. Lambert avait mué. Un flic.

Guérin fit défiler son répertoire jusqu'à la lettre B. Barnier.

« – Qu'est-ce que c'est que ce bordel, Guérin ? Roman m'a appelé cette nuit, il raconte que vous avez dévasté sa maison ! Même la chambre de ses gosses ! Qu'est-ce que vous foutez ? Vous croyez que ce n'est pas assez la catastrophe comme ça !

Barnier n'avait pas dormi non plus, sa voix était fraîche.

– Il faut que je vous vois, commissaire. Je vous raconterai.

– Vous avez intérêt ! À mon bureau dans une heure, et j'espère que vous avez de bonnes explications !

– Je préférerais vous rencontrer ailleurs.

– Vous êtes fini, Guérin, arrêtez en plus de poser des conditions !

– Je pourrais appeler quelqu'un d'autre.

– Vous êtes cinglé. Où est-ce que vous voulez votre rendez-vous ?

– Peu importe. Disons… »

Dix heures du matin. Cimetière du Montparnasse, un quartier à lui seul entre Raspail, Quinet, Froidevaux et la Gaîté. Au-dessus des murs d'enceinte, la Tour du même nom et des immeubles commerciaux, projets verticaux qui lorgnaient sur cet immense espace horizontal au cœur de la ville, soustrait aux ambitions immobilières. Sur les plans de Paris, un carré d'un vert euphémique, en réalité d'un gris uniforme. Un empilement souterrain, reflet inversé des bâtiments soixante-dix du grand projet Maine-Montparnasse. Beaucoup d'anonymes, quelques célébrités de l'entre-deux-guerres, moins de show-biz que le Père-Lachaise ; parmi les anonymes, des flics pouvaient bien se glisser. Des milliers de tombes, aucune précision quant aux causes des décès. Vieillesse, accident, maladie, passion, crime. Combien de suicides ? On préférait l'ignorer, le chiffre aurait nui à la beauté de l'endroit.

Guérin marcha jusqu'au milieu de l'allée centrale, tourna à gauche et compta les travées. Onze. La simplicité d'une ville américaine, se dit-il en arrêt devant la sépulture. Le croisement de deux numéros suffisait à tout expliquer.

Un nom et deux dates, des fleurs en plastique qui décoraient une tombe rarement visitée.

Guérin sortit son téléphone :

– Commissaire ? Il y a un petit changement. Je ne suis pas au pied de la Tour, je suis au cimetière. Vous vous souvenez sans doute du trajet ?… C'est cela.

Barnier s'arrêta dix minutes plus tard devant la tombe. Guérin n'était pas là. Le divisionnaire fit un tour sur lui-même, balayant l'horizon hérissé de pierres tombales. Quelques vieux courbés ramassant des bouquets fanés, traînant un cabas de courses, mirant leurs faces ridées sur le poli du granit. Barnier tenait son chapeau à la main, il se pencha vers la tombe. Sa silhouette empâtée, engoncée dans un trois-quarts gris, fut secouée d'un frisson.

Christophe Kowalski 1966-2006

Sur la dalle, des babioles éternelles : « À notre cher collègue », « À notre ami », « Regrets sans fin », pas tellement d'amour mais des respects en quantité, quatre fleurs en plastique aux couleurs passées, dans un petit vase en fer blanc ; derrière les fleurs, un agrandissement photo de Kowalski, à poil sous un néon, en train de prendre en levrette le cadavre d'une femme.

Barnier se redressa, cambrant l'échine sous le coup d'un fouet imaginaire. Il fouilla à nouveau l'horizontalité du cimetière et vit le jeune Lambert, mains dans les poches, à quelques travées de lui. Lambert le regardait, l'épaule appuyée à un caveau gothique. Barnier se retourna en entendant crisser les gravillons.

– Bonjour, commissaire.

Barnier porta une main à sa poitrine, pour tâter son palpitant affolé. Lambert esquissa lui aussi un geste vers son aisselle, prenant le cœur battant du divisionnaire pour une arme. Mais le patron du Patron était seulement mort de trouille.

– Qu'est-ce que c'est que cette histoire, Guérin ? Où est-ce que vous avez trouvé cette… cette photo ?

– L'endroit vous plaît, commissaire ? C'est un peu théâtral… Savez-vous quel rapport il y a entre cette tombe et vous-même ?

– C'est pas le moment de jouer aux devinettes, Guérin ! Vous avez trouvé ça chez Roman ?

– Entre la nécrophilie et le service des Homicides ?

La voix de Barnier s'envola au-dessus des tombes, chevrotante.

– Arrêtez vos conneries !

– Entre un pervers et ceux qui le regardent ?

– Vous n'êtes pas dans votre état normal, Guérin. Vous déraillez. Peut-être que vous aviez raison pour Kowalski, mais ça ne change rien : vous êtes en train de débloquer. Kowalski s'est tué, vous n'allez pas remettre ça sur le tapis !

– Entre un suicide et un assassinat ?

– Mais qu'est-ce que vous voulez ? Qu'on vous fasse des excuses ? Ne comptez pas sur une médaille

247

ou quelque chose d'officiel ! Personne ne voudra faire remonter cette merde à la surface !

– Entre un photographe et un perroquet ?

Barnier posa un pied sur la sépulture et attrapa la photo. Il la déchira sans la regarder.

– Roman sera viré, si c'est ça que vous voulez. Mais pas question de contacter l'Inspection ou qui que ce soit d'autre. C'est ça que vous voulez ?

– Entre la tête d'un divisionnaire et la peau d'un flic ?

Barnier jeta des confettis de photo à ses pieds.

– Qu'est-ce que vous croyez, que vous allez vous en sortir seul ? Que vous allez détruire la Brigade avec la bénédiction du Ministère ?

– Commissaire, il a bien fallu que quelqu'un prenne ces photos… Que quelqu'un chaperonne Kowalski et ses amis. Même indisciplinés, il fallait bien leur donner des ordres, les couvrir quand ils allaient trop loin, pour qu'ils continuent à faire ce qu'on attendait d'eux. Vous n'êtes pas d'accord ? La réponse vous échappe encore, mais cela viendra. Disons que nous sommes une organisation étrangement civilisée, qui n'est pas débarrassée de certaines nécessités. Qui a besoin de gens comme vous. Excusez-moi : comme nous. C'est un poids difficile à porter, pour certains plus que d'autres…

Guérin regardait au-delà de son supérieur, la tête de guingois, calculant des trajectoires futures entre les tombes.

– Les déraillements, comme vous le dites si joliment, sont une fatalité. Aucun paradoxe à ce que l'anarchie, mentale pour le moins, ne se rencontre chez ceux qui ont pour tâche de maintenir l'ordre. Kowalski doit entrer dans une chaîne de commandement. Ce genre d'homme ne peut exister ni agir seul ; il est absurde de le croire. Vous deviez être là pour les protéger, passer l'éponge sur quelques imperfections… Croyez-vous que votre grade vous protège du reste du monde ? Donner les ordres, commissaire, c'est être le dernier à pouvoir y désobéir. Ce n'est pas une responsabilité de grand homme, c'est une pathétique illusion de pouvoir. Vous avez besoin d'obéissance comme d'un miroir, de serviteurs dévoués pour étayer cette illusion. C'est demander beaucoup à un homme, de le placer ainsi au carrefour du devoir et du dégoût. Des goûts et des dégoûts que vous aviez en commun avec Kowalski. Je me trompe ?… Mais après tout, Kowalski n'a tué personne, n'est-ce pas ?… Bien sûr. D'autres s'en étaient chargés avant lui. À ce point, tout ce qu'il manque pour garantir la stabilité de cet échafaudage, c'est un fusible pour parer aux imprévus ; un bouc émissaire. Rappelez-vous, commissaire : *Guérin, les Suicides, ici, c'est vous*. Vous avez fait de moi votre excuse, enfermé dans une pièce qui en était pleine. À la différence que je suis en vie… Il est plus facile de faire parler les morts que taire les vivants. Vous aviez raison. Les Suicides, c'est moi. Mais les assassinats, dans ce cimetière, c'est vous.

Guérin sourit, Barnier eut un mouvement de recul et buta contre un mur invisible.

– J'ai une quinzaine de ces photos. Inutile de les décrire, vous les connaissez. Que ce soit Berlion, Roman ou vous-même qui les ayez prises, cela n'a pas d'importance. Pas d'importance non plus de savoir lequel d'entre vous a ouvert le gaz chez Kowalski. Je souhaite seulement que vous en tiriez, avec vos semblables, les conclusions qui s'imposent. Que vous fassiez votre choix librement, en toute solitude. Plus de chaîne de commandement. Des comptes que vous ne rendrez qu'à vous-même. Vous serez remplacés par d'autres, mais il est bon parfois que des rouages questionnent leur usage. Quand l'idée de vous tuer vous traversera l'esprit – et cela arrivera, croyez-moi sur parole –, réfléchissez bien avant d'agir. Faites-le pour de bonnes raisons, commissaire. La merde – vous avez décidément le sens de la formule – n'a pas besoin de remonter à la surface. Elle recouvre déjà tout. Offrez-vous une bouffée d'air, goûtez la joie solitaire de l'anarchie ; ce n'est rien d'autre qu'un examen de conscience.

Guérin, les épaules basses, enjamba les petits morceaux de photo.

Il passa à côté de son adjoint et lui adressa un signe, de la visière de sa casquette. Lambert surveilla le divisionnaire, penché sur la tombe de Kowalski, pendant quelques minutes. Le flic marmonnait, seul au milieu des travées. Lambert leva les yeux au ciel, guettant une improbable éclaircie, décolla son épaule du caveau, s'étira et partit à la suite du Patron, traînant des pieds dans l'allée gravillonnée. Il se retourna avant de sortir du cimetière. Barnier était tombé à genoux sur le granit. Il n'en conçut aucun sentiment particulier.

16

Bunker trouvait tout ce qu'il cherchait dans les affaires de l'Américain. Allumettes, journal, du petit bois, les bûches, cafetière italienne et café. Allumer le feu lui avait quand même pris un peu de temps, à quatre pattes dans l'herbe, soufflant à s'en faire tourner la tête. Il avait changé son costume de malfrat pour un pantalon plus rustique, un débardeur et une chemise à carreaux de John, dont il avait remonté les manches. Il avait rebranché l'installation électrique, en suivant les indications que lui avait données le Gamin. John organisait son campement avec un ordre qui suivait la logique du vieux. Un petit univers d'une simplicité maniaque ; la liberté de l'essentiel, vaguement paranoïaque.

Mesrine tournait autour du campement en cercles de plus en plus larges, explorant ce nouveau territoire qu'il balisait de pisse tous les deux mètres. Son café à la main, Bunk' siffla le clébard qui avait disparu depuis une minute.

Il regardait le fond noir de sa tasse, puis devant lui, lançant chaque fois son regard un peu plus loin. Bunker fourrait sa gueule intimidée dans le lointain, pris de vertiges, la poitrine gonflée d'air. Plus de grilles, plus d'allées, plus de visiteurs. Le silence, un petit vent qui remontait la vallée, agitant les frondaisons. Le café était infect, l'Américain n'avait pas de sucre dans son tipi ; Bunker le fit durer le plus longtemps possible. La fatigue de sa nuit presque blanche lui pesait sur les jambes, mais il s'en foutait. Mesrine fit une apparition rapide, puis repartit chasser l'odeur d'un gibier dont il ignorait tout.

Bunker se pencha sur les feuillets reliés.

The Saint Sebastian Syndrome
The victim and the punisher
By John P. Nichols
UCLA 2006

Sous le titre, quelqu'un avait écrit quelques phrases en anglais, auxquelles il ne comprenait rien. Le reste aussi était en anglais. Il fit rouler les feuilles sous ses gros doigts, impressionné par la quantité de mots, étonné que l'on puisse écrire un truc aussi long pour dire, au fond, que l'homme était un tas de boue dont il fallait se méfier. La psychologie comportementale, il s'en tamponnait le citron, mais savait que dans ces épaisseurs de papier, il y avait des hommes à prendre au sérieux. Et à craindre. Il reposa la thèse et se rinça les yeux en regardant la rivière qui coulait en bas. L'humus et les sédiments donnaient à l'eau une couleur marron et dorée. Bunker dilata ses narines, essayant à la manière de Mesrine de retrouver l'odeur d'une baignade en pleine nature. Le soleil tapait dur mais était bon. Bunker s'imagina à poil en train de tremper son cul dans l'eau froide. Le vieux taulard eut une hésitation pudique et frileuse.

Il vérifia l'heure à sa montre, termina son café et siffla le chien.

Mesrine se rangea à ses côtés lorsqu'il descendit le petit chemin, un sac en plastique à la main.

Le soleil chauffait les genêts en fleur sur le bord de la piste, des digitales balançaient dans le vent et Bunker se rappela sa grand-mère, quand il était môme, lui expliquant que ces fleurs élégantes étaient *poison*. Bunker fit un petit pas de côté pour s'en éloigner, retenant un peu son souffle malgré la montée. Un gros criquet vola au-dessus de sa tête en vrombissant et il sursauta. Il s'arrêta de marcher, pour entendre les rires de ceux qui auraient pu se foutre de lui. Il était seul, il sourit. Quinze ans de taule, jamais peur d'une lame, terrorisé par un insecte.

Il remonta la route pendant un kilomètre, et un tracteur tirant une remorque vide s'arrêta à sa hauteur. Un vieux hippie à barbe, cheveux longs et foulard noué sur le front, était au volant. Une survivance du retour à la terre, avec un sourire aussi long qu'une soirée au pétard.

– Vous montez au village ?

– Ouais.

– Vous venez de chez John ? Il est pas là en ce moment ?

– Nan.

– Montez derrière, je vous dépose.

Bunker cligna des yeux. Le naturel du type le décontenançait. Il posa un pied sur la roue de la remorque pour se hisser et s'installa, les jambes dans le vide. Mesrine se mit à japper. Bunker frappa le plancher de la remorque, le chien se ramassa sur ses pattes arrière et sauta. Le baba cool semblait aux anges de faire du covoiturage avec son tacot. Il fit un signe de la main, pouce en l'air, et le tracteur démarra d'un coup sec, annonçant un départ fulgurant qui se solda par un bon vingt kilomètres à l'heure. Bunker rebondissait sur son cul. Des poussières de foin s'envolaient et s'accrochaient dans sa tignasse.

Le baba cool se présenta alors qu'il le larguait à la pancarte de Lentillac.

– Moi, c'est Bertrand. J'ai une ferme avec ma femme, un peu plus bas que la piste de John, cinq cents mètres sur la droite. Si vous voulez passer, vous gênez pas. On commence les foins, mais si vous venez après six heures on pourra se prendre un apéro.

Le hippie avait une petite soixantaine, il se penchait depuis la cabine de son antiquité fumante en tendant la main. Bunker lui serra la paluche.

– Édouard. Merci pour l'invitation, et pour le taxi.

Le bar des Sports était ouvert et vide.

Le patron était attaqué au rouge, qui lui remontait dans les yeux. Bunk' posa son sac sur le comptoir et commanda un ballon d'ordinaire. Il le descendit d'un trait, consulta sa montre et en commanda un autre. À quatorze heures, le téléphone du bar sonna. Le patron décrocha, écouta en silence puis transporta l'appareil devant son client.

– C'est pour vous.

Bunker remercia d'un mouvement de tête et se tourna vers la salle en collant le combiné à son oreille.

*

John avait dormi au Jardin, jusqu'en fin de matinée. Un sommeil agité que ses mauvais rêves n'avaient pas interrompu. Sa gueule avait presque repris ses couleurs d'origine. Son coquard, au premier coup d'œil, passait inaperçu ; ses côtes et son ventre étaient encore douloureux, mais il vivait avec. Après un café préparé sur le réchaud, il avait allumé une cigarette ; une sensation de manque persistait malgré le tabac. C'était l'heure, habituellement, de sa séance de tir. Le parc était plein de visiteurs et il se résigna, un peu soulagé. Il avait commencé le tir en même temps que sa thèse… Peut-être qu'il était temps d'arrêter, même s'il devait troquer l'arc pour la clope.

À midi il avait quitté le Luxembourg et marché dans Paris. Panthéon, Contrescarpe, Mouffetard, une balade d'Américain en visite. Aux Gobelins il avait racheté des cigarettes. Il avait descendu l'avenue de Choisy et traversé le parc. Les arbres et les pelouses n'étaient plus un succédané suffisant. Au carrefour de Tolbiac, il était entré dans une cabine.

Il obtint les deux numéros auprès des renseignements. Il ne laissa pas de message sur le répondeur de Patricia Königsbauer, et appela le bar des Sports, à Lentillac.

La voix de Bunker, là-bas, était lointaine mais rassurante.

– C'est moi. Ça va ?

– Bien.

– Tu as tout trouvé ?

– Tout.

– Tu as quelque chose pour écrire ?

John entendit Bunker demander un papier et un stylo au patron.

– Je t'écoute.

– Il faut que tu postes la thèse à Richard Guérin, 74 boulevard Voltaire, Paris 11.

– C'est qui ?

– Le flic qui travaille sur les suicides.

– Tu lui fais vraiment confiance ?

– Oui. Autre chose, Bunk'. À la poste, il doit y avoir une lettre pour moi, une lettre d'Alan. Il faut que tu fasses du charme à Mme Labrousse, la postière. Je te rappelle dans une demi-heure, faudra que tu me lises ce qu'il y a dedans.

– C'est tout ?

– Oui. Comment tu trouves le tipi ?

– Ça ressemble à ma cabane. En mieux.

– Dans trente minutes.

John retourna s'asseoir sur un banc du parc.

*

Bunker régla ses consommations et traversa la place.

– Assis ! Tu m'attends là.

Mesrine posa son arrière-train devant la porte de la poste.

Un vieux avec une canne était accroché au comptoir, nez sur la vitre et la bouche collée à l'hygiaphone. Bunker se prépara à attendre, mais le vieux s'écarta aussitôt. Il n'était pas là pour son livret A, seulement pour taper le bout de gras avec l'employée des Postes et Télécommunications, ladite Labrousse ; une rombière permanentée, chemisier à fleurs et des lunettes aussi épaisses qu'un aquarium. Le vieux s'intéressa à une publicité pour des assurances-vie, laissant traîner ses esgourdes deux mètres derrière lui.

– J'ai un envoi à faire. Il posa le *Syndrome de saint Sébastien* sur le comptoir. À Paris.

Labrousse pesa le paquet et lui donna une enveloppe à bulles.

– Vous voulez un envoi normal ou un Chronopost ?

– En express.

Bunker écrivit l'adresse de Guérin dans la case prévue à cet effet.

– C'est monsieur Nichols qui m'a demandé de lui poster ça. Qu'est-ce que je mets comme adresse, pour l'expéditeur ?

– Monsieur Nichols ? L'Américain ?

– Lui-même.

– Vous mettez son nom, Le Bourg, Lentillac, 46200 Saint-Céré. Son courrier arrive ici, le facteur ne descend pas jusque chez lui.

– À propos, il m'a demandé si je pouvais prendre son courrier.

– Normalement je n'ai pas le droit…

– Il attend des nouvelles d'un ami de Paris.

– Il ne vous a pas écrit quelque chose, une déclaration sur l'honneur ?

Bunker lui balança un sourire de matador, exhibant ses dents de môme.

– Il m'a dit : « Demande à madame Labrousse, elle est gentille, tu verras ! »

La bonne femme rougit, les yeux collés à ses doubles vitrages.

– Bon, je fais ça pour vous. Effectivement, il a reçu une lettre de Paris.

Labrousse fouilla dans un bac en plastique et lui donna la lettre, regonflant d'une main sa permanente.

– Ça fera huit euros vingt pour le Chronopost. Le paquet arrivera demain matin.

Bunker sortit, achevant la binoclarde d'un clin d'œil.

– Si vous voulez, je vous sors une table, comme ça vous pourrez fumer tranquillement. C'est de la connerie cette loi, té, c'est bien mon avis !

Bunker, coudes sur le zinc, finit de rouler sa clope.

– Bougez pas, je vais le faire.

Il sortit une table et une chaise, qu'il installa sur le trottoir au bord de la départementale. En face, sur le perron de l'église, le croulant de la Poste et un autre vieux se donnaient des airs occupés. Bunker leva son verre dans leur direction, les ancêtres le regardèrent sans réagir.

Le téléphone sonna au milieu de son troisième ballon.

– C'est encore pour vous ! appela le patron depuis l'intérieur du rade.

– J'ai posté ton bouquin, et j'ai la lettre.

– Tu peux ouvrir et me lire ?

L'enveloppe ne fit pas un pli entre les gros doigts de Bunker.

– Y a un ticket de caisse et un petit mot. C'est en anglais. Je peux pas traduire, Gamin, j'y comprends que dalle.

– Essaie de lire quand même.

– Merde, hmm. Bon, tu te fous pas de ma gueule, hein ?

– Vas-y.

– *« Bigue J, i ame sorry i did... didnete*, avec un *t*

258

apostrophe, *invite iou fort mi laste chaud.* » Je comprends rien. Tu comprends quelque chose ?

– Continue.

– Putain Gamin, tu me fais faire de ces trucs ! « *Tank iou fort everitingue iou dide. I dos ite vite no regret ande ite ise béteur thate iou are note ire :* ine the public, terre, avec un h, *vile bi onli pe... peauple thate are note mi friandes. Iou donte,* avec un *t* apostrophe, *beulongue terre,* avec un h. *i love iou, mi beste friande. Tac carre ofe iou ande forgive iour... iourselfe. Alan Mustegrave, Alan muste go ome.* » Putain, ça m'épuise ce truc. Tu comprends toujours ?

– *Yes.* C'est fini ?

– Y a encore une ligne, attends... « *iou vile finde ate tisse,* avec un h, *place a bague vite a litle présent frome me. Notingue,* avec un h, *important compare taux vate iou dide, bute sometingue taux mac iour life easi. Go travele John, dos ite fort me.* » Ça y est. C'est fini. Me dis pas que je dois recommencer !

– ...

– Gamin ? Tu m'écoutes ?

– C'est quoi le ticket ?

– Bouge pas... C'est une sorte de reçu. Y a une date, le 10 avril, et l'heure : 16 h 30. Et un tampon, merde, j'y vois rien... L'Encas... 43 avenue Gabriel, dans le 8ᵉ. Ça te dit quelque chose ?

*

John reconnut le serveur, le serveur se souvenait de lui : le grand sauvage avec son arc et sa couverture indienne. Il expliqua. Il avait perdu son ticket, il avait oublié un sac dans la remise, il avait eu un problème et n'avait pas pu revenir plus tôt.

– C'est pas réglo.

– Écoutez, je vais pas faire le malin, mais ton business est pas très réglo non plus. Je m'en fous. C'est mon sac, et je te laisse un pourboire que tu oublieras pas.

Le serveur réfléchit mollement.

– Allez-y, le patron est pas là. Dépêchez-vous.

John poussa la porte de la remise. Toujours quelques sacs de voyage, des valises, entre caisses de boissons et matériel de nettoyage. La lumière était faible. Il secoua les bagages, bougea des caisses. Entre une pile de bouteilles de Coca et un seau à serpillière, il découvrit un sac en toile noir. Il fit glisser la fermeture Éclair.

Deux billets de cent dollars, attrapés au hasard, clouèrent le bec du serveur. John ressortit en trombe.

Il passa devant l'ambassade sans y jeter un regard et marcha le plus vite qu'il pouvait sans courir.

Aux Tuileries il s'assit sur une chaise et rouvrit le sac. Des liasses de billets, de cinquante et de cent. Il en compta une de chaque. Dix mille par paquets de cent, cinq mille pour les cinquante. Au moins soixante paquets, en vrac, reliés par des bandes plastique. De quatre à cinq cent mille dollars.

Il regarda, sur le bassin à fontaines devant lui, des maquettes de bateaux que des gosses poussaient sur l'eau. Il sourit, imaginant Alan jetant cette montagne de fric dans une remise pourrie, à deux pas de l'ambassade. Même à deux euros de l'heure, il aurait pu laisser les intérêts courir un moment.

Guérin répondit à la troisième tonalité, un cri vrilla le tympan de John : Téléphoooone ! Téléphoooooone ! Puis Guérin demanda qui était à l'appareil.

– C'est Nichols. Il faut qu'on se voie.

– Qu'est-ce qui se passe ?

– J'ai trouvé quelque chose d'important.

– Vous avez mon adresse. Métro Saint-Ambroise.

Dans le métro il serra le sac sous son bras. La rame était pleine de gens qui rêvaient sans doute d'un pareil paquet d'oseille. John avait envie de balancer les dollars dans une bouche d'égout.

Il sonna chez Guérin.

La décoration de l'appartement était aussi minimaliste que l'ameublement, tout était propre malgré une odeur suffocante de volière. Dans le salon, sur un perchoir couvert de fiente, un perroquet répugnant se mit à hurler :

– Plus fooort ! Vas-y mon chouuuu ! Plus foooort !

– Tais-toi !

La bête n'avait pratiquement plus de plumes, à part sur la tête, et sa chair flasque était entaillée en plusieurs endroits. Une fois qu'il eut arrêté de crier il entreprit, à coups de bec, d'éplucher ce qui restait de peau sur ses pattes.

– Il s'appelle Churchill. Ne faites pas attention à lui.

John observa le perroquet, puis le flic, les cicatrices sur le crâne et sa balafre. Guérin ne portait pas de manteau, il ressentit une gêne devant ce corps fragile et tordu.

– Vous ne travaillez pas aujourd'hui ?

– Non. Par contre, vous semblez bien occupé.

John lui tendit le sac. Guérin l'ouvrit. Les billets ne lui firent pas plus d'effet qu'à l'Américain.

– C'est une jolie somme.

– Alan est mort pour ça. Je trouve pas que c'est beaucoup.

– Évidemment.

– Dites, votre oiseau, il est pas très en forme.

– Il fait une dépression. Guérin baissa d'un ton. Depuis la mort de ma mère.

John passa une main dans ses cheveux, perplexe.

– Il est en train de se tuer. Tu peux rien faire ?

– Je ne peux pas la ramener.

– Lui trouver une femelle ?

– Je crois qu'il est trop vieux.

– C'est jamais trop tard.

Guérin passa la main sur son crâne.

– Il faudrait quelqu'un de spécial.

– On en trouve.

Chacun un bras en l'air, ils regardaient le perroquet qui s'offrait en martyr à deux épaves humaines. John se tourna vers Guérin.

– Le manteau jaune, il était à votre mère ?

Guérin pencha la tête de côté.

– Pas du tout. Qu'est-ce qui vous fait croire ça ?

– Rien. Une idée. Vous avez pas dormi ? Vous avez l'air fatigué. J'ai rêvé des photos cette nuit, enfin ce matin. Comment ça se passe, pour Kowalski ?

Guérin regardait Churchill.

– La nouvelle doit faire son chemin. J'ai laissé Lambert à côté du téléphone. Il me tiendra au courant s'il se passe quelque chose. Je pense que ça ne devrait plus être long.

– Quoi ?

– Mais la fin, John, la fin.

– Vous les tenez ?

– Par les couilles, si vous voulez bien me passer l'expression. Notez que je ne m'en réjouis pas. Je ne l'ai fait que pour Savane.

John frotta sa barbe de deux jours, qui crissa sous ses doigts.

– Bien… Et les suicides, la théorie ?

– C'est différent. Il ne faut pas espérer de fin. Vous voulez boire quelque chose ?

Guérin l'entraîna dans la cuisine, un prétexte pour s'éloigner du perroquet qui les observait d'un œil mauvais.

John lui expliqua son idée, assis sur le plan de travail de la cuisine. Le flic lui tournait le dos, face à une fenêtre qui donnait sur la cour. Il agitait sa tête de caillou à intervalle régulier, un mouvement rotatif qui ne niait ni n'approuvait. Guérin prenait mentalement note, ou bien réfléchissait à tout autre chose. Il resta une minute silencieux après que John se fut tu.

– Où est-ce que vous voulez organiser cette rencontre ?

– Je vois pas trente-six solutions. Au Caveau de la Bolée… Vous trouvez que c'est trop… comment vous dites, théâtral ?

– Pas du tout.

Guérin était mal à l'aise.

– Je vais tout de même appeler Lambert. Il ne sera pas de trop si cet homme est aussi dangereux que vous le dites.

Le flic n'était pas gêné, il était inquiet.

– Vous avez peur qu'il arrive quelque chose au Caveau ?… John cligna des yeux. À Ariel ?

La nuque et le crâne du flic rougirent. Il se racla la gorge.

– Avez-vous une arme, monsieur Nichols ?

– *What ?* Non. Mais je peux en trouver une. Vous croyez que c'est nécessaire ? Je sais pas me servir de ces trucs.

– Ce n'est pas pour vous, John. Guérin se redressa. C'est pour moi.

L'Américain se fendit d'un sourire.

– Vous n'avez pas d'arme ? Vous êtes policier et c'est à moi que vous demandez une arme ?

– Je n'en ai jamais eu.

– Vous acceptez de m'aider ?

– Vous pouvez téléphoner dans le salon.

John avança prudemment dans la pièce principale. Le perroquet se balança d'avant en arrière, tendant le cou vers lui, le regard fixe. John composa le numéro de l'ambassade.

– Je voudrais parler au Secrétaire Frazer. De la part de John Nichols.

Le secrétariat le mit en attente, un morceau de musique pour patienter : *What a Wonderful World*, Armstrong.

Lorsque Frazer répondit, Churchill tendit son cou de toutes ses forces et hurla : Ha, ha, assassiiiinnnn ! des veines gonflant sa gorge déplumée.

Sur le palier, John serra la main de Guérin.

– Merci pour votre aide.

– N'en parlons plus. Vous savez ce qu'a dit Churchill ?

– Ça dépend, il était bavard…

– Il a dit que le seul véritable ennemi, pendant une guerre, était la vérité.

– C'était un homme politique et un militaire, il savait de quoi il parlait.

– À ce soir, John.

*

Bunker avait repris la route, non sans avoir un peu traîné au bistrot. À vrai dire, il était presque dix-huit heures et il avait sifflé du rouge sans interruption pendant plus de trois heures. Sa mission était terminée, il était en vacances à la campagne. L'ordinaire était du bon, il n'avait ni horaires ni besoin d'autre chose. Il avait bu jusqu'à ne plus avoir envie, point barre. Le patron avait même fini par se dérider. De quatre à six, il avait accompagné Bunker. Même cadence. Roger, le tarin en ballon de foot cramoisi, avait raconté le village. Bunker inspirait confiance aux professionnels. Il n'entrait pas dans un troquet pour jouer aux échecs, dans un boxon pour faire du social ou dans un casino pour écrire un livre. Quand il était au zinc, les barmen se sentaient exister pour de bonnes raisons. *Les pisse-tisanes, dehors !* Voilà ce qu'en disait Roger, au huitième canon. Un client de la trempe de Bunker lui faisait plaisir. Sorti de sa réserve, il était devenu intarissable. Il avait parlé de l'époque où il vivait à Cahors, de quand il avait joué au foot, division d'honneur à Montauban, après la guerre, de quand il s'était marié. Il avait raconté sa vie avec l'impression d'avoir une vraie discussion, parce que Bunker l'écoutait, avec sa gueule de rocher. En fait, le vieux truand n'avait presque rien dit. Il avait seulement donné des pistes, relancé le patron quand il était un peu à sec. Un ballon, une question. Jusqu'à ce que le tôlier soit fin mûr.

– Tu nous remets ça, Roger ?… Dis-moi, tu le connais, l'Américain ?

Roger avait rempli les verres sans éponger les débordements.

– C'est une vieille histoire. J'étais pas encore là, mais on m'a raconté.

Bunker avait levé son verre.

– À la tienne. C'est quoi cette histoire ?

– Boudu ! Ça remonte à la communauté, quand il y avait tous ces hippies. Ils vivaient là-bas, dans la vallée, avant que j'arrive à Lentillac. Une vingtaine de jeunes, à ce qu'on raconte. Y avait un Américain avec eux. Y en a qui disent qu'y s'est noyé dans la rivière. D'autres qu'il avait pris des drogues et qu'il en est mort. Y en a qui disent qu'y s'est tué. Personne a jamais vraiment su. Après ça ils sont tous partis. Y a une femme qu'est restée encore un peu. Personne est d'accord sur les dates, mais un fait, c'est qu'elle était enceinte. Un jour elle est partie aussi. Quand l'Américain est revenu, le grand blond hein ! pas l'autre, eh ben les vieux ont dit qu'il ressemblait au type qui était mort. C'est normal, té, c'était son fils ! Son père il est enterré ici, à Lentillac. Bertrand, un ancien hippie de la bande, c'est le seul qui est resté dans le coin. Il a une ferme. Un soir, ça faisait déjà quelque temps que j'avais repris le bistrot, il s'est un peu échauffé, le Bertrand. Devant moi, là où tu es ! Y avait des chasseurs. Il est pas copain avec eux. Bon, je sais plus comment c'est arrivé, mais il s'est mis à parler des armes et tout le machin, que ça rendait les gens cons. C'est bien ça qu'il disait : cons ! Et puis il s'est emporté, et il a raconté que l'Américain, celui qui est mort, il avait été au Vietnam, que ça lui avait cassé la caboche. La guerre, la chasse, les armes et la sainte Trinité, il a tout mélangé. Mais quand même, je m'en souviens. J'ai eu des copains qui avaient fait l'Indochine, et je peux te dire que eux aussi, ça les avait pas bien arrangés. Si tu veux en savoir plus, té, c'est à Bertrand que tu devrais demander !

Bunker avait laissé la conversation glisser vers d'autres sujets sans importance, vidé quelques verres de plus et repris la route.

À la sortie du village, il avait poussé la grille du cimetière. Quelques dizaines de tombes sous le soleil, un tilleul centenaire et vue sur la vallée. Un bel endroit. Il avait trouvé sans problème. Pas de fleurs, une pierre simple et une dalle poussiéreuse.

Patrick Nichols 1948-Austin-Texas,
1974-Lentillac, France

Bunker s'était assis sur une marche du caveau Michaud, en face de la tombe du paternel de John P. Nichols.

Mesrine s'était couché à ses pieds, indifférent au décor tant que la terre était chaude.

Bunker, le menton posé dans sa main, avait murmuré :

– Petit con.

Sans savoir s'il s'adressait au père ou au fils.

Au départ de la piste il hésita à continuer sur la route, pour aller jusqu'à la ferme de Bertrand. Mais il était bien entamé, et en avait appris déjà plus qu'il ne voulait. Il décida de remettre ça à demain. Il avait le temps. Mesrine s'était déjà lancé sur le chemin du tipi.

– O.K., le chien, on rentre *ate ôme* ! On va casser une graine.

Bunker descendit la piste en se demandant ce qui se passait à Paris. Il s'en voulait un peu de ne pas avoir dit au Gamin comment il était heureux ici. De ne pas l'avoir remercié, ni de lui avoir recommandé de faire attention à lui.

Il faisait encore chaud. Enthousiasmé par le pinard, Bunker se promit de piquer une tête dans la Bave.

Mesrine attaqua en courant la montée du petit chemin. Le soleil tombait lentement derrière la crête nord, enflammant le versant sud. Bunker apercevait déjà le grand chêne. Il arrivait à l'heure pour son premier coucher de soleil, un vrai, depuis vingt-cinq ans.

17

Le cuisinier, hirsute et pâle, avait lâché le tablier pour un T-shirt noir. Pas d'épaules de videur, mais parfait comme portier d'une soirée fakir. Un couple propre sur lui entrait, la trentaine, une jolie blonde et un minet, mal à l'aise dans un endroit où l'on se foutait de savoir combien il gagnait. La Gorgone à Gauloise tenait la porte ouverte, sans leur accorder aucune attention. Il leva un sourcil en voyant John approcher.

– *Tonight, super show.* Le patron sera content de vous voir. Elle est nerveuse, première soirée depuis Alan.

– Y a du monde ?

– On va bientôt refuser.

– J'ai un ami qui doit venir, un homme avec une canne. Il est arrivé ?

– Pas vu. Mais j'le ferai passer. Il s'écarta pour laisser passer l'Américain. *Enjoy the show*, dit-il en scrutant d'un œil morne la rue de l'Hirondelle.

John entra dans la salle les poings serrés.

Les pendards étaient écartés. Sur la scène, des accessoires encore mal éclairés. Une table, des pics, des crochets suspendus, un couteau, des bouteilles, des torches éteintes. La salle était bondée, le public remontait le long des voûtes. Cent personnes, peut-être plus. Du rock-électro se déversait des enceintes, trépidant, en sourdine cardiaque. Des gens assis, collés les uns aux autres autour des tables englouties, d'autres debout. Des portemanteaux surchargés, des tourbillons de fumée dans les cônes des éclairages. Des bougies rouges sur les tables. Une chaleur et une pénombre de four.

La plupart des visages étaient jeunes ; cheveux dressés sur les têtes, bras tatoués, reflets métalliques. Des pin-up gothiques dans de longs manteaux sombres, des bottes ferraillées et des sourires relevés au noir, comme les ongles. Des mecs maquillés, mélanges de chouettes blanches et de corbeaux. Des oiseaux de nuit, les yeux dilatés par les cachetons et la poudre. Des vampires amateurs de fakirs, au milieu des vieilles pierres, apôtres livides d'une poésie morbide. Déguisements, mascarade, complexes d'ados attardés sous les grands manteaux sans forme, chair cachée ou fardée ; originalité et appartenance, contradiction rabâchée. Des hommes qui regardaient les hommes, des femmes qui regardaient les femmes. Tout se mélangeait, les corps faisaient masse.

Aux tables le public était plus âgé, moins bavard, tout aussi noir mais plus strict. Des lunettes à montures années soixante, intellectuels et artistes post-gothico-punk, qui attendaient en silence. Des femmes aux bouches pincées, qui grinçaient des dents au lieu de rire. Des habitués de l'extrême conceptuel. Spectacles de fakirs et petites claques sur les fesses, timides, pour s'occuper intelligemment et tromper l'ennui du coït. Là pour voir un type souffrir, sans moufter, eux qui devaient dégueuler de plaintes, assommant à longueur de jour psys, conjoints et amis avec leurs tourments égotiques. Là pour voir un vrai acteur, un homme bien vivant se percer la peau… Un perroquet déplumé, saint Sébastien à la poursuite de son amour-propre. L'amour de soi, c'était ce que venait chercher le public. Un accès à soi-même, par l'entremise d'un homme qu'on se fait peur à voir souffrir.

John rit sous cape, et son sourire se changea en grimace.

Sébastien, disait-on, survécut aux flèches parce que les archers l'aimaient trop… Ils n'avaient pas osé viser son cœur. Fakirs et martyrs doivent considérer l'amour du public comme leur plus sérieux espoir. Le chemin de la sainteté, à une seule condition : convaincre que l'on meurt avec bonheur sous les coups. Spectacle.

Mais ce soir au Caveau, on ne venait pas pour l'amour. On était là pour la mort. Celle qu'on avait ratée, ou celle qu'on voulait revoir. Combien, dans la salle, avaient assisté à l'agonie d'Alan ? John déboutonna sa chemise et essuya la sueur sur son front. Combien étaient revenus ?

Saint Sébastien avait survécu aux flèches, avant de mourir sous les bâtons d'un public mieux choisi.

Le type qui allait monter sur scène avait intérêt à en mettre un coup.

Une serveuse asiatique en soutif, tatouée jusqu'aux oreilles, des muscles de karatéka ou de danseuse, se glissait entre les clients, un seau à champagne au-dessus de la tête. Elle le déposa sur une table devant la scène. John vit le couple bcBg de l'entrée s'y installer, rejoignant une paire tout aussi bourgeoise de Parisiens friqués. Les femmes faisaient dans la classe sexy, fendues et décolletées au maximum, en noir tandis que du rouge les aurait transformées en putes. Les ongles étaient faits, les sourires blanchis. Elles se saluaient sans se regarder en face. Les deux hommes, chemises décontractées et vestes sombres, se serraient la main de façon trop virile. Joli début de soirée. Plus tard, après le fakir, un peu de coke dans une boîte pleine de semblables, à se lécher la sueur des yeux et parler salaires ; puis l'échange, le mélange de l'identique dans un penthouse à miroirs : la consanguinité d'un capital, somme toute, qui s'épuisait rapidement.

Les tables les plus chères, devant l'autel, étaient occupées par les mordus du frisson chic ; ceux dont avait parlé Ariel. Les aficionados du *truc incroyable* qui ferait exploser les libidos anesthésiées, libérerait les phantasmes calibrés d'une classe stérile, obsédée par sa conservation. Une foule animale pour se salir un peu. Et l'odeur du sang, au premier rang.

Appuyé au mur à droite de la scène, le cou légèrement courbé par la voûte, l'adjoint Lambert, dans un jogging jaune. Seule tache de couleur dans toute la salle, on le remarquait à peine. Sa longue silhouette épousait la forme du mur, plaquée contre une vieille affiche de magie blanche. Le grand blond leva doucement la tête vers lui et leurs regards se croisèrent. Lambert n'avait plus son sourire de gosse qui regarde les avions décoller. C'était sans doute son nouveau visage qui le fondait dans la masse du Caveau. Lambert tourna lentement la tête vers une table, de l'autre côté de la salle. John suivit son regard.

Guérin, assis. Ariel, en débardeur, la peau luisante de sueur, lui servait un verre. Elle le couvait des yeux, entre poule et louve. Guérin observait la salle, peut-être à la recherche d'une table de trois. Une femme blonde et deux hommes ? Il avait l'air d'un premier communiant échoué dans un bordel.

La patronne traversa la salle, glissant entre les tables, frottant son cuir à tout ce qui passait. Elle chauffait sa clientèle, ou bien cherchait un peu de chaleur dans cette fournaise glaciale. Elle se planta devant John, sur la pointe des pieds, gorge ouverte pour se faire entendre.

— Je t'ai gardé deux places, comme tu m'as demandé. La petite table, là-bas, juste derrière ton pote. Tu l'as trouvé où, cet apollon ?

— Quoi ?

— Laisse tomber. Ariel était nerveuse ; elle jeta un œil à la salle, aussi dégoûtée que lorsqu'elle était vide. C'est quoi ton histoire ? C'est en rapport avec Alan ?

John acquiesça. Ariel remit ses pieds à plat et tira sur ses bretelles. Elle sourit pour se donner du courage.

— Va t'installer, je t'amène un verre. Ça démarre dans deux minutes.

John traversa la salle en s'excusant, essayant de caser ses épaules entre les clients sans trop les bousculer. Les contacts étaient rudes, les corps figés. Il s'assit à sa table. Sur le carton, à côté de la bougie, Ariel avait écrit à la main : *Réservé, Saint-John Perse.* John prit le carton dans ses doigts pour le regarder de plus près. Il tournait le dos à Guérin, qui ne le vit pas sourire.

— À quelle heure est le rendez-vous ? demanda le flic sans se retourner.

— Maintenant.

John fixait l'entrée. Le cuistot le montrait du doigt, indiquant la direction à Lundquist.

Quarante-cinq ans, cheveux noirs et courts, un visage lisse et épais. Tiré à quatre épingles, complet cravate, taille moyenne. Lundquist traversa la salle comme s'il avait été le propriétaire ou l'organisateur de la soirée. Il avait l'air d'un critique d'art au vernissage d'un artiste dont il allait détruire la carrière. Il tenait à la main une canne qui ne l'aidait pas à se soutenir. Un accessoire qui ne s'accordait ni à son âge ni à son corps, et qu'il tenait sous le pommeau à la façon d'un sceptre.

John fut surpris de le voir seul. Ça ne collait pas. Quelqu'un était sûrement arrivé avant lui, quelqu'un dans la salle qui le surveillait déjà. Impossible à repérer dans cette foule. La musique baissa lentement et le silence tomba sur la salle du Caveau. Les têtes se tournèrent vers la scène, sauf celle de Lundquist, penché vers John. Les lumières s'éteignirent, la scène s'éclaira et Lundquist s'installa à la table.

Son dos ne se pliait pas, il s'était servi de sa canne pour s'asseoir. La chute d'un véhicule, en Afghanistan, vertèbres fracturées ; c'était ce qu'Alan avait raconté. L'homme que Patricia avait décrit. Cette absence de souplesse ajoutait à sa froideur. Il avait un regard de vis sans fin, qui transformait quiconque le croisait en adversaire.

Une composition électronique grinçante, entre new age et dodécaphonisme, monta de la scène. La bougie seule, sur la table, éclairait en contre-plongée la face brutale et impeccable de Lundquist. Des applaudissements retenus, une excitation inquiète dans le public. Sur la scène un jeune type, queue de cheval et crâne rasé du front jusqu'aux oreilles, saluait sobrement, bras écartés, trois aiguilles de vingt centimètres dans chaque main. John se rappela les ailes rognées du perroquet de

274

Guérin, terminées par des tiges de plumes dénudées. Le fakir sourit et planta une première aiguille dans son avant-bras.

Lundquist lut le carton de réservation, puis détailla la salle, souriant lui aussi. Il parla en anglais.

– *Funny, this place.*

John choisit le français.

– Vous trouvez ?

– Alors c'est ici que monsieur Mustgrave et monsieur Hirsh…

– Arrêtez de jouer au con.

Le sourire de Lundquist disparut, révélant une animosité beaucoup plus naturelle.

– Faites attention à votre langage, Nichols.

– Je veux juste gagner du temps. J'ai pas envie de rester trop longtemps avec vous.

Ariel déposa une bière devant John. Elle demanda au diplomate s'il prenait quelque chose.

Il ne répondit pas. Il observait la scène. Le fakir enfonçait une aiguille dans sa langue. Ariel repartit en silence, après un regard inquiet à John. Lundquist jeta un œil aux fesses de la patronne, en faisant tourner sa canne entre ses doigts.

– Qu'est-ce que vous voulez, Nichols ?

– Alan est mort. Le chantage est terminé. Je vous rends l'argent. Vous arrêtez les poursuites. Je veux plus que le FBI approche ma mère, vous dites à Boukrissi de me laisser tranquille.

Le fakir avait passé une aiguille dans ses joues, qui faisait une croix avec celle de la langue.

– Boukrissi ?

– Vous savez de quoi je parle.

– Vous enregistrez notre conversation ?

– Non. C'est entre nous.

– Je ne comprends pas ce que vous essayez de négocier, Nichols. Qu'est-ce que vous avez à m'offrir ?… Ce jeune homme est étonnant, dit-il en se tournant vers la scène.

Le spectacle l'amusait, comme un romantique s'intéresserait à un vaudeville.

– Je sais ce que vous avez fait à San Diego et en Irak. J'ai des dates, des noms, des détails. Alan est mort, mais je pourrais trouver d'autres témoins. Il était pas le seul sous vos ordres. Je pourrais retrouver les autres, j'ai aussi leurs noms.

Lundquist était de plus en plus amusé.

– Vous n'avez rien. Seulement les élucubrations d'un toxicomane décédé, un fakir mythomane et paranoïaque qui n'a jamais fait partie de l'armée américaine.

– Vous pouvez effacer tous les dossiers que vous voulez, ça ne change rien. Pour Abou Ghraib, il a suffi que des crétins envoient des photos de leur boulot sur internet. J'ai quatre cents pages de documents. Vous croyez que ça ne suffira pas ? En ce moment ?

– Je croyais que le chantage était terminé ! Vous n'avez pas les moyens de vos ambitions, Nichols. Je regrette la mort de votre ami, mais je n'ai rien à voir avec monsieur Mustgrave.

– J'ai pas d'ambitions, je dis juste que vous aurez du mal à cacher votre passé. Finie la carrière de diplomate à Paris, Frazer.

Lundquist posa sa canne en travers de la table. Le fakir, toujours hérissé d'aiguilles, avait planté des crochets dans ses tétons et y suspendait des poids. Sa peau s'étirait, il traversait la scène en marchant. Son sourire perdait de son éclat, un peu de sang coulait sur son ventre. Aux premiers rangs, les doigts s'enroulaient autour des flûtes de champagne. La salle était devenue muette. Il n'y avait que la musique dissonante pour couvrir leurs voix.

– Je pourrais appeler les flics à propos de Boukrissi. Il a peut-être des choses intéressantes à raconter ?

– Faites attention, Nichols. Vous jouez avec le feu.

– Vous avez dit à Boukrissi de couper la dope. Qu'est-ce qu'il a mis dedans pour provoquer l'hémorragie ? Vous connaissez les drogues, Frazer, je sais ça aussi. Vous avez fourni le dealer pour tuer Alan.

– Mustgrave était une loque, un dégénéré, comme Hirsh. Il a eu ce qu'il méritait, personne n'a eu besoin de l'aider. C'était votre travail, pas le mien, d'aider des ratés dans son genre.

– Vous êtes une merde. Un chien dressé qui se prend pour un psychologue. Vous êtes un sadique et un lâche, un impuissant, avec votre canne de chef d'orchestre minable. Votre hiérarchie vous a refilé un poste honorifique à Paris parce que vous êtes gênant. Votre ego est une bombe à retardement. Ils se débarrasseront de vous comme d'Alan si vous devenez un problème.

Les mains de Lundquist blanchissaient sur la canne. Derrière le diplomate, à une autre table, John repéra un type qui les observait. Le seul autre, parmi la foule, qui ne s'intéressait pas au spectacle. Ce n'était pas le chauffeur, presque son frangin. Le chaperon poids lourd était sur les starting-blocks.

Le visage de Lundquist s'était vrillé. Sa voix monta d'un octave et le vernis de civilisation, en une seconde, explosa.

– Et toi, Nichols ? Tu as pris ton pied à soigner ce pédé de Mustgrave ? Cette petite fiotte qui te rappelait ton papa que t'as jamais connu, le vétéran traumatisé du Vietnam ? Un junkie lui aussi, un petit con qui s'est foutu en l'air à ce qu'on dit. Tu es au service de qui, Nichols ? De ta maman ? C'est elle qui t'a demandé de régler ses problèmes à sa place ? Combien de temps il t'a fallu pour avoir le courage de venir en France ? Tu as même envoyé Mustgrave avant toi. Je me trompe ? Dis-moi, pacifiste de merde : qui est lâche ? En attendant encore un peu, j'aurais pas eu besoin de Boukrissi pour droguer Mustgrave. Il se serait tué sans mon aide. D'ailleurs c'est ce qui est arrivé : il savait ce qu'il faisait. Ce pédéraste de Hirsh me l'a dit. Et il était au premier rang, lui. Ton pote le pédé s'est laissé mourir. T'étais où toi, pendant ce temps ? Je parie que ça t'a soulagé, de savoir que cette épave était enfin crevée. C'est pas vrai, Nichols ?

Le fakir, épinglé et chargé de ses poids, déroulait une couverture remplie de verre pilé. Il fit quelques pas sur les tessons, pieds nus, puis se laissa lourdement tomber à genoux. Bruit de verre cassé, exclamation jouissive du public.

John aplatit la canne à deux mains, écrasant les doigts de Lundquist. Dans son dos il sentit Guérin bouger.

Le molosse, derrière Lundquist, était en train de se lever. Mais il sembla hésiter et se rassit. John n'avait pas vu Lambert se glisser dans la salle. Le jeune flic avait appuyé son Beretta sur la nuque du garde du corps, admirant le spectacle d'un air distrait.

– C'est vous qui comprenez rien, Lundquist. La CIA est plus intéressée par des gens comme moi que par des malades dans votre genre. Des types comme vous, on en trouve à la pelle, même chose pour Alan. Je pourrais demander qu'on vous casse, en échange d'un boulot pour eux.

Les bras de Lundquist commençaient à trembler, il

tirait sur la canne en grimaçant. Sur scène, le fakir s'était relevé, il décrochait les poids et retirait les aiguilles. John lâcha prise d'un coup. Lundquist, déséquilibré, buta contre le dossier de sa chaise.

– Tu ne peux rien contre moi.

– Des témoins. Un dealer que la police française peut interroger. Et si c'est pas suffisant, j'irai vendre ma thèse à d'autres, ceux qui ont aussi leurs noms dedans, qui ont fait des belles carrières depuis *Desert Storm*, pas des diplomates bidon. Je suis sûr qu'ils seront moins difficiles. Surtout que je la vendrai pas cher. En échange, je demanderai seulement la tête de Frazer, et on me la donnera sur un plateau. Vous laissez tomber, vous enterrez l'affaire. Je demande rien d'autre et je rends l'argent. Sinon, c'est la police et les médias. Je me fous de rentrer aux USA, Frazer. C'est ton pays, c'est plus le mien. Je suis pas ton protégé, tu m'auras pas.

Alan disait que Lundquist avait des tics. Quand il était furieux, quand il perdait le contrôle d'un de ses hommes ou qu'il entrait dans une salle d'interrogatoire. Ses sourcils s'étaient crispés et ses narines se dilataient, accompagnés par un mouvement d'épaules qui se communiquait à son dos paralysé.

– La police ? Pour qui tu te prends ? La police française ne peut rien faire. Je suis diplomate.

John écarta sa chaise.

Guérin se retourna lentement vers leur table. Il regarda Lundquist dans les yeux, calmement, à sa manière étrange de voir au-delà du présent. Lundquist ne comprenait rien à cette apparition grotesque, avec sa balafre et sa tête hydrocéphale sur le point de se désarticuler. Guérin leva devant ses yeux sa carte tricolore. Dans son autre main, un petit enregistreur numérique.

279

John souleva le carton au nom de Saint-John Perce, et récupéra le micro sans fil caché dessous.

– Lieutenant Guérin, brigade criminelle, préfecture de police de Paris. Votre passeport diplomatique vous protège, en effet. Mais votre compatriote ici présent, monsieur Nichols, m'a convaincu de faire valoir auprès de ma hiérarchie un important service que l'on me doit. Un hasard, si vous y croyez, qui date de ce matin. Voyez-vous, mon ministre ne peut rien me refuser. Je suis tout disposé à vous interroger, au sujet de la mort de monsieur Mustgrave, ainsi que de ce dealer, monsieur Boukrissi.

Lundquist, agité de spasmes, jeta un coup d'œil par-dessus son épaule.

John se pencha vers lui, le reniflant presque.

– Laisse tomber, Frazer, ton garde du corps est sous surveillance.

Le fakir avait planté deux crochets dans la peau de ses omoplates, attachés à des cordes qui montaient jusqu'à des poulies fixées à la voûte. La serveuse asiatique faisait office d'assistante ; elle tirait sur les cordes, avec ses bras tatoués de danseuse. Le public s'exclamait, un orage d'applaudissements à mesure que le fakir s'élevait dans les airs. La douleur se lisait sur son visage, déformant un sourire plus du tout convaincant. Raté pour la sainteté, mais il faisait un tabac.

Lundquist écumait, mais ses yeux sans fond ne trahissaient aucune défaite, seulement la rage.

– Sans la thèse tu peux rien ! On a tous tes papiers Nichols. S'il reste un exemplaire, je l'aurai bientôt récupéré chez t…

Le fakir écarta les bras en croix, bombant le torse.

Le public se levait, hystérique, frappant des mains à se brûler la peau.

John cria :

– Qu'est-ce que tu racontes ? Qu'est-ce que tu dis ?

Leur table était submergée. Lundquist s'enfuit, s'ouvrant à coups de canne un passage dans le public. John se dressa d'un bond. Au-dessus des têtes il vit le Beretta de Lambert, tenu par le canon, s'abattre violemment. Bruit de verre cassé, le garde du corps s'effondra entre les tables. Le fakir tenait bon, de plus en plus tremblant. L'Asiatique faiblissait, les cordes vibraient, la musique s'était arrêtée et le public hurlait sa joie. Lundquist bouscula le cuistot qui gardait la porte. John se lança à sa poursuite, coude et épaule en avant, talonné par Lambert.

Un autre type les attendait dehors, cent kilos, costard, poings serrés et aucune hésitation. Lundquist n'était pas du tout venu seul. Le nez de John éclata. Il tomba à genoux. Le gorille reprenait son élan pour frapper. Lambert leva son arme et s'y reprit à trois fois. La crosse du Beretta était couverte de sang. Le deuxième garde du corps roula dans le caniveau, le crâne ouvert.

Lundquist remontait la rue en sautillant. Son dos cassé l'empêchait de courir, il lançait sa canne en avant pour prendre de la vitesse. Un insecte à trois pattes, bancal, qui s'enfuyait dans la rue de l'Hirondelle. Lambert se mit en position de tir, comme au club. De face, deux mains sur la crosse glissante du Beretta, jambes écartées et fléchies.

– Police ! Arrêtez ou je tire !

Lundquist stoppa sa course tordue et se retourna, un revolver à la main. Lambert articula : « Merde… » Et sourit.

La tête lui tournait. Sur l'arête fracturée de son nez, des bulles d'air et de sang éclataient. John essuya ses yeux pleins de larmes, se releva, vit les deux hommes debout au milieu de la rue, et les deux armes.

Tout le monde se trompait de cible.

Il prit son élan et se jeta sur Lambert.

Lundquist tira deux fois.

Une image traversa son esprit, celle de la cible dans les bois. Il vit l'œil au bout du tunnel, avant de sentir le choc et les os éclater dans son corps.

La porte du Caveau s'ouvrit, des hurlements de joie se déversèrent dans la rue.

Guérin vit un homme en costume, tête ouverte, allongé par terre. Lambert et Nichols, en tas informe au milieu de la rue. Lundquist, qui braquait encore son arme fumante, les yeux écarquillés.

Il tira de sa poche de loden un pistolet des frères Aouch, lentement et à regret. Il visa les jambes.

Ariel sortit à son tour, bousculant le public béat qui se répandait dans la rue. Elle regarda le dernier homme debout. Guérin, sa grosse tête inclinée sur le côté, cherchant déjà de possibles explications.

18

Juliard ne reçut l'appel de Paris qu'à six heures du matin.

Trois motards partirent les premiers, pendant qu'on chargeait deux fourgonnettes et le Trafic. Gilets pare-balles, armement lourd et pas de course. La blonde, Michèle, avait insisté pour venir. On ne lui avait pas laissé le volant.

En haut de la piste un motard attendait. Il apparut dans la lumière des phares que l'aube commençait à dissoudre. Juliard se pencha par la fenêtre du Trafic.

– Alors ?

– Ils reviennent, commandant.

Les deux autres motards remontaient la piste en trot-tinant, casque sur la tête et essoufflés.

– Un véhicule est garé en bas du chemin, comman-dant. On n'a pas été plus loin. Y'a pas de bruit, on n'a rien entendu.

L'autre motard confirma, plié en deux, mains sur les genoux :

– Une voiture de location, commandant. Immatri-culée à Paris.

Juliard descendit du camion et marcha jusqu'à la

première fourgonnette. Le sergent Verdier, à moustache grise, était au volant.

– On y va à pied.

Dix gendarmes sortirent des véhicules, Juliard organisa un briefing d'urgence.

– Bon. C'est un lieutenant de la PJ de Paris, brigade criminelle, qui a appelé. On a un fax de la commission rogatoire, mais on sait pas exactement à quoi s'attendre. Il a dit qu'il y avait chez Nichols, l'Américain, un homme qui habite en ce moment. Un certain Bunker. Soixante ans, cheveux blancs. L'acte rogatoire : le trouver et l'amener à la gendarmerie. Mais il y a une possibilité qu'il soit otage. On ne sait pas qui peut être avec lui, ni combien ils sont. Paul et Philippe ont vu une voiture garée en bas. Bunker est arrivé en train. Donc il y a bien quelqu'un d'autre. Paris dit que le ou les suspects peuvent être dangereux, sans doute armés. On prend pas de risques, on va voir, c'est tout. S'il y a des problèmes, on met des barrages en place et on attend le peloton d'intervention de Cahors. Compris ? C'est pas de l'alcootest les gars, alors attention à ce que vous faites !

Les premiers rayons de soleil illuminaient les sommets de la vallée, l'humidité de la nuit se condensait en une fine couche de rosée. Les militaires casqués descendirent la piste par groupes de trois, courbés, les mains serrées sur les fusils à pompe. Ils progressaient en silence, soufflant des nuages de vapeur. Juliard s'accroupit dans l'herbe mouillée du bas-côté, leva un bras et ferma le poing. Tous s'immobilisèrent. Il fit signe à Verdier, qui le rejoignit. Juliard donna ses ordres à voix basse.

– Verdier, tu connais l'endroit. Tu y vas en premier

avec tes hommes. Tu nous appelles quand tu vois le campement.

Verdier passa sa moustache au peigne de ses doigts.

– À vos ordres.

Juliard le contempla un instant, vaguement inquiet.

Deux minutes plus tard la radio de Juliard crachota. Il décrocha l'émetteur-récepteur de son épaule. La voix de Verdier.

– Y a rien commandant. On voit personne, y a pas un bruit.

– Ne bougez pas, on arrive. Martinez, Blanchet, vous restez à côté de la voiture.

Juliard se leva et fit signe au reste des hommes de le suivre.

Deux hommes descendirent les marches en rondins, fusils braqués devant eux ; trois autres les couvraient depuis le haut du talus. Personne dans la grande tente. Le soleil donnait à présent sur le campement désert.

– Merde, lâcha Juliard, il y a pourtant la voiture. Et on voit bien que quelqu'un est installé là ! Où est-ce qu'ils sont ?

Un sous-officier boutonneux intervint :

– Commandant, quand on est venu chercher Nichols, l'autre jour, on l'a trouvé là-haut, dans les bois. Il était en train de tirer à l'arc.

– Verdier ! Avec quatre hommes, vous allez voir là-haut !

Sa radio crachota encore.

– Commandant, c'est Martinez, je suis en bas du chemin. Faudrait que vous veniez voir.

Juliard redescendit en trébuchant dans les ornières.

Martinez lui montra le champ, en contrebas de la piste, qui se terminait en pré de fond au bord de la rivière. Le foin était haut, pas encore fauché. L'herbe était couchée, en une trace doucement courbe, jusqu'à la berge. Quelqu'un avait traversé le champ à pied, pour aller à la rivière. Au bout de la trace l'eau scintillait, marron et dorée.

– Quelqu'un a des jumelles ? demanda Juliard.

– Au camion, commandant.

– Laissez tomber.

Juliard mit sa main en visière et plissa les yeux.

– Y a quelqu'un là-bas, au bord de l'eau.

Ils descendirent à six, traçant chacun une nouvelle saignée dans la prairie à mesure qu'ils avançaient, parallèlement les uns aux autres. Juliard était au centre, suivant celle déjà faite. À mi-distance de la rivière il s'arrêta. À ses pieds le cadavre d'un chien noir, roulé en boule dans les herbes. Un vieux cabot, babines retroussées. Quelque chose lui avait fendu le crâne. Il regarda vers la rivière et discerna, appuyé à un arbre, le torse nu d'un homme aux cheveux blancs. Juliard leva une main, ses hommes se figèrent. Il sortit son Sig Pro de son étui et inspira à fond,.

– Gendarmerie nationale ! Levez les mains en l'air et identifiez-vous ! Levez-vous lentement !

Une brise tiède soufflait dans les foins, s'accordant au frémi de la rivière. L'homme appuyé à l'arbre ne bougeait pas, ne répondit pas.

– Commandant Juliard, gendarmerie nationale ! Levez les bras en l'air et identifiez-vous !

Les cheveux blancs ondulaient dans le vent, au rythme des herbes hautes chargées de graines. Toujours pas de réponse. Juliard enjamba le chien mort, ses hommes avancèrent avec lui, resserrant peu à peu leurs trajectoires. Les six traces convergèrent vers Bunker.

Le corps d'un homme en costume était allongé aux pieds du vieux taulard. Cheveux blonds presque rasés, un nez écrasé, des oreilles en chou-fleur. Une face de boxeur sur un cou de taureau étrangement orienté. Le gorille avait la gorge broyée et les cervicales dézinguées. Ses épaules et ses bras écartés trempaient dans dix centimètres d'eau, mollement agités par le courant de la Bave. Sa bouche ouverte était pleine d'eau, une feuille de chêne noircie y flottait. Au bout de sa main droite, posé sur un fond de terre sableuse et ondulant sous la surface, un automatique équipé d'un silencieux.

Bunker était nu, assis au pied du chêne, jambes tendues, la tête appuyée au tronc. Par un trou noir au milieu de son ventre une quantité impressionnante de sang s'était vidée, entre ses jambes d'abord, engluant son sexe, puis avait coulé vers la rivière sans l'atteindre.

Juliard s'accroupit à côté du vieil homme. Il observa, intimidé, ce corps massif qui avait mis des heures à mourir, pompant d'un cœur vaillant un sang qu'il offrait à la terre. Ses cheveux étaient secs. Ils avaient séché, ou bien Bunker n'avait pas eu le temps de se baigner. Ses yeux verts étaient ouverts.

Juliard toucha à deux doigts la carotide du vieux taulard et n'y trouva aucune raison d'espérer. Pire encore. Le corps était presque chaud. Une question de minutes. Le militaire ôta son casque, essuya un peu de sueur sur son front. La bouche de Bunker était crispée sur une ébauche de sourire.

Juliard se demanda pourquoi cette vieille montagne de muscles n'avait pas essayé de se traîner jusqu'à la route. Le vieux gardien du Luxembourg était resté là toute la nuit, au bord de l'eau, à pisser le sang. Qu'avait-il attendu ?

Il regarda le tatouage sur la main – la croix illuminée –, puis suivit le dernier regard de Bunker, tourné vers le champ, le tipi à flanc de colline, et le soleil déjà haut.

19

John P. Nichols

Des deux balles, John Nichols n'en avait arrêté qu'une seule. Entrée par l'épaule, elle avait fracturé la tête de l'humérus, avant de ressortir à la base du cou en éclatant sa clavicule droite. La douleur de la blessure, sur le moment, avait été brève. Elle était revenue, après l'inconscience.

À son réveil, l'homme à tête de caillou était là, assis dans un coin de la chambre. Le petit flic avait apporté ses affaires ; un sac à dos, un arc, un carquois et un petit sac en toile noir. John avait tourné la tête vers la fenêtre et regardé dehors. Il n'avait pas voulu parler.

Nichols faisait les comptes.

Deux hommes, chacun à un bout de son existence, morts sur les berges d'une même rivière. Un vétéran, Patrick Nichols, et un vieux prisonnier au surnom d'écrivain. Entre les deux, essayer de ne pas se noyer. Entre les deux, Alan Mustgrave. John gardait la bouche fermée, de peur que trop ou pas assez de mots ne la remplissent.

Le petit flic venait le matin, apportait des nouvelles que John écoutait sans répondre. Il regardait par la fenêtre, en attendant de pouvoir quitter Paris. Guérin

avait accepté la situation, dès le début, avec un hochement de tête.

Le quatrième jour, une grande femme blonde lui
rendit visite. Il avait tourné la tête vers elle et dit
quelques mots, ses premiers depuis la rue de l'Hirondelle. Il s'était excusé, il avait expliqué, dit qu'il serait
en convalescence quelque temps encore. La femme
avait tenu sa main, évoqué un ami et souhaité à John
un bon rétablissement. Après son départ, il s'était
retourné vers la fenêtre.

Au bout d'une semaine, il avait décroché le téléphone de sa chambre. Il avait appelé une entreprise de
pompes funèbres et une compagnie d'ambulances. Il
avait laissé une enveloppe sur le lit, signé une décharge
et quitté Paris allongé à l'arrière d'une voiture blanche.

*

La concession avait été achetée pour l'éternité avec
une poignée de dollars. Sous le grand tilleul, où donnait le soleil du matin. Sur le cercueil, une autre boîte
plus petite.

John avait jeté dans la fosse quelques accessoires
pour le voyage de Bunker et Mesrine. Un arc, des
flèches, un paquet de Gitanes et quelques milliers de
dollars. Suffisant pour que Bunker s'en sorte, en enfer
comme au paradis.

Il y avait à l'enterrement un commandant de gendarmerie en civil, un patron de bistrot et trois vieux à
casquette qui s'étaient invités. Un livreur avait déposé
une couronne à côté de la fosse et donné une carte à
John, qui l'avait lue en souriant.

L'épitaphe était sobre.

Bunker et son chien Mesrine
2008
Gardiens de parc

Ils auraient l'œil sur le cimetière et la vallée.

John avait regardé les fossoyeurs jeter la terre sur les deux cercueils.

Son dernier souvenir de Bunker : valise rafistolée, costume des années quatre-vingt, un vieux taulard peigné qu'il avait pris dans ses bras, rue de Vaugirard. Bunker avait la trouille mais il était heureux. Il était parti librement. Pas question de revenir là-dessus et de le mettre en rogne.

John avait été jusqu'à la tombe de son père, à quelques mètres de là, pour y déposer des fleurs sauvages.

À la sortie du cimetière Juliard l'avait attendu. Trois hommes, en grognant discrètement, déchargeaient une dalle de granit d'un camion à plateau.

Juliard avait présenté ses condoléances et John avait encore souri. Cette fois, Juliard ne s'était pas évité la corvée. Il semblait ému. Le commandant avait expliqué à Nichols ce qu'il en était de l'enquête, des conclusions et des suites. L'ambassade américaine avait fait pression pour que tout soit réglé discrètement et au plus vite. Des diplomates, arrivés de Washington la veille, cherchaient à joindre Nichols. Juliard avait ri, disant que la gendarmerie était devenue son secrétariat.

John P. Nichols avait laissé un message à faire passer.

– Ils vont rappeler, pour me faire une proposition. Vous pouvez leur dire d'aller se faire foutre.

Les deux hommes s'étaient quittés sans que Juliard ne demande où il allait.

John avait marché jusque chez Bertrand et sa femme. Son bras en écharpe lui faisait mal. Il s'était assis avec eux dans la cuisine de la ferme.

Deux jours plus tard, Bertrand et sa femme finissaient de charger le tipi, la turbine, les PVC et les batteries, le hamac, le lit de camp et les livres dans la nouvelle camionnette de John.

Bertrand avait embrassé sa femme et s'était installé au volant, resserrant le foulard sur son front.

– À une époque, j'aurais collé un acide dessous. Où est-ce qu'on va ?

– Ça te dérange de conduire ? Je te dirai quand il faudra s'arrêter.

– Quelle direction ?

– Commence par remonter la vallée, et raconte-moi cette nuit, où vous avez sorti son corps de la rivière.

20

Richard Guérin

L'affaire du Caveau fut réduite à un fait divers, dont les acteurs principaux avaient disparu : Nichols, Lambert, Guérin et Lundquist. Une affaire d'agression, à la sortie d'un lieu peu recommandable. Fermeture administrative du cabaret. Deux jours plus tard, un avion privé emportait Lundquist sur une civière ; Guérin avait visé les jambes, et réussi un tir hasardeux. Départ du diplomate au petit matin, sur une piste du Bourget. Guérin n'était pas allé voir l'avion décoller.

Il avait rendu compte à sa hiérarchie, toutes les explications, les preuves, les témoignages. Il n'en attendait rien, seulement qu'on l'écoute. Kowalski, Mustgrave, Lundquist. Aucune des affaires ne fut associée aux autres. Guérin renonça à prouver qu'elles étaient inséparables.

Barnier fut envoyé en retraite, remercié par le Ministre lors d'un entretien privé ; un départ plein de dignité et des rumeurs de Légion d'honneur. Il ne s'était pas encore suicidé. Peut-être attendait-il de ne plus être flic. Berlion avait été muté à Lyon, Roman au Grand Banditisme de Paris où il devait se chercher de nouveaux partenaires.

La mémoire de Kowalski resta immaculée ; la baraque, loin de sauter, avait à peine frémi. Du moins en public. Dans les placards de la préfecture un nouveau cadavre répandait une sale odeur, dégradante, inquisitrice et coupable. On regrettait la vérité qui n'avait, au final, fait de bien à personne ; on fit des arrangements avec sa conscience, en attendant l'oubli.

Nichols avait disparu de l'hôpital et laissé un mot pour le lieutenant Guérin.

« Merci pour ce que vous avez fait. Bon rétablissement à Lambert, dites-lui que si j'avais pu choisir, j'aurais fait mieux. L'imperméable jaune était à votre mère. Quand vous aurez une explication à notre rencontre, essayez de me retrouver ; on verra si c'est la bonne. À bientôt.

John. »

Guérin avait fait livrer une couronne dans le Lot, pour l'enterrement du vieux gardien. Il avait joint une carte pour John :

« Une quantité rassurante de hasard. Bon voyage.
Guérin. »

Il avait refusé une promotion, pudiquement offerte en échange de son silence. Il voulait rester aux Suicides. Sa demande fut acceptée. Guérin, de plus en plus gênant, devenu intouchable.

Churchill était mort quelques jours après le départ de Nichols. Il avait enterré le vieux perroquet dans la cour de son immeuble, une nuit, à quatre heures du matin. La disparition du vieux piaf l'avait soulagé. Mais Churchill l'abandonnait à une solitude corrosive, où les vieux démons allaient bientôt se mettre à grouiller. Churchill, gri-gri déplumé, laissait son maître orphelin, à la merci de ses cauchemars de fils de pute, sans père. Le Ministère n'avait pas besoin de s'inquiéter de son silence : il allait s'y cloîtrer sans qu'on l'y force.

Les semaines avaient passé. Guérin retournait au bureau. Des centaines d'heures dans les rayonnages poussiéreux.

La table de Lambert s'était couverte de piles de dossiers, les cartons d'archives envahissant le bureau chaque jour un peu plus. Il continuait à répondre au téléphone, et se rendait sur les lieux des suicides en transports en commun. Il cochait des cases, contemplait des cadavres d'un air rêveur, puis retournait à son véritable travail, sous les combles.

L'été avait passé étrangement, sans qu'il n'en compte les jours ou ressente la chaleur, puis l'automne. Il n'empruntait plus que l'escalier de service.

L'hiver était arrivé. Guérin travaillait les week-ends, la nuit, pendant les vacances. Il alimentait sans relâche son dossier à charge contre le monde. Il était devenu muet en présence des autres, négligeait son apparence, mangeait par nécessité absolue, lorsqu'il ne tenait plus debout. Ses collègues ne le considéraient plus qu'avec pitié. La blessure Kowalski se refermait, l'existence de Guérin devint une rumeur qu'on ne prenait plus la peine de colporter. La maigreur accentuait la disproportion de son crâne, son manteau noir était devenu trop grand. Il parlait seul, la nuit, dans la salle des archives où il dormait parfois sur le sol, roulé en boule. Son crâne était une plaie ouverte et infectée, qu'il entretenait, ravivait à coups d'ongles, cachait sous sa casquette graisseuse.

Le 24 décembre 2008, par une soirée froide et pluvieuse, il s'installa sur sa chaise sans savoir quelle était la date. Le calendrier n'avait pas été remis à jour depuis la nuit du fakir. Les dossiers montaient le long des murs, les poubelles débordaient, le néon grésillait. Levant les yeux il contempla la tache. L'améthyste était monstrueusement dilatée, le plâtre fissuré et gonflé menaçait de tomber par plaques entières. Les auréoles brunes avaient grandi, imprégnant toute la surface du plafond.

Richard Guérin repensait au Caveau et à cette nuit, il en était certain, où tout avait failli se résoudre.

Depuis des mois il ne pensait plus qu'à ça. Il se remémorait chaque visage, chaque geste de la soirée, tout ce qu'il y avait vu. Peu à peu, dans son rêve éveillé, les visages des vivants avaient été remplacés par ceux de ses dossiers.

Son spectacle. Le Caveau. Lieu de son cerveau malade dans lequel il rangeait les indices, les pistes et les idées. Ses archives personnelles, où il se réfugiait des jours entiers, abandonnant le bureau, le quai des Orfèvres et Paris. Un monde libéré des contingences matérielles où sa raison régnait seule. L'esprit de Guérin s'y affranchissait du réel pour parvenir à ses fins. Sous la voûte du Caveau de la Bolée, il réorganisait à volonté l'ordre du public, choisissait d'une table à l'autre de nouveaux convives, de nouvelles conversations, imaginait des liens et des rencontres entre les morts. Il pouvait les questionner, les presser de répondre à ses questions, leur parler sans plus rendre compte de ses intuitions. Guérin était libre. Le monde marchait enfin au pas de son entendement.

Cet espace imaginaire, théorique ou onirique, dans lequel il se réfugiait, était petit à petit devenu sa prison. À mesure qu'il s'y était abandonné, chaque fois un peu plus longuement, le retour à la réalité s'était fait avec plus d'efforts et de dégoût. De peur aussi. Quand il en revenait, c'était pour se découvrir hagard, les joues creuses et les yeux fiévreux, perdu parmi des hommes auxquels il ne savait plus parler. Il avait eu peur de ne plus savoir à quel monde il appartenait, celui de son esprit ou celui, plus solide et impénétrable, du sensible. La satisfaction et le frisson d'y échapper, il les ressentait alors tristement, comme le plaisir dangereux qu'aurait procuré une drogue.

Jusqu'au jour où il ne s'était plus inquiété d'en revenir, que le réel devint lui-même un rêve, chaos poétique, incohérent, de causes et d'effets n'obéissant à aucune loi. Jusqu'au jour où il ne se reconnut plus dans les miroirs.

Sous la voûte de son crâne, chaque élément, chaque personne trouvait la place qu'il leur choisissait.

Ils étaient tous là ; Paco, Nichols avec son arc, Kowalski livide, Lambert avec son arme, Ariel, et sa mère qui l'encourageait : « Continue mon grand, tu vas les trouver, ils sont là ! Cherche encore ! » Il changeait la disposition du mobilier, classait les spectateurs par catégories, en ajoutait chaque jour de nouveaux, essayait toutes les combinaisons possibles ; il assemblait, divisait, répartissait les éléments de son musée de cire, pour combler le dernier vide. Le dernier espace noir de sa mémoire, toujours vacant. Car il n'avait pas tout vu ce soir-là… Dans un recoin sombre qui avait dû lui échapper, il y avait une table de trois. Une femme blonde et deux hommes, les seuls êtres vivants de la salle qu'il n'avait pas réussi à identifier, distrait par les hasards nécessaires de l'affaire Mustgrave.

Nichols l'avait attiré sur le lieu de toutes les coïncidences, il fallait que la solution s'y trouve. Il ne pouvait en être autrement. La solution était là, quelque part dans son esprit.

Guérin contemplait la tache, en ce soir pluvieux de noël, marchant dans la salle voûtée, passant de table en table, aimable maître d'hôtel s'enquérant du bien-être de ses clients. Un homme se suspendait à des crochets, le sang coulait sur la scène et c'était le seul bruit que l'on entendait, au-delà des murmures de la pluie au plafond. Il approchait de la scène, de la dernière table où le couvert était dressé devant trois chaises vides. Il venait présenter ses hommages aux absents, aux coupables, à ceux qu'on ne voyait jamais mais qui étaient là. Ceux que l'on attendait, qui avanceraient un jour à visage découvert, démasqués

Guérin regardait la tache, tête renversée, sa gorge étirée autour de laquelle une corde se serrait, et sa voix brisée monta dans le bureau désert : *Bonsoir.*

Ils étaient là, mille absents buvant du champagne, riant du fakir hémophile. Guérin s'assit à la table, soudain vide, pour regarder le spectacle. Il attendait que l'on vienne s'asseoir à ses côtés.

Le téléphone sonna. Il décrocha en souriant.

Un nouvel invité venait d'arriver.

21

Francis Lambert

Francis Lambert, né à Nanterre, avait grandi en même temps que le nouveau quartier de la Défense. À quatorze ans il avait une allure de tour penchée. Il préparait sans grande envie un certificat professionnel de boulanger. L'idée de choisir si jeune un métier ne venait pas de lui. À seize ans il travaillait comme apprenti dans la même boulangerie que son père. Francis traînait des pieds dans la farine du fournil, et semblait ne plus vouloir arrêter de grandir. Cité des Nuages, il avait une réputation de bon défenseur, malgré sa carrure un peu légère. Le temps qu'il ne passait pas à travailler, Francis le passait à jouer au foot. En dehors du boulot, la cité était son univers. Il n'en sortait pas.

Son père était un raciste ordinaire, qui défendait son bout de gras : son droit à une vie décente de citoyen français. Pour lui, français voulait dire honnête, travailleur et, selon l'endroit où il exprimait ses opinions – essentiellement les bistrots –, blanc, en tout cas pas musulman. Un racisme défensif, oscillant avec la courbe du chômage et son état d'ébriété. Les parents de Lambert étaient séparés depuis qu'il était enfant, sa mère avait disparu du paysage. Francis vivait avec des Arabes, des Noirs et des Asiatiques comme dans un milieu naturel. Il ne ressentait pas la colère et la frustration de la banlieue, seulement son ennui. Si son métier ne l'intéressait pas, il le mettait à l'abri du chômage. Les parents de la cité le prenaient en exemple.

Il avait vu des amis s'enfoncer lentement dans des sables mouvants. Le deal, la délinquance, l'agressivité et l'auto-ségrégation. Il ne les avait pas jugés. Certains s'en sortaient, d'autres plongeaient. Rien à voir avec leur QI : des dealers de son bloc étaient sans doute plus intelligents que lui. Quand on n'est pas libre de choisir, être malin ne suffit pas.

La boulangerie dut licencier, après qu'un supermarché du quartier se fut mis à cuire du pain. Le patron avait gardé son père et remercié Francis qui avait plus de chances, à dix-neuf ans, de retrouver du boulot. Un an de chômage. Lambert avait joué au foot entre deux rendez-vous à l'ANPE.

Un conseiller lui avait demandé s'il voulait se reconvertir. Lambert demanda comment devenir infirmier. Le type avait souri. Son père avait rigolé. Un mois plus tard, il reçut une proposition de l'agence : on recrutait chez les flics. Lambert avait répondu.

Il réussit le concours de gardien de la paix. Son image avait changé, mais il resta bien vu. Les flics qui venaient de la cité étaient respectés.

Son nouveau statut lui permit de louer un studio, à deux blocs de celui de son père. Il partait tôt le matin, laissait son uniforme au vestiaire. Il avait été affecté au commissariat de la Garenne-Colombes.

Il y travailla deux ans, pendant lesquels il prépara le concours d'officier ; raté deux fois. Il avait demandé une mutation auprès de la préfecture de Paris, caressant le rêve de travailler à la Judiciaire. Lambert aimait son nouveau boulot, qui l'éloignait un peu de la cité. Il avait continué à potasser son droit, appliqué et consciencieux. On se foutait de sa gueule au commissariat.

Un an plus tard, il avait reçu une nouvelle affectation : Quai des Orfèvres. Lambert avait vingt-trois ans et n'en croyait pas ses yeux.

Il n'avait pas compris tout de suite pourquoi Barnier, divisionnaire, l'avait fait venir de son petit commissariat. Il était aux *Suicides* et n'avait pas la moindre idée de ce que cela signifiait concrètement. Il se retrouva seul dans un minuscule bureau sans fenêtre, au dernier étage du bâtiment, au bout de l'île de la Cité. Il s'en foutait : il avait quitté la banlieue et il était là, élève officier à la Judiciaire. Il était resté dans le bureau, à écouter sonner un téléphone auquel on lui avait dit de ne pas toucher. Il avait poussé la porte des archives, jeté un œil aux rayonnages et refermé. Une semaine plus tard Barnier était revenu, accompagné d'un type en vieil imperméable jaune.

« Votre nouvel adjoint », avait dit Barnier au petit homme, avant de repartir sans saluer Lambert.

Le lieutenant Guérin s'était présenté, avait dit qu'il n'était pas nécessaire de venir en uniforme. Le lendemain, Lambert était venu en jogging. Et il avait découvert pourquoi on avait fait appel à lui. À la machine à café, un officier des Mœurs l'avait traité de « nouveau clébard pour cet enfoiré de Guérin ». Lambert avait appris à vivre avec le mépris que l'on vouait à son Patron, dont il héritait en partie.

Par le bas des services il avait construit, petit à petit, un réseau de connaissances : d'autres employés anonymes qui appréciaient sa simplicité. Lambert, avec sa longue silhouette nonchalante et sa gentillesse, était devenu un lien entre le Patron et la préfecture de police.

Guérin s'occupait de lui, sans le prendre pour un imbécile ni s'apitoyer sur leur sort. Le Patron était d'une intelligence incroyable. Lambert se foutait de ce qu'on disait de lui. Quant au boulot, il s'était trouvé des affinités avec les suicidés : ces gens morts lui rappelaient la cité, sans doute parce qu'il arrivait trop tard pour les sauver. Et puis il y avait les familles. Les familles qui l'avaient toujours aimé. Lambert avait trouvé un moyen de leur rendre la pareille.

Le Patron ne le traitait pas comme un fils, plutôt comme une femme s'occuperait d'un enfant, celui d'une autre. La première fois que Lambert avait retrouvé Guérin dans la salle des archives, en train de s'arracher la peau du crâne, il avait compris que son boulot n'était pas très éloigné de celui d'infirmier. Ils prenaient soin l'un de l'autre, sans que rien n'ait été dit.

Lambert était heureux. Le bureau était un caisson étanche, une enclave paisible dans laquelle il pouvait, pendant des heures, penser à tout ce qui lui passait par la tête. Sa promotion future, le championnat, les rumeurs. Il regardait, tout en méditant, la tache changer de couleur au gré des saisons. Il s'occupait du café, faisait la tournée des couloirs, glanant des ragots et un peu de vie qu'il ramenait au bureau. Quand le téléphone sonnait il était prêt. Il se levait, suivait le Patron et conduisait la voiture.

Il s'était mis au tir, délaissant le foot et la cité. Tout comme son existence au Quai, ce sport solitaire lui plaisait ; il était devenu bon tireur, bien qu'il n'aimât pas les armes. Lambert trouvait que la décision de tirer se prenait trop vite, sans laisser le temps de réfléchir. Pour remédier à la peur que lui inspirait son arme, il ne la chargeait pas. Le chargeur de son Beretta, à moins qu'il ne soit au club, était toujours vide.

Nichols avait essayé de le sauver. Lambert s'en était ému avant de ressentir le choc.

Lorsqu'il s'était réveillé à l'hôpital, Guérin était là. Le lieutenant tenait sa main.

C'était la première chose qu'il avait dite, pour s'excuser d'avoir fini à l'hosto : « Pas chargé... jamais chargé, Patron. »

La deuxième balle de Lundquist, celle que Nichols n'avait pas arrêtée, avait fait plus de dégâts.

Son estomac avait été perforé, la balle s'était fichée entre deux lombaires, sectionnant la moelle épinière. Lambert était sorti du coma trois jours plus tard, pour passer immédiatement sur le billard.

En salle de réveil, des tubes plein le corps et des cathéters dans les bras, il avait paniqué. Il s'était réveillé sans pouvoir parler, bouger, respirer ou déglutir. Un tuyau descendait dans sa gorge, des machines pompaient de l'air, ses mains étaient attachées. Il ne sentait pas son corps et ne savait rien de sa condition, ni même s'il allait survivre. Ses yeux s'étaient remplis de larmes. Guérin avait posé une main sur son front et lui avait parlé doucement, pour le calmer. Guérin avait essayé de le rassurer. Guérin avait menti. Lambert l'avait deviné et souri tristement.

Le chirurgien était venu le voir dans sa chambre.

Le Patron était là, avec son regard lointain, celui qui arrêtait Savane, anticipait l'avenir et rendait Lambert transparent. C'est l'adjoint, ce jour-là, qui devina les pensées du lieutenant Guérin. Il n'avait pas eu besoin d'écouter le diagnostic du médecin.

Il était resté deux mois à l'hôpital avant de rentrer chez lui. Guérin était toujours là, qui avait arrangé le petit appartement, embarrassé par les chaussures de foot et les joggings qu'il avait cachés dans les placards.

Lambert ne courrait plus. Lambert ne traînerait plus des pieds en imitant le bruit des vagues. Le chirurgien n'avait pas sauvé ses jambes.

Il reçut une pension, les services sociaux payèrent pour un aide à domicile ; un jeune étudiant qui venait matin et soir l'aider à se lever, s'installer dans le fauteuil roulant, prendre sa douche, cuisiner, se coucher.

Ses jambes s'étaient peu à peu atrophiées.

Lambert s'installait à la fenêtre et regardait en bas la cité où il était revenu.

Il prenait parfois l'ascenseur, poussait les roues du fauteuil entre les blocs des Nuages. On le saluait, il discutait avec ses amis, ceux qui s'en sortaient, ceux qui déconnaient. Sa poubelle se remplissait de publicités d'associations organisant des séjours, au bord de la mer ou à la montagne, pour les personnes à mobilité réduite. La montagne en fauteuil roulant... Il se foutait des vacances ; Lambert voulait traîner des pieds dans la farine, dans les couloirs du Quai, écarter les jambes, plier ses genoux, tenir à deux mains une arme chargée et viser la tête de Lundquist.

Guérin était venu plus rarement. Le Patron tournait à l'épave, devenait incohérent. Ou bien Lambert ne l'écoutait plus.

Ces visites le mettaient mal à l'aise. Il s'était surpris à haïr Guérin, qui poursuivait ses fantômes pendant que lui était cloué dans un fauteuil. En novembre,

Guérin cessa de venir. Lambert sortit de moins en moins.

L'étudiant remettait chaque jour en ordre le studio qu'il ravageait, dans des crises de colère de plus en plus violentes. Il ne mangeait plus, buvait de la bière et se pissait dessus. Le studio puait, Lambert éructait, s'installait à la fenêtre et hurlait.

Il faisait un cauchemar. Toujours le même, en noir et blanc, qui l'effrayait tant qu'il en devint insomniaque.

Son père venait parfois lui rendre visite.

Un soir ils burent du mousseux et regardèrent la télévision, son père assis sur le canapé, lui dans son fauteuil. Le film terminé son paternel s'était levé pour rentrer chez lui, à deux blocs de là. Le vieux était un peu éméché. Il se balança sur un pied, sans trouver quoi dire. Il était triste pour son fils, mais ne trouvait pas les mots.

– Tu veux un coup de main, pour te coucher ?
– Non.

Il serra la main de Francis, hésita, se pencha et l'embrassa maladroitement sur le front. Refermant la porte du studio, le vieux s'était dit que son fils, au moins, n'avait plus besoin de travailler ; l'État français payait pour tout.

Lambert ne voulait pas dormir, de peur de rêver.

Un pack de bière sur les cuisses il poussa le fauteuil jusqu'à la fenêtre et regarda dehors. La cité était déserte. Les lumières étaient allumées dans les appartements, mais il n'y avait personne dehors. Lambert jeta une canette vide sur la moquette, en ouvrit une autre.

Trois jeunes sortirent de l'immeuble d'en face et marchèrent jusqu'à un lampadaire. Ils fumaient un joint. La pluie s'était doucement transformée en flocons. Il neigeait.

D'abord, le rêve avait toujours été le même. Les voitures, les accidents, le silence, et le jeune homme maigre qui courait nu, bras écartés. Puis le décor était resté, mais le rêve avait changé : c'était lui, le grand Lambert, qui courait entre les voitures, remontant le périphérique à longues enjambées, souriant.

Le rêve le terrorisait et le rendait fou de rage. Parce qu'il sentait l'asphalte sous ses pieds nus, le vent sur sa peau, la merveilleuse fatigue dans ses cuisses et son souffle, en rythme cadencé, accompagnant sa course. Lorsque le camion fonçait sur lui, il se réveillait en hurlant, frappant ses jambes mortes.

Depuis quelques semaines le rêve était devenu une vision, dont la veille et l'alcool ne le protégeaient plus. Il ne pouvait plus s'en débarrasser. Des jours entiers, la tête renversée vers le plafond de son studio, les yeux ouverts, il remontait le périphérique en courant. L'homme nu souriait, Lambert pleurait. Il avait arrêté de dormir.

Il roula son fauteuil jusqu'à l'armoire. La veste aux couleurs du Brésil était rêche et sentait le moisi. Il balança sa canette à moitié pleine sur l'étagère, maculant de bière le T-shirt de Zidane, renversant la coupe du concours de tir.

Il était bon tireur. Il ne l'aurait pas raté, bien en appui sur ses jambes fléchies.

Lundquist, lui, chargeait son arme. La gentillesse n'était pas de mise, face à des ordures de ce genre. Sa vie ne valait-elle pas mieux ou autant que celle de Lundquist ?

Guérin avait visé trop bas. Lui ne l'aurait pas raté, bien en appui sur ses jambes…

*

Les ados, deux Blancs et un Arabe, s'étaient retrouvés en bas de l'escalier, fuyant les repas qui n'en finissaient plus. Ils étaient sortis s'installer sous le lampadaire. Le hall aux vitres cassées n'était pas plus chaud que l'extérieur, autant profiter de l'air libre. Le joint tournait, ils commentaient la soirée, les films, les vacances qu'ils ne passeraient pas à la montagne. Ils se marraient. Les flocons de neige commencèrent à tomber, suspendus dans le halot de lumière du lampadaire.

– Merde ! C'est vraiment Noël, les mecs !

Ils laissèrent les petits flocons recouvrir leurs capuches, nez en l'air ; la bataille de neige était encore loin, mais ils riaient. Les parterres de la cité se teintaient de blanc.

Le jeune Arabe essuya ses cils emmêlés de flocons et leva un bras, pointant un doigt dans la nuit. Sa voix alerta les deux autres.

– Qu'est-ce qu'y fout ?

Ils levèrent tous les trois la tête.

– On entend rien ! Qu'est-ce qu'il gueule ?

Un homme en veste jaune se contorsionnait, douze étages plus haut, sur le rebord de sa fenêtre. Son buste pendait déjà dans le vide.

RÉALISATION : IGS-CP À L'ISLE-D'ESPAGNAC (16)
IMPRESSION : CPI BRODARD ET TAUPIN À LA FLÈCHE
DÉPÔT LÉGAL OCTOBRE 2010. N° 102182 (59046)
IMPRIMÉ EN FRANCE

Collection Points Policier